ANDREAS SCHEEPKER

Das Salz
der Friesen

© privat

Andreas Scheepker ist gebürtiger Ostfriese. 1963 wurde er in Hage geboren. Nach dem Abitur am Ulrichsgymnasium in Norden studierte er Evangelische Theologie und später noch Literaturwissenschaft, Geschichte und Pädagogik. Er lebt mit seiner Frau und seinem Sohn in Aurich, wo er als Schulpastor am Gymnasium Ulricianum unterrichtet. Außerdem arbeitet er als Studienleiter in der Arbeitsstelle für Ev. Religionspädagogik und ist dort vor allem für Fortbildungen zuständig. Scheepker hat mehrere Kriminalromane und Kurzgeschichten verfasst, die in Ostfriesland spielen. Dabei stehen oft Themen der ostfriesischen Geschichte im Hintergrund. Sein Kriminalroman Tote brauchen keine Bücher wurde für den Literaturpreis »Das neue Buch« 2004 nominiert.

ANDREAS SCHEEPKER

Das Salz der Friesen

Historischer Kriminalroman

GMEINER

Die automatisierte Analyse des Werkes, um daraus Informationen insbesondere über Muster, Trends und Korrelationen gemäß § 44b UrhG (»Text und Data Mining«) zu gewinnen, ist untersagt.

Bei Fragen zur Produktsicherheit gemäß der Verordnung über die allgemeine Produktsicherheit (GPSR) wenden Sie sich bitte an den Verlag.

Immer informiert

Spannung pur – mit unserem Newsletter informieren wir Sie regelmäßig über Wissenswertes aus unserer Bücherwelt.

Gefällt mir!

Facebook: @Gmeiner.Verlag
Instagram: @gmeinerverlag

Besuchen Sie uns im Internet:
www.gmeiner-verlag.de

© 2020 – Gmeiner-Verlag GmbH
Im Ehnried 5, 88605 Meßkirch
Telefon 0 75 75 / 20 95 - 0
info@gmeiner-verlag.de
Alle Rechte vorbehalten
5. Auflage 2025
(Originalausgabe erschienen 2019 im Leda-Verlag)

Satz: Mirjam Hecht
Umschlaggestaltung: Katrin Lamer
unter Verwendung eines Bildes von: Ubbo Emmius –
http://www.library.ucla.edu/yrl/reference/maps/blaeu/frisiae.jpg
Druck: Custom Printing Warschau
Printed in Poland
ISBN 978-3-8392-2678-0

Vorwort

Dies ist kein historisches oder theologisches Sachbuch über Ostfriesland in der Reformationszeit. Dies ist ein Kriminalroman. So steht es auch vorn auf der Titelseite.

Gleichwohl habe ich mich bemüht, den Leserinnen und Lesern Einblicke in eine spannende und überaus interessante Epoche der ostfriesischen Landesgeschichte und Kirchengeschichte zu vermitteln. Dabei werden in der Fantasie des Autors Ereignisse in sachliche und zeitliche Zusammenhänge gestellt, die historisch so nicht in Verbindung stehen. Beispielsweise werden die Ereignisse aus dem zweiten Ostfriesland-Aufenthalt Melchior Hoffmanns im Kontext seines ersten Aufenthaltes erzählt.

Alle Personen in diesem Roman sind Fantasiefiguren – auch die, die ein wenig wie historische Persönlichkeiten kostümiert sind, wie zum Beispiel Graf Edzard oder Junker Balthasar. Ich zeichne sie in erster Linie als Romanfiguren. Einige historische Ungenauigkeiten, vor allem Ausdrücke, die es so in der frühen Neuzeit nicht gab, oder die Angleichung von Texten aus historischen Quellen an unsere heutige Sprechweise sollen die Lesbarkeit des Buches erleichtern. Und hin und wieder hat der Autor die Tatsachen so verändert, wie er sie für seine Romanhandlung brauchte.

Herzlich danken möchte ich allen, die mich mit guten Ideen und Hinweisen zu diesem Buch bereichert haben und die meine Fragen geduldig und kundig beantwortet haben, allen voran Pastor i.R. Hillard Delbanco aus

Aurich, André Janssen aus Westerende, Dr. Hans Kimmich aus Leer-Loga und Landschaftsdirektor i.R. Dr. Hajo van Lengen aus Aurich. Ein ganz besonderer Dank gilt Axel Heinze vom *Museum am Meer* in Esens, der nicht nur theoretische Kenntnisse über die Salzgewinnung an unserer Nordseeküste hat, sondern gemeinsam mit seinen Schülern vom Niedersächsischen Internatsgymnasium Esens auch praktische Versuche zu diesem Thema durchführen konnte. Axel Heinze hat mir mit seinem umfangreichen Wissen zur Geschichte unserer Region eine Reihe sehr hilfreicher Informationen zur Verfügung gestellt und mir viele weiterführende Hinweise gegeben.

Für alle sachlichen Fehler in diesem Buch – seien sie beabsichtigt oder unbeabsichtigt – bin ich selbst verantwortlich!

Herzlich danke ich Maeve Carels für ihr Lektorat sowie Heike und Peter Gerdes vom Leda-Verlag für alle Unterstützung. Ich freue mich, dass dieses Buch nun erneut aufgelegt wird und im Gmeiner-Verlag erscheint. Ich danke Claudia Senghaas für die sehr gute Zusammenarbeit. Mein herzlicher Dank gilt meiner Frau Angelika, die die Entstehung des Buches und Rimbertis Wege durch das alte Ostfriesland begleitet und an nicht wenigen Stellen aus Irrwegen und Sackgassen herausgeholfen und neue Wege gewiesen hat.

Last but not least möchte ich zwei Menschen danken, die mich schon vor einigen Jahren, als die Idee zu diesem Buch entstand, an ihrem umfangreichen Wissen über unsere Küstenregion teilhaben ließen: Heie und Elke Erchinger aus Norden. Die inhaltsreichen Gespräche mit beiden haben erheblich dazu beigetragen, mich auf die Spur zu diesem Buch zu bringen, auch wenn ich es erst etliche Jahre später fertigstellen konnte. Heie Erchinger konnte glücklicherweise noch vor seinem Tod das lesenswerte Buch *Sturmfluten* mit wunderbaren Fotos von Martin Stromann veröffentlichen (siehe Literaturverzeichnis im Anhang). In diesem Buch vermittelt uns der ehemalige Leiter des Staatlichen Amts für Insel- und Küstenschutz in Norden etwas von seinen umfassenden Fachkenntnissen und seinem reichhaltigen Wissen über Natur und Kultur unserer Küstenregion. Hier widmet er sich unter anderem dem Thema der Salzgewinnung an der Nordseeküste und deren Folgen.

Widmen möchte ich dieses Buch Elke Erchinger und der dankbaren Erinnerung an Heie Focken Erchinger (1933 – 2007).

Personenverzeichnis

Die Reisenden:
Lübbert Rimberti, Rechtsgelehrter
Ulfert Fockena, Häuptling
Gisbert van Woerden und Doktor Nicolas Haykema, Rechtsgelehrte
Friedrich von Issenhusen, Staatsrat im Dienst von Königin Margarete

Graf Enno und seine Leute:
Enno II. Cirksena, Graf in Ostfriesland
Johann Cirksena, Bruder des Grafen
Eggerik Beninga, Drost, Befehlshaber der Festung Leerort und Historiker
Haiko Ibenga, Häuptling und Drost
Evert Bruns, Stellvertreter des Amtsmanns

Die Kaufleute:
Jakob Sanders, wohlhabender Kaufmann und Vertrauter des Grafen
Berend Sanders, Bruder von Jakob Sanders, Kaufmann
Rinelde Sanders, Ehefrau von Jakob Sanders
Tjark Andreesen, Lehrling im Handelshaus Sanders
Hilko Boyen, wohlhabender Kaufmann und Kompagnon von Jakob Sanders
Frau Hiske, Schwiegermutter von Hilko Boyen

Die Geistlichen:

Frauke von Oldekamp, Nonne im Klostervorwerk Oldekamp

Meta Hallenga, Vorsteherin des Klostervorwerks Oldekamp

Konrad Sanders, Bruder von Jakob Sanders, Bibliothekar im Kloster Ihlow

Andreas Karlstadt, Professor der Theologie auf Wanderschaft

Adriaan de Beer, Pfarrer in Norden, Seelsorger auf der Insel Bant

Heddo Kankena, Pfarrer der Hager Ansgarikirche

Magister Cornelis, Pfarrer in Wilsum

und:

Junker Balthasar von Esens, Häuptling des Harlingerlandes

Kapitel 1

META HALLENGA LIESS ihren Blick durch das Refektorium schweifen. Keine der anderen Schwestern im Speiseraum des Klostervorwerks schien etwas gehört zu haben. Alle aßen schweigend weiter. Hatte sie sich den Schrei nur eingebildet?

Der Platz von Schwester Frauke war leer, wie so oft in letzter Zeit. Vorsteherin Meta Hallenga wusste, dass es gegen die überlieferten Regeln verstieß, aber in so bewegten Zeiten musste man gegen Regeln verstoßen, um die Ordnung bewahren zu können.

Meta Hallenga hatte ihr Klostervorwerk Oldekamp sicher durch diese stürmischen Zeiten gebracht. 22 Nonnen lebten außer ihr noch in Oldekamp, und nur sieben Schwestern hatten im vergangenen Jahr das Kloster verlassen. Eine von ihnen war vor einigen Wochen sogar zurückgekommen: Schwester Frauke.

Die kurze Zeit im Leben da draußen hatte Schwester Frauke verändert. Die lebenslustige junge Frau war still geworden. Das Zusammensein mit den anderen war anstrengend für sie. Am liebsten tat sie ihren Dienst draußen bei den Hütten, in denen Kranke versorgt wurden. Schwester Frauke kümmerte sich hingebungsvoll um die beiden alten Frauen, die dort zurzeit gepflegt wurden. Und sie betreute die Bienenkörbe, die in der Nähe standen.

Wegen dieser Aufgaben hatte Schwester Frauke sich die Erlaubnis geben lassen, in Ausnahmefällen nicht zu den gemeinsamen Mahlzeiten erscheinen zu müssen und ihre Gebete auch dort draußen verrichten zu dürfen. Meta Hallenga hatte sich damit einverstanden erklärt, obwohl sie wusste, dass der Grund ein anderer war.

Warum mied Schwester Frauke die Gemeinschaft mit den anderen? Und was hatte sie in den Monaten außerhalb des Klosters erlebt? Vielleicht war es an der Zeit, Schwester Frauke darauf anzusprechen und ein längeres Ausweichen nicht mehr zu dulden. Sicher, alles hatte seine Zeit, das wusste Meta Hallenga. Aber manchmal musste die Liebe auch ungeduldig sein und ein wenig nachhelfen. Sie machte sich Sorgen um Frauke.

Vielleicht war der Schrei, den nur sie gehört hatte, keine Einbildung, sondern ein Zeichen Gottes, dass Schwester Frauke jetzt ihren Beistand brauchte.

Gleich nach der Mahlzeit verließ Meta Hallenga das Kloster und machte sich auf den Weg zu den Kranken-hütten. Sie fand Schwester Frauke bei den Bienenkörben.

Meta Hallenga brauchte einen Moment, um das Bild auf-zunehmen, das sich ihr bot.

Frauke lag auf dem Rücken, die Arme weit ausgebreitet, mitten in der Brust der Schaft eines Pfeiles. Die Wucht des Geschosses hatte sie in die Bienenkörbe geschleudert, und im Fall musste Frauke zwei Körbe mit umgerissen haben, sodass sie von Bienen umschwärmt wurde.

Langsam löste sich Meta Hallenga aus der Erstarrung, und vorsichtig näherte sie sich Frauke. Lebte die Schwester vielleicht noch?

Plötzlich hörte sie ein Geräusch aus den Büschen, ein Zweig knackte. Ein Tier? Oder hatte sich dort Fraukes Mörder versteckt?

Meta Hallenga war eine furchtlose Frau. Ihr war klar,

dass der Mörder nicht zögern würde, auch auf sie zu schießen. Aber der Anblick von Schwester Frauke versetzte sie in Wut. Sie nahm den Knüppel, der an der Tür lehnte, ging schnurstracks auf die Büsche zu und schlug mit dem Stock auf sie ein. Zornig war sie, und sie fühlte sich hilflos. Und die Hilflosigkeit vermehrte ihren Zorn. Immer wieder drosch sie mit dem Knüppel in das dichte Buschwerk. Wenn der Mörder wirklich noch hier wäre, hätte er längst auch auf sie geschossen. Sicher hatte er sich davongemacht.

Meta Hallenga ließ den Stock sinken. Sie sprach mit erhobener Stimme: »Das verspreche ich Euch, wer auch immer Ihr seid: Ich werde nicht Ruhe geben, bis ich Euch von Angesicht zu Angesicht gegenüberstehe und Rechenschaft von Euch verlange. Darauf gebe ich Euch mein Wort!«

Sie wusste, dass diese Drohung an eine abwesende Person genauso sinnlos war wie ihre Suche mit dem Knüppel im Unterholz. Sie wandte sich ab, um ihre Mitschwestern zu holen.

Atemlos hatte er jedes Wort gehört, das die Vorstehcrin in seine Richtung gesprochen hatte. Sein Herz klopfte so laut, dass er dachte, sie müsste es hören. Er hatte keinen zweiten Pfeil für seine Armbrust mitgenommen, nur diesen einen, der für Frauke bestimmt war und seinen Zweck erfüllt hatte. Niemandem sonst wollte er ein Leid zufügen.

Er war erleichtert, als die Frau endlich ging. Ihm würde nicht viel Zeit bleiben. Schon bald würde sie mit den anderen Nonnen hier sein.

Rasch kehrte er zu seinem Opfer zurück, nachdem er sich vergewissert hatte, dass die Vorsteherin wirklich gegangen war. Nun musste er vollenden, was er sich vorgenommen hatte und wobei er von der Vorsteherin gestört worden war. Was er zu tun hatte, war schnell erledigt. Nur wegen der vielen Bienen musste er behutsam sein.

Er nahm einen kleinen Lederbeutel, schnürte ihn auf und schüttete den Inhalt auf die Tote. Salz.

»Salz!«, sagte Evert Bruns, der neben der toten Nonne kniete. Bruns war als Stellvertreter für seinen kranken Drosten ins Klostervorwerk Oldekamp gekommen und sah sich die getötete Schwester Frauke und den Fundort der Leiche an. Vorsteherin Meta Hallenga stand stumm neben ihm, während Bruns' Männer das Unterholz durchsuchten.

»Arcubalista!«, bemerkte Häuptling Ulfert Fockena, der gerade einen Krankenbesuch beim Drosten gemacht hatte, als die Nachricht von der Ermordung einer Nonne eingetroffen war. Er hatte es sich nicht nehmen lassen wollen, Evert Bruns auf der Jagd nach dem Mörder zu begleiten. Zwei Männer hatten inzwischen die Bienenkörbe beiseitegeschafft, und die Bienen beruhigten sich langsam.

»Arcu… ja, ja, und überall ist es verstreut«, erwiderte Bruns.

»Eure Lateinkenntnisse sind so enorm wie Euer ganzer Verstand!«, foppte Fockena den ratlosen Mann.

»Warum streut denn jemand Salz auf eine Tote?«, murmelte Bruns.

»Und warum ist sie überhaupt ermordet worden?«, fragte Meta Hallenga. »Wer schießt mit einem Bogen auf eine Braut Christi?« Ihre Stimme hatte nicht den sonst üblichen Nachdruck.

»Arcubalista«, wiederholte Ulfert Fockena und hob die Augenbrauen. »Dies ist der Bolzen einer Armbrust. Diese

Waffe ist etwas aus der Mode gekommen in den letzten Jahren.«

»Es geht hier nicht um Mode, sondern um Mord, lieber Herr Ulfert!«, gab Evert Bruns zurück.

Ulfert Fockena hörte schon gar nicht mehr hin und sah sich um. Er ging an der Stelle auf das Unterholz zu, wo er den Standort des Schützen vermutete. Der große, schwergewichtige Mann schritt leichtfüßig um die Bienenkörbe herum in das Gebüsch.

»Kommt hierher, aber vorsichtig, tretet nicht alles platt«, forderte er die anderen auf. Bruns gab seinen Männern mit umständlichen Handbewegungen zu verstehen, dass sie bleiben sollten, wo sie waren, und dass er den Fundort der Leiche allein besichtigen wollte.

Meta Hallenga dachte gar nicht daran, diese Anweisung auf sich zu beziehen, und schob Bruns beiseite. Noch ehe er sie zurechtweisen konnte, packte sie ihn am Arm: »Na los, Bruns! Wollt Ihr hier Wurzeln schlagen?« Vorsichtig ging sie zu der Stelle, wo Ulfert Fockena kniete.

»Und was soll hier sein?«, fragte Evert Bruns enttäuscht, als er nur Büsche und Gras vorfand.

»Hier ist gleich gar nichts mehr, wenn Ihr so weitertrampelt«, antwortete Fockena gereizt. »Von hier ist der Schuss auf Schwester Frauke abgegeben worden. Dazu passt auch, wie sie auf dem Boden liegt. Ihr Mörder muss lange gewartet haben. Das Gras ist so platt gedrückt, dass er eine ganze Zeit gesessen haben muss. Man hat durch das Gebüsch einen ausgezeichneten Blick auf das Haus und den Stall. Er musste nur auf die Schwester warten. Vielleicht hatte er es direkt auf sie abgesehen und wusste, dass sie an diesem Ort anzutreffen war.«

»Schwester Frauke hielt sich gern draußen auf«, bestätigte Meta Hallinga. »Seit sie zu uns zurückgekehrt war, brauchte sie immer Abstand zu uns anderen. Sie hatte ein besonders enges Verhältnis zu Schwester Idje, unserer Imkerin. Idje ist vor einem halben Jahr verstorben, und war immer so etwas wie eine Mutter für sie. Als Frauke zurückkam, hatte ich gehofft, dass ich Schwester Idje ein wenig für sie ersetzen könnte. Aber Frauke war so anders geworden in dieser kurzen Zeit …«

»Das ist doch unwichtig, Frau Meta«, polterte Evert Bruns. »Langweilt uns doch nicht mit solchen Plaudereien. Es war sicher ein Dieb, der etwas holen wollte und den Frauke überrascht hat.«

»Sie war so seltsam bedrückt. Da stimmte etwas nicht mit ihr«, wandte Meta Hallenga ein.

»Geht, und lasst uns das machen. Das ist nichts für Frauen. Kümmert Euch um Eure anderen Lämmlein besser als um dieses!«, forderte Bruns sie auf.

Meta Hallenga drehte sich zu ihm um und maß ihn von oben bis unten mit einem durchdringenden Blick, dass Bruns ein wenig mulmig wurde. Dann sagte sie leise und bestimmt: »Jeder gepökelte Schweinskopf hat mehr Verstand als Ihr, Amtmann Bruns. Nur Euer Benehmen ist noch schlechter als Euer Denkvermögen. Wie übel muss es um uns bestellt sein, wenn der Graf Leute wie Euch das Land führen lässt.«

Evert Bruns stand mit offenem Mund vor ihr und glotzte sie an. Bevor er überhaupt daran denken konnte, ob und wie er darauf passend antworten wollte, fuhr die Vorsteherin fort: »Ich verstehe nichts vom Waffenhandwerk. Aber es wurde nicht der Mörder überrascht, sondern die arme Frauke. Der Mörder hat hier seelenruhig gesessen und gewartet. Ein überraschter Räuber schlägt vielleicht jemanden nieder oder geht mit dem Messer auf ihn los. Aber dieser Schuss wurde gezielt auf etwa zehn Schritte aus einem sicheren Versteck abgegeben.«

»Da ist vielleicht was dran, also … wenn Ihr meint …«, wollte Bruns einlenken.

»Ich meine gar nichts!« Meta Hallengas Stimme wurde lauter. »Als ich eintraf, war der Mörder noch da. Ich hörte es rascheln im Gebüsch. Und wenn ich ein Mann gewesen wäre, dann …« Sie hatte Tränen in den Augen und schluckte. »Ich werde jetzt zu den anderen gehen und sie trösten.«

Mit erhobenem Haupt und kleinen, tippelnden Schritten ging sie davon. Ulfert Fockena sah ihr mit großen Augen hinterher.

Kapitel 2

LÜBBERT RIMBERTI SEUFZTE behaglich. Allzu bequem war der Reisewagen nicht, aber draußen ritt sein Schreiber mit dem Packpferd und Rimbertis Reitpferd. Rimberti war froh, dass sein Sattel leer und der leere Platz im Reisewagen besetzt war.

Bei der letzten Rast hatten sie im Gasthof zwei Reisende kennengelernt, Juristenkollegen von Doktor Lübbert Rimberti, und sie hatten ihn und seinen Schreiber freundlich eingeladen, mit ihnen zu reisen. Der Schreiber hatte sich gern bereit erklärt, mit den Pferden vor der Kutsche herzureiten. Schon beim Essen hatte der unaufhörliche Redefluss der beiden ihn sichtlich erschöpft. Aber für Rimberti war das Angebot, eine Wegstrecke zurücklegen zu können, ohne reiten zu müssen, überaus verlockend gewesen.

Nach dem reichlichen Mittagsmahl waren die beiden eingeschlafen, und Rimberti hatte Zeit, seinen Gedanken nachzugehen, bevor sie wach werden und ihre endlosen Diskussionen fortsetzen würden.

Schon morgen würde er alte Freunde wiedersehen, und er würde Graf Enno gegenübertreten müssen. Immerhin hatte Graf Enno von Ostfriesland selbst den Kaiser um Rimbertis Vermittlung in einem heiklen Rechtsstreit gebeten.

Rimberti betrachtete seine beiden Mitreisenden. Magister Gisbert van Woerden war Syndikus einer niederländischen Hafenstadt, und Doktor Nicolas Haykema war Notar. Sie waren unterwegs nach Bremen und machten einen Umweg über Ostfriesland.

Beiden sah man an Kleidung und Erscheinung an, dass sie wohlhabend waren. Beide waren von kräftiger Statur, aber nicht korpulent. Van Woerden hatte nur noch einen spärlichen Haarkranz auf dem Kopf, dafür schmückte ihn ein dichter, kurz geschnittener weißer Vollbart. Rimberti schätzte ihn auf etwa 60 Jahre. Seine blauen Augen schauten immer etwas belustigt umher, und er sprach mit einer hellen Stimme, die gar nicht zu einem Mann seiner Statur passen wollte. Haykema war etwas kleiner und mochte ein wenig älter sein. Er hatte volles graues Haar. Er sprach, wenn er die Stimme erhob, immer etwas durch die Nase.

Lübbert Rimberti hing seinen Gedanken nach, Gedanken an die Ereignisse vor einem Jahr, Gedanken an neue Freunde, die er damals kennengelernt hatte und hoffentlich in den nächsten Tagen wiedersehen würde.

Haykemas nasale Rede holte ihn aus den Gedanken. Offenbar waren die beiden Reisegefährten in der Zwischenzeit aufgewacht und hatten nach ihrem Nickerchen das Gespräch genau an dem Punkt fortgesetzt, an dem sie vorher eingeschlummert waren.

»Ihr vertretet da eine absurde Theologie, mein lieber van Woerden. Ihr könnt doch nicht so ein kleines Wörtchen, das in vielen Sprachen nur drei Buchstaben hat, im Lateinischen sogar nur zwei – also so ein Wörtchen könnt Ihr doch nicht zum Angelpunkt Eurer Theologie machen.«

»Und doch steht es schon im ersten Satz der Bibel und ist nach dem Himmel das zweite, was der Allmächtige geschaffen hat«, versetzte van Woerden mit seiner hellen Stimme.

»Die Erde«, warf Rimberti ein, der nicht genau wusste, worum es in diesem Gespräch ging, sich aber aus Höflichkeit beteiligen wollte.

Haykema grunzte bestätigend, aber van Woerden schüttelte den Kopf, wobei er bei jeder Bewegung des Kopfes ein hohes Räuspern vernehmen ließ. »Nein, nein, nein! Hört doch, was da steht: ›In principio creavit Deus caelum et terrem– im Anfang schuf Gott Himmel und Erde‹. Drei Dinge hat er geschaffen: den Himmel, die Erde und die Verbindung zwischen beiden. Das *und.* Der Schöpfer hat mit seinen Werken diese Werke zugleich in eine Beziehung zueinander gesetzt.«

Rimberti war verwundert über diese eigenartige Gedankenführung. »Ihr behauptet, das Wörtlein ›und‹ sei ein eigenes Werk des Schöpfers? Ihr wisst doch, dass das Wörtlein ›und‹ im Hebräischen nur aus einem einzigen Buchstaben besteht, aus dem *Waw*.« Rimberti war überrascht, wie engagiert er diskutierte, obwohl er gar nicht genau wusste, worum es ging.

Van Woerden erwiderte: »Sagt nicht unser Heiland, dass nicht ein *Jota* vom Gesetz fallen wird? Und der hebräische Buchstabe *Jota* ist doch nur halb so groß wie ein *Waw*, das für das Wörtchen ›und‹ steht. Die Kürze eines Wortes bedeutet doch wohl nicht, dass sein Inhalt unbedeutend sei.«

Rimberti zog den ledernen Vorhang zur Seite und schaute auf die Landschaft, die an ihnen vorbeiruckelte. Gleich kamen sie an die Stelle, an der im letzten Jahr ein Toter entdeckt worden war. Rimberti zog den Vorhang zu und tat so, als machte er ein Nickerchen.

Kapitel 3

GRAF ENNO II. von Ostfriesland betrachtete das Geldstück, auf das sein Porträt geprägt worden war.

»Gute Arbeit«, lobte er den Münzmeister. »Nehme Er die erste Münze als Geschenk.« Der Graf gab dem Mann mit einer Geste zu verstehen, dass er nun nicht mehr gebraucht wurde.

»Nun? Wie gefallen Euch die neuen Münzen?«, fragte er seine in der Norder Residenz am Marktplatz versammelten Berater. Drei der vier Männer nickten stumm. Einer stand ein wenig abseits und blickte zu Boden. »Euer Beifall hält sich ja in Grenzen«, stellte Enno in beleidigtem Ton fest.

»Euer Vater hat ein Bild unseres Herrn am Kreuz auf seine Münzen prägen lassen«, bemerkte Drost Eggerik Beninga.

»Steht nicht im Evangelium, dass wir dem Kaiser geben sollen, was des Kaisers ist? Und hat unser Herr dies nicht am Exempel einer Münze gelehrt, auf der das Bild des Kaisers eingeprägt war? Oder glaubt Ihr, dass unser Erlöser Wert darauf gelegt hätte, auf eine ostfriesische Münze geprägt zu werden?«, gab Enno spöttisch zurück.

»Vermutlich nicht. Es wäre ihm eine Ehre gewesen, Euch den Vortritt zu lassen«, antwortete Beninga.

»Wie könnt Ihr …«, wollte Enno sich empören, aber Eggerik Beninga unterbrach ihn.

»Ich bin jederzeit gern bereit, mein Amt jemandem zur Verfügung zu stellen, der Euch nach dem Munde redet, anstatt Euch zu beraten.«

»Nur frei heraus«, sagte Enno mit bemühter Ruhe. »Ihr wart ein treuer Diener meines seligen Vaters. Es ist gewiss nicht leicht für Euch, Euch auf die neue Zeit einzustellen. Ich bin eben anders als mein Vater.«

»Ihr sprecht es aus, wie es ist«, antwortete Beninga und deutete müde eine Verbeugung an.

»Doktor Rimbert ist soeben angekommen«, meldete ein Bediensteter.

»Was fällt dir ein, hier so hereinzuplatzen? Was ist das für ein Benehmen?«, herrschte Graf Enno seinen Diener an. »Dies ist die letzte Meldung, die du hier gemacht hast. Ab jetzt kannst du bei den Pferden ausmisten. Melde dich beim Stallmeister!«

Zitternd und mit hochrotem Kopf verbeugte sich der Bedienstete und verließ den Raum. Lübbert Rimberti blieb noch einen Moment in der geöffneten Tür stehen und trat dann ein.

»Hier liegt es: Hillersum!« Graf Enno klopfte energisch mit dem Nagel des Zeigefingers auf die ausgebreitete Karte. Er nickte Drost Eggerik Beninga zu, der Rimberti die Sachlage genauer erklärte.

»Es handelt sich um eine Herrlichkeit. Hillersum hat etwa 400 Einwohner. In Hillersum steht eine dem heiligen Nikolaus geweihte Kreuzkirche. Außerdem hat der Ort eine kleine, aber gut befestigte Burg. Dann gehören zur Herrlichkeit noch die beiden Kirchdörfer Rickertsum und Folkmershusen, das kleine Dorf Uiterweer und noch ein paar Bauerschaften. Außerdem gibt es dort das Klostervorwerk Oldekamp.«

Beninga zeigte die Orte auf der Karte an und Rimberti versuchte, sich daran zu erinnern, ob er jemals dort gewesen war.

»Folkmershusen hat einen Hafen«, fuhr der Drost fort. »Das Land ist fruchtbar, der Hafen verzeichnet einen lebhaften Handel. Es gibt tüchtige Handwerker. Insgesamt leben etwas mehr als tausend Menschen in der Herrlichkeit. Was seht Ihr mich an, verehrter Doktor Rimberti? Vermutlich seid Ihr dort schon gewesen und kennt Hillersum durch eigene Anschauung.«

»Ich frage mich: Warum verkauft jemand ein so blühendes Territorium mit diesen wirtschaftlichen Möglichkeiten?«

»Der Besitzer der Herrlichkeit ist Häuptling Eilert Nanninga. Er hat viele Schulden. Durch seine Frau fallen ihm Güter in der Nähe von Oldenburg zu. Dorthin möchte er sich zurückziehen. Er will mit den Geldern für den Verkauf seine Schulden begleichen, und mit dem Rest will er behaglich leben.«

Rimberti zwinkerte Beninga zu. »Das bedeutet, dass in ein paar Jahren ein paar Güter zum Verkauf stehen, um Schulden zu begleichen.«

»Das soll dann nicht mehr unsere Sorge sein«, mischte sich Graf Enno ein.

»Und was ist Eure Sorge?«, fragte Rimberti.

»Die Herrlichkeit Hillersum liegt in der Grafschaft Ostfriesland«, stellte Enno fest. »Es gibt drei Kaufgebote. Eines stammt von mir, und eines stammt von Häuptling Manninga aus Pewsum. Ich denke, wir beide werden uns einigen können.«

»Und der dritte Bieter?«, fragte Rimberti. Er wusste, dass jetzt das Problem kam.

»Das dritte stammt von einem auswärtigen Hof.«

»Und er bietet mehr.«

»So ist es«, antwortete Enno kleinlaut.

»Karl von Geldern hat sein Interesse an der Herrlichkeit Hillersum bekundet«, erklärte Eggerik Beninga. »Wir haben Hinweise, dass es Verhandlungen zwischen ihm und Junker Balthasar von Esens gibt. Wir befürchten, dass die beiden sich verbünden wollen. Mein Vater hat vor vier Jahren Krieg gegen Balthasar geführt. Es gibt Hinweise darauf, dass Balthasar einen neuen Angriff plant. Er hat neue Truppen anwerben lassen, und es häufen sich Nachrichten von Überfällen auf Kaufleute und Handelsschiffe. Erst vor einer Woche hat er ein Schiff aus Emden aufgebracht, beladen mit Bier, Speck und einer großen Lieferung Salz. Bei einem nächsten Waffengang hätte Balthasar einen mächtigen Verbündeten: Herzog Karl von Geldern. Und die beiden hätten einen Stützpunkt mit Hafen und gut befestigter Burg mitten in unserem Land.«

»Ihr habt den Kaiser um Vermittlung angerufen, und er hat mich entsandt, damit ich ein juristisches Gutachten erstelle«, stellte Rimberti fest.

»Es sind mehrere Fragen zu bedenken«, entgegnete der Drost. »Es geht um die Frage, in welchem rechtlichen Verhältnis der Besitzer einer ostfriesischen Herrlichkeit zum ostfriesischen Grafen steht. Kann ein auswärtiger Regent wie Herzog Karl von Geldern überhaupt Besitzer einer ostfriesischen Herrlichkeit sein?«

»Verzeiht«, unterbrach Rimberti, »aber dahinter steht ja die Frage, ob die Herrlichkeiten überhaupt Bestandteil der Grafschaft Ostfriesland sind. Graf Ulrich nannte sich ›Graf in Ostfriesland‹ und nicht ›von Ostfriesland‹.«

Graf Enno spürte, dass seine Autorität in Zweifel gezogen wurde, auch wenn er nicht genau verstand, um welche Frage es ging. »Man merkt Euch an, dass Ihr in einer Herrlichkeit aufgewachsen seid, Doktor Rimberti. Aber die Ära der Häuptlinge ist zu Ende. Vorbei sind die Zeiten, wo die Häuptlinge sich gegenseitig befehden und Unglück über das Land und seine Einwohner bringen.«

Rimberti entgegnete dem Grafen freimütig: »Ihr braucht ein juristisches Gutachten, das den Verkauf der Herrlichkeit an Balthasar oder an Karl von Geldern für unrechtmäßig erklärt.«

Graf Enno legte Rimberti die Hand auf die Schulter. »Wir sprechen die gleiche Sprache. Und mein Ansinnen ist durchaus nicht unrechtmäßig. Ich habe schon Briefe mit Königin Margarete gewechselt. Sie nimmt als Statthalterin für ihren kaiserlichen Neffen die Regierungsgeschäfte von den Niederlanden aus wahr. Königin Margarete hat im Namen des Kaisers zwei Juristen beauftragt, die Sache im Sinne Herzog Karls von Geldern zu untersuchen.«

»Van Woerden und Haykema?«

»Ihr habt die beiden schon kennengelernt?«

Rimberti nickte.

»Zwei ältere Herren, die man mit einem guten Fässchen Wein und ein wenig Gold wohl in unser Fahrwasser lenken kann«, warf Graf Enno ein.

»Zwei hochgebildete und scharfsinnige Juristen mit viel Lebenserfahrung. Man darf die beiden auf keinen Fall unterschätzen«, entgegnete Rimberti.

»Dann ist da noch die Sache mit Uiterweer«, bemerkte Drost Beninga.

Graf Enno warf Beninga einen finsteren Blick zu. Beninga hielt dem Blick stand.

»Ach, das ist eigentlich keine Sache.« Graf Enno machte eine wegwerfende Handbewegung. »An sich sind die Verhältnisse klar. Mit dem Kloster gehen auch seine Güter in den Besitz des Fiskus über.«

»In Uiterweer liegen drei große Höfe, die Eilert Nanningas Vater dem Kloster Ihlow übereignet hat.« Beninga sprach Rimberti direkt an und überging Graf Ennos Bemerkungen wie die eines ungezogenen Schülers. »Mit dieser Übereignung war eine Bedingung verknüpft. Aus den Einnahmen der Höfe soll ein Priester bezahlt werden, der täglich eine Messe für die Häuptlingsfamilie liest. Und es soll jährlich ein festgelegter Betrag für das Klostervorwerk Oldekamp gestiftet werden. Dort wird ein bisschen Landwirtschaft und Bienenzucht betrieben, und Kranke werden gepflegt.«

»Ihr wollt diese Güter einziehen?«, fragte Rimberti.

Drost Beninga wurde sichtlich verlegen, aber Graf Enno kannte diese Form von Schamgefühl nicht. »Mein lieber Rimberti, große Aufgaben liegen vor uns. Meinem Vater ist es leider nicht gelungen, seine Aufgaben zu erledigen. Schulen müssen gebaut und Wege angelegt werden. Wir müssen den Handel ausbauen. Und dann sind unsere Ansprüche auf Jever und das Harlingerland noch nicht durchgesetzt ...«

»Krieg?«

»Doktor Rimberti, ich glaube kaum, dass Euer Brotherr, der Graf von Kringenberg, seine Gegner durch gutes Zureden überzeugt«, belehrte der Graf den Rechtsgelehrten und wies ihn gleichzeitig auf seinen untergeordneten Stand hin.

»Graf August von Kringenberg führt selten Krieg. Seine Feldzüge sind kurz und effizient. In der Regel pflegt er seine Gegner zu kaufen«, erklärte Rimberti, wohlwissend, dass er mit diesen beiläufig ausgesprochenen Worten den Neid Graf Ennos provozierte.

Die Grafschaft Kringenberg verfügte ähnlich wie Ostfriesland über sehr fruchtbare Böden. Darüber hinaus wurde Silber gefördert, und die Tatsache, dass sich im Städtchen Kringenberg zwei bedeutende Handelsstraßen kreuzten, brachte den Handel zu stetiger Blüte. Graf Augusts ungemein kluge Regentschaft tat ihr Übriges, diese kleine Grafschaft sehr reich zu machen. Rimberti dachte sogar einen Moment daran, seinem Dienstherrn den Kauf der Herrlichkeit vorzuschlagen.

»Gibt es Unterlagen, Dokumente, Vorverträge?«, fragte er.

Enno sah Beninga verstohlen an. Beninga erklärte: »Drost Haiko Ibenga hat die Vorverhandlungen geführt. Dabei wurden alte Urkunden gesichtet, und es konnten einige Punkte geklärt werden. Leider stehen uns diese Dokumente zurzeit nicht zur Verfügung. Drost Ibenga hat sie bei sich.«

»Gut, dann werde ich Haiko Ibenga aufsuchen und alles mit ihm besprechen.«

»Das ist leider nicht möglich«, sagte Beninga. »Der Drost hat zum Jahresanfang eine Reise zum Hof nach Brüssel unternommen, und er ist noch nicht zurückgekehrt. Wir haben lange nichts von ihm gehört. Seine Familie hat aber Briefe von ihm erhalten, sodass wir hoffen, dass ihm unterwegs nichts geschehen ist.«

»In diesem Fall hättet Ihr mit Sicherheit eine Nachricht bekommen«, stellte Rimberti fest. Er hoffte, in einem späteren Gespräch unter vier Augen mit Beninga die Dinge erörtern zu können, die ihm rätselhaft vorkamen und die in Gegenwart des Grafen wohl nicht offen angesprochen werden sollten.

»Was willst du?«, herrschte Graf Enno einen Bediensteten an, der verlegen in der Tür stand und von seinem Vorgänger anscheinend zu höchster Zurückhaltung ermahnt worden war.

»Der Amtmann ist hier. Es ist ein Mord geschehen.«

Graf Enno winkte den im Hintergrund stehenden Amtmann herein, der nach einer kurzen Verbeugung gleich zur Sache kam: »Euer Gnaden, ein schreckliches Verbrechen ist geschehen. Kaufmann Sanders wurde ermordet in seinem Kontor aufgefunden.«

»Jakob Sanders?« Graf Enno war sichtlich erschüttert, als der Amtmann mit einem Nicken die Bestätigung gab.

»Sanders ist einer der wohlhabendsten Kaufmänner in Norden«, raunte Beninga Rimberti zu.

Lübbert Rimberti nickte. Ihn ging die Sache eigentlich nichts an.

Kapitel 4

LÜBBERT RIMBERTI BEWOHNTE zusammen mit seinem Schreiber drei Kammern in einem Nebengebäude des Hochgräflichen Hauses am Norder Markt. Das erste der beiden großen Zimmer diente Rimberti als Schreibstube. Ein Arbeitstisch mit Gesetzeswerken, Papier und Schreibgerät für ihn sowie ein kleinerer Tisch für seinen Schreiber waren aufgestellt. Das andere große Zimmer stand Rimberti als Schlafzimmer zur Verfügung, während der Schreiber in der kleineren Kammer untergebracht war. Eine Magd, die die Zimmer sehr sauber hielt, aber schlecht kochte, führte den Haushalt für die beiden.

Im schwächer werdenden Tageslicht las Rimberti die wenigen Unterlagen, die über den geplanten Verkauf von Hillersum existierten. Die Gesetzesbücher aus der Bibliothek des Grafen lagen stumm und schwer vor ihm. Rimberti wusste, dass es nicht um Recht, sondern um die Durchsetzung von Ansprüchen ging.

Die Glocken der Stadtkirche Sankt Andreas läuteten zum Abendgebet. Rimberti erhob sich von seinem harten Stuhl. Er wollte am Abendgottesdienst teilnehmen. Vielleicht würden ihm die Gesänge und Gebete helfen, etwas Abstand zu gewinnen und die Situation mit klarem Verstand zu durchdenken.

Als er das Haus verließ, folgte ihm jemand. Rimberti drehte sich um und erkannte den Bediensteten des Grafen, den dieser am Nachmittag zum Stalldienst abkommandiert hatte.

»Soll ich ein gutes Wort für dich einlegen?«, fragte Rimberti ihn. »Morgen treffe ich mit Graf Enno zusammen. Vielleicht kann ich etwas ausrichten.«

»Das könnt Ihr jetzt schon«, antwortete der Diener verlegen. Man merkte dem groß gewachsenen, an den Schläfen ergrauten Mann an, dass es ihn beschämte, auf die Fürsprache anderer angewiesen zu sein. »Ich bitte Euch, mir ohne Aufsehen zu folgen.«

Rimberti nickte und folgte dem Diener vorsichtig. »Wie lange bist du schon im Dienst des Grafen?«, fragte er.

»Seit einem halben Jahr. Ich war vorher Mönch im Kloster Ihlow. Ich wollte frei sein. Nun bin ich von einem Gottesdiener zu einem Menschenknecht geworden.«

Ennos Bediensteter lotste Rimberti in Richtung Hafen. Dann bog er in eine Lohne, die zum Neueweg führte. Bevor sie die Lohne verließen, schaute der Diener sich um. Weder hier noch auf dem Neueweg war jemand außer ihnen unterwegs. Sie betraten eines der erst vor Kurzem errichteten Häuser in dieser Straße, durch die das Norder Stadtgebiet nach Süden in Richtung Hafen erweitert worden war.

Rimberti war nicht erstaunt, dass Graf Enno in der Upkamer des Hauses auf ihn wartete. Überraschender für ihn war, den Mann wiederzusehen, der neben ihm am Fenster stand: Ulfert Fockena. Er und Rimberti hatten im letzten Jahr Freundschaft geschlossen, als sie im Auftrag Graf Ennos den Tod eines Mönches aufklären und einen Klosterschatz wiederbeschaffen mussten. Fockena war Häuptling einer kleinen Herrlichkeit in der Nähe von Aurich und hatte Ennos Vater, Graf Edzard, viele Jahre als Offizier und Berater gedient. Aus Verbundenheit zu Edzard stand Fockena auch dessen Sohn Enno hin und wieder zur Seite.

Rimberti deutete Fockenas für den Grafen nicht sichtbare Handbewegung als Zeichen, die Wiedersehensfreude nicht allzu deutlich zum Ausdruck zu bringen.

»Ihr wundert Euch vielleicht, verehrter Herr Doktor Rimberti, dass ich Euch noch einmal rufen lasse«, begann Enno mit gespielter Herablassung.

»Euer Diener hat mir nicht gesagt, wer mich erwartet. Er war überaus diskret«, antwortete Rimberti. »Aber ich nehme an, es geht um den Tod dieses Kaufmanns.«

Ulfert Fockena grinste und zwinkerte Rimberti zu, während Graf Enno sichtlich erschrocken war, dass man ihn so leicht durchschaute.

»Nun ja, Ihr habt mir während Eures letzten Aufenthaltes bei der Aufklärung eines rätselhaften Todesfalles geholfen«, setzte Graf Enno wieder an.

»Und er hat Euch den Klosterschatz aus Bendiktshusen zurückgeholt«, unterbrach ihn Fockena mit dröhnender Stimme. Enno drehte sich verärgert zu ihm um.

Rimberti antwortete: »Der Tod des Kaufmanns hat Euch beunruhigt.«

»Jakob Sanders war nicht irgendein Kaufmann. Er genoss in besonderer Weise mein Vertrauen und meine Wertschätzung. Er hat als Delegierter eine Reihe recht vorteilhafter Handelsabkommen für uns abgeschlossen. Er war ein wichtiger Kontaktmann zu den Hansestädten und in den Niederlanden. Seine Schiffe fahren sogar in die Ostsee.«

Rimberti hatte das Gefühl, dass in dieser Aufzählung etwas fehlte, das Ulfert Fockena später gewiss ergänzen würde.

»Ich wäre Euch nicht undankbar«, fuhr Graf Enno fort, »wenn Ihr während Eures Auftrages in Ostfriesland, der sich sicherlich nicht nur in meinem Anliegen erschöpfen wird, sondern gewiss auch Angelegenheiten Eures Landesherrn zum Inhalt haben wird, etwas Licht in diese unerquickliche Angelegenheit bringen könntet.«

Graf Enno wusste, dass Graf August von Kringenberg mehrere Höfe und andere Besitzungen in Ostfriesland zu eigen hatte. Lübbert Rimberti war als Beamter des Grafen für alle Verträge und juristischen Angelegenheiten dieser auswärtigen Besitztümer zuständig und hatte deshalb in größeren Abständen in Ostfriesland zu tun.

Da Rimberti nicht sogleich reagierte, raunte ihm Enno zu: »Es wird gewiss nicht von Nachteil für Euch und für die Angelegenheiten des Grafen August sein.« Graf Enno wusste ebenfalls, dass Graf August von Kringenberg starkes Interesse daran hatte, Handelsschiffe unter seiner Flagge segeln zu lassen, aber über keinen Hafen verfügte. Rimbertis Landesherr war darauf angewiesen, dass Graf Enno ihm einen zur Verfügung stellte. Graf Enno bot also eine Art Geschäft an.

Nun gut, dachte Lübbert Rimberti, das letzte Mal hatte Graf Enno Wort gehalten. Rechtsstreitigkeiten konnten im guten Sinne beigelegt werden, und mit einigen Kaufleuten aus der Grafschaft Kringenberg waren vorteilhafte Handelsverträge abgeschlossen worden.

»Womit hat Sanders gehandelt?«, fragte er.

»Mit allem«, antwortete der Graf eilig.

Rimberti sah ihn an und antwortete nicht.

Enno räusperte sich. »Seine Schiffe haben vor allem Wein, Honig und Obst hergebracht. Tuch und Waffen mitunter auch. Gehandelt hat er mit Korn, Butter, Fleisch und Fisch. Und Salz.«

Der Graf hatte das letzte so betont beiläufig erwähnt, dass Rimberti hellhörig wurde.

»Salz?«, fragte Lübbert Rimberti seinen Freund Ulfert Fockena, als sie nach dem Gespräch mit Graf Enno im Hinterzimmer eines Gasthofes drei Becher Wein und eine große Schüssel Fleischsuppe lang Erinnerungen ausgetauscht hatten. Jetzt waren sie beim vierten Becher Wein und einem gebackenen Huhn in der Gegenwart angekommen.

»Salz«, bestätigte Fockena. »Jakob Sanders wurde in seinem Kontor ermordet. Jemand muss durch das Fenster einen Armbrustbolzen auf ihn geschossen haben. Da Sanders hinter seinem Tisch an der Wand saß, fiel er nicht zu Boden, sondern sackte tot in seinem Stuhl zusammen. Der Mörder hat eine gute Handvoll Salz über ihn gestreut.«

»Das kann auch jemand anders gewesen sein.«

»Vielleicht. Aber vor gut drei Wochen wurde in Oldekamp eine Nonne ermordet. Man hat den Fall nicht weiter untersucht und vermutet einen Einbruchsversuch in das Kloster. Auch sie wurde mit einem Bolzen der Armbrust getötet, und jemand hat die Tote mit Salz bestreut.«

»Wer sollte in ein Kloster einbrechen?«, fragte Rimberti. »Graf Enno hat die Klöster und Kirchen doch gründlich ausgeplündert. Da gibt es nun wirklich nichts mehr zu holen.«

»Und schon gar nicht im Klostervorwerk Oldekamp«, antwortete Ulfert Fockena und wischte mit einem Stück Brot die Schüssel aus. »Dort gibt es nur Bienen und ein bisschen Ackerland. Ein paar Kranke werden gepflegt, und ein paar Handschriften werden angefertigt. Kein lohnendes Ziel für einen Räuber. Wozu sollte auch jemand am helllichten Tag mit einer solchen Waffe dort einbrechen?«

»Sehe ich das richtig, dass der Graf auch dich mit der Lösung des Falles beauftragt hat?«

»Es gibt keinen Fall. Jakob Sanders war einer der reichsten Kaufmänner Ostfrieslands. Offiziell ist er bei einem …«

»Er ist bei einem Einbruch getötet worden. Ja?«, unterbrach Lübbert Rimberti den Freund.

»So ist es. Eggerik Beninga soll Erkundigungen einziehen, und wir sollen ihm dabei helfen«, bestätigte Fockena.

»Dafür, dass es eigentlich kein Fall ist, betreibt Graf Enno ja einen ziemlichen Aufwand.«

»Sanders war mit der Abwicklung der Kirchenschätze beauftragt. Er hat für Graf Enno einen Großteil der Wertgegenstände aus den Klöstern und Kirchengemeinden zu Geld gemacht.«

Einen Moment schwiegen die Freunde und widmeten sich dem gebackenen Huhn. Im letzten Jahr hatte Graf Enno begonnen, unter dem Deckmantel des evangelischen Glaubens alle Schätze und Wertgegenstände aus Kirchen und Klöstern einzuziehen. Ganze Wagenladungen mit Kelchen, Leuchtern, kostbar eingefassten Büchern, Monstranzen, Messgewändern und anderen Wertsachen hatte er durch seine Leute beschlagnahmen lassen, die sogleich einen erheblichen Teil der Kirchenschätze als Aufwandsentschädigung für sich abgezweigt hatten.

»Also: zuerst die Nonne oder den Kaufmann?«, fragte Rimberti.

Ulfert Fockena grinste. »Zuerst den Kaufmann, der ist noch frisch.«

Kapitel 5

RINELDE SANDERS BLICKTE einen Moment auf, als Lübbert Rimberti und Ulfert Fockena in den Raum geführt wurden. Die Witwe des ermordeten Kaufmanns war eine große, schwere Frau mit teigigem Gesicht. Ihre Haare waren ganz unter der eng anliegenden Haube verschwunden, was ihr Gesicht noch runder wirken ließ. Mit Herablassung hörte sie sich die Beileidsbekundungen der beiden an und beugte sich wieder über ihre Papiere.

»Ich danke Euch für Euer Mitgefühl«, sagte sie tonlos und tauchte die Feder in die Tinte.»Mein Mann hatte natürlich keine Gelegenheit, uns ein bestelltes Haus zu hinterlassen. So ist es meine Aufgabe, alles zu ordnen. Ich wäre Euch dankbar, wenn Ihr Euer Anliegen gleich vorbringen würdet. Ich habe viel zu tun.« Kratzend schrieb Rinelde Sanders etwas auf ihr Papier und blickte dann Fockena und Rimberti ungeduldig an.

»Verzeiht, dass wir Euch an einem so jammervollen Tag mit Fragen belästigen müssen«, begann Ulfert Fockena salbungsvoll. »Aber Graf Enno schätzte Euren Gatten als Freund und als Kaufmann. Ihm ist sehr daran gelegen, den Mörder schnell zu finden und zu bestrafen.«

Rinelde Sanders legte die Schreibfeder beiseite und nickte. »Stellt Eure Fragen.«

»Ist etwas aus dem Kontor Eures Mannes entwendet worden?«, fragte Lübbert Rimberti.

Rinelde Sanders schüttelte den Kopf. »Davon weiß ich nichts. Mein Mann hatte sein Geld gut versteckt und verschlossen. In seinem Kontor hatte er immer nur ein paar Münzen in einem Schrankfach. Und die sind noch alle da.«

»Ihr hattet schon Gelegenheit, Euch davon zu überzeugen?«, fragte Rimberti so höflich wie möglich.

Rinelde Sanders' Blick wurde eisig. »In unserem Kontor wimmelt es von Kunden und Bediensteten. Da sollte niemand in Versuchung geführt werden.«

Es polterte an der Tür, und ein hagerer Mann mit rotem Gesicht stolperte herein. Die Kleidung aus elegantem schwarzem Tuch passte nicht zu seiner ungepflegten Erscheinung. Das Haar stand nach allen Seiten ab, der Bart war seit Tagen nicht gestutzt und die Kleidung an Brust und Bauch bekleckert.

»Schwager Berend, was habt Ihr hier zu suchen?«, fragte Rinelde Sanders mit tadelndem Unterton.

»Ich wollte nachsehen, wie es mit Euch steht, liebe Schwägerin«, brachte der Mann mit schwerer Zunge vor.

»Immerhin sehe ich, dass Ihr noch steht. Das ist um diese Tageszeit schon sehr bemerkenswert, lieber Schwager«, entgegnete die Witwe schroff.

»Ich …« Der Mann suchte nach Worten. »Er war nicht nur Euer Mann, er war auch mein geliebter Bruder.« Tränen standen in seinen geröteten Augen. Er schniefte und wischte sich mit dem Ärmel die Nase.

Für einen Moment schien Rinelde Sanders von Mitleid berührt. »Ich danke Euch für Euren Besuch. Wir reden später.«

Der Mann druckste. »Auch wenn das jetzt etwas unpassend ist: Vielleicht könnt Ihr mir aus einer kleinen Verlegenheit helfen. Dringende Geschäfte, versteht Ihr?«

Rinelde Sanders' Gesicht wurde hart. Wortlos griff sie in einen Lederbeutel und holte ein paar Münzen heraus, die sie auf die Tischkante legte. Sie sah nicht hin, als ihr Schwager sich mit ungelenkem Schritt näherte und die Münzen umständlich von der Tischkante nahm.

»Dank Euch für die Hilfe«, sagte Berend Sanders mit übertriebener Ergebenheit. »Ihr könnt Euch auf mich verlassen. Ich werde in dieser schweren Zeit unerschütterlich zu Euch stehen.« Er deutete eine Verbeugung an und schwankte hinaus.

»Auch das ist ein Erbteil, welches mein Mann mir hinterlässt«, erklärte Rinelde Sanders ungerührt.

»Wird er etwas erben?«, fragte Ulfert Fockena.

»Nein. Mein Schwiegervater hat das Geschäft Jakob hinterlassen. Berend ist der Ältere. Aber er hat es nie zu etwas gebracht. Berend hat beim Tod meines Schwiegervaters eine Leibrente und lebenslanges Wohnrecht im Elternhaus bekommen. Dieses Erbe kann er nicht versaufen. Mein Schwiegervater war ein weiser Mann. Das Elternhaus selbst ist dem Kloster Ihlow überschrieben worden und wird nach Berends Ableben ganz dem Kloster zugutekommen. Es gibt noch einen dritten Bruder. Er heißt Konrad und ist auf eigenen Wunsch in dieses Kloster eingetreten. Er ist dort Bibliothekar.«

»Und mit dem Haus hat er sich gewissermaßen in das Kloster eingekauft«, stellte Ulfert Fockena fest.

»Es bedarf schon eines gewissen Wohlstandes, um das Armutsgelübde ablegen zu können«, erwiderte Rinelde Sanders.

»Jemand hat Salz auf Euren Mann gestreut. Habt Ihr eine Vermutung, was das zu bedeuten hat?«, fragte Lübbert Rimberti. »Hat Euer Mann auch mit Salz gehandelt?«

»Mein Mann hat zusammen mit Hilko Boyen mit Salz gehandelt«, antwortete die Witwe. »Das meiste Salz wird verkauft. Das Fleisch wird damit eingepökelt und überallhin verkauft. Aber etliche Fässer mit Salz verkaufen wir auch nach Westfalen oder verschiffen es über die Ostsee. Und nun, meine Herren, bitte ich Euch, mich allein zu lassen. Ich trauere um meinen Mann und bitte um Euer Verständnis.«

Rimberti und Fockena erhoben sich und verließen den Raum. Als Rimberti sich noch einmal zu Rinelde Sanders umwandte, um ihr einen Abschiedsgruß zu entbieten, war sie schon wieder in ihre Arbeit vertieft und schrieb mit ihrer Feder auf das Papier.

»Da stimmt doch etwas nicht«, sagte Ulfert Fockena, nachdem er den Bierkrug mit einem Zug bis zur Hälfte geleert hatte. »Da wird ihr Mann am helllichten Tag ermordet, und sie sitzt ungerührt da und macht ihre Bestandsaufnahme. Und auf keine Frage hat sie eine Antwort.«

»Nicht so laut«, raunte Lübbert Rimberti seinem Freund zu und sah sich in der Gaststube um. Aber niemand schien Interesse daran zu haben, ihrem Gespräch zuzuhören.

»Und doch trauert sie. Das habe ich deutlich gespürt. Vielleicht trauert sie um ihren Mann, aber ich habe das Gefühl, dass da noch eine andere Trauer ist. Und darüber will sie nicht reden.« Ulfert Fockena grinste. »Glaub mir! Ich verstehe etwas von Frauen.«

Lübbert Rimberti deutete mit einer Kopfbewegung in den hinteren Teil der Gaststube. An einem der Tische im Halbdunkel saß Berend Sanders. Er sprach angeregt mit einem schwarzbärtigen Mann, der in dunkelgrünes Tuch gekleidet war. Der Mann schien Berend Sanders mit einem Anliegen zu bedrängen. Sanders hob mehrere Male abwehrend die Hände und erwiderte etwas. Dabei schüttelte er den Kopf.

Schließlich stand der Mann auf und verließ den Schankraum. Rimberti sah, dass eine Narbe über seine Wange bis unter das Auge lief. Der schwarze Bart verbarg die Entstellung des Gesichts nur teilweise.

»Wir sollten uns um den trauernden Bruder kümmern«, raunte Ulfert Fockena. »Ich übernehme das Trinken und du das Trauern.«

»Dürfen wir Euch unser Beileid aussprechen?«, sagte Lübbert Rimberti, als er und Ulfert Fockena vor Berend Sanders standen.

»Ich danke Euch«, sagte Sanders, sein Desinteresse kaum verbergend.

»Dürfen wir Euch zu einem Trunk auf das Wohl Eures Bruders einladen?«, fragte Fockena.

»Ich danke Euch«, antwortete Sanders sichtlich erfreut, und die Augen leuchteten wie seine rote Nase.

»Es ist sicherlich nicht einfach für Euch«, sagte Rimberti, während er der Bedienung ein Zeichen gab.

»Nein, gewiss nicht«, erwiderte Sanders und stieß laut hörbar auf. Eine Dunstwolke sauren Atems hüllte Rimberti ein, der sich gerade vorgebeugt hatte, um mit dem Mann ins Gespräch zu kommen.

Die Schankmagd kam und wischte mit einem dreckigen Tuch über den Tisch. Dann brachte sie drei große Bierkrüge.

»Auf unsere Lieben, die wir vermissen.« Ulfert Fockena hob den Krug und nickte Sanders zu.

»Jau«, murmelte Sanders, der schon den Krug an den Mund gesetzt und mit dem Trinken begonnen hatte.

»Ein schmerzlicher Verlust«, bemerkte Fockena, der einen großen Schluck genommen hatte. »Nun kommt eine große Verantwortung auf Euch zu.«

Das Geräusch, das Sanders von sich gab, konnte als Zustimmung, aber auch als erneutes Aufstoßen gedeutet werden.

Lübbert Rimberti betrachtete Berend Sanders. Sein Gesicht war nicht nur aufgedunsen von übermäßigem Essen und Trinken. In seine Züge war die Bitterkeit tief eingegraben, der Gram eines Mannes, der immer im Schatten des Bruders leben musste, und der daran gewöhnt war, im Hintergrund zu stehen und sich mit dem zu begnügen, was übrig blieb.

Lübbert Rimberti wusste plötzlich, wie er mit Sanders ins Gespräch kommen konnte. Während Fockena der Wirtin erklärte, was sie nun zu bringen hatte, begann er: »Der Mord an Eurem Bruder kommt für Euch nicht ganz unerwartet. Habe ich recht? Ihr habt geahnt, dass es einmal so enden würde.«

Berend Sanders glotzte ihn an.

»Hätte Euer Bruder öfter auf Euch gehört, wäre es vielleicht nicht so weit gekommen«, sagte Rimberti.

»Was wisst Ihr?«, fragte Sanders lauernd.

In diesem Moment stellte die Wirtin einen großen Teller mit Brot und kaltem Braten auf den Tisch, und die Magd brachte drei Zinnbecher und eine Kanne mit dunkelrotem Wein. Fockena schenkte Sanders und sich ein und erhob den Becher. Sanders trank seinen in einem Zug fast leer und schenkte sich selbst nach.

»Ich weiß, was ich sehe«, antwortete Rimberti und nahm einen kleinen Schluck aus seinem Bierkrug. »Ich sehe vor mir einen Mann in den besten Jahren, der bisher nur wenig Gelegenheit hatte, seine Fähigkeiten unter Beweis zu stellen. Nun kommen große Aufgaben auf Euch zu: die Verantwortung für das Geschäft, die Sorge um Eure Schwägerin. Ihr seid nicht zu beneiden. Das alles ruht jetzt auf Euren Schultern. Doch Eure Schultern sind stark genug. Ein Mann ohne Eure Erfahrung wäre dem sicher nicht gewachsen. Aber Ihr werdet es schaffen.«

Staunend hatte Berend Sanders zugehört. Den Becher, den er erneut zum Trinken erhoben hatte, stellte er zurück auf den Tisch. »Jakob konnte den Hals nicht voll genug kriegen. Das war schon immer so.«

Nun kam das, was Rimberti und Fockena erwartet und erwünscht hatten. Berend Sanders erzählte seine Geschichte, die Geschichte des zu kurz gekommenen älteren Bruders, der nicht so begabt, nicht so durchsetzungsfähig, nicht so gut aussehend, nicht so rücksichtslos, nicht so verschlagen war wie der jüngere Bruder, auf den immer die Augen der Eltern gerichtet gewesen waren.

Natürlich hatte Jakob die bessere Ausbildung in auswärtigen Kontoren in Hamburg, London und Antwerpen genossen, während Berend zu Hause lediglich Schreibarbeiten und Botengänge verrichtet hatte. Natürlich war Jakob bei seiner Rückkehr vom Vater in die Leitung des Handelshauses aufgenommen und bei Verhandlungen und Vertragsabschlüssen beteiligt worden, und Berend war nur mit Aufgaben betraut worden, die wenig Verantwortung und Eigeninitiative erforderten. Berend musste die wenig versprechende Tochter eines entfernten Verwandten heiraten, die unter die Haube gebracht werden sollte. Jakob heiratete die reiche und selbstbewusste Rinelde, deren Vater mehrere Schiffe besaß.

Als die Wirtin die zweite Kanne mit schwerem süßem Wein brachte, hatten Rimberti und Fockena genug gehört.

»Salz.«

»Salz?«, fragte Sanders erstaunt zurück und sah Lübbert Rimberti an, während Ulfert Fockena ihm und sich selbst nachschenkte.

»Salz«, wiederholte Rimberti. »Auf Euren toten Bruder hat jemand Salz geschüttet. Habt Ihr dafür eine Erklärung?«

Berend Sanders zuckte mit den Achseln. Nun, da es nicht mehr um ihn ging, sondern um seinen Bruder, verfiel er wieder in Lethargie. »Vielleicht hat der Einbrecher bei seiner Flucht ein Salzfass umgestoßen, was weiß ich«, murmelte er beiläufig.

»Euer Bruder hat mit Salz gehandelt?«, fragte Rimberti.

»Friesensalz«, antwortete Sanders. »Wir haben eine Salzbude in Westermarsch, aber das meiste kommt von Bant. Dort haben wir zwei Salzbuden gepachtet. Ich muss hin und wieder auf die Insel fahren, um nach dem Rechten zu sehen. Ein Wunder, dass mein kleiner Bruder mir so viel Verantwortung zugetraut hat.« Wieder war die Bitterkeit in seiner Stimme. Er stopfte sich ein Stück Bratenfleisch in den Mund und spülte es mit Rotwein hinunter. »Aber mein Herr Bruder hatte so seine kleinen Geheimnisse.«

Erwartungsvoll sahen Rimberti und Fockena ihn an. Sanders lehnte sich behaglich zurück und trank den Becher leer. Rimberti schenkte ihm nach. Er konnte warten. Er wusste, dass Berend Sanders das Interesse an seiner Person genoss. Der Mann würde ihnen ein paar Informationen liefern müssen, um diese Aufmerksamkeit zu erhalten.

»Manchmal trafen spät abends Männer ein. Und wenn ich im Kontor war, ließ er sie warten, bis ich weg war. Ich habe nie etwas von dem mitbekommen, was sie besprochen haben. Manchmal brachte ein Bote einen Brief. Der Bote gab ihn nicht etwa mir. Bestand immer darauf, den Brief nur meinem Bruder persönlich aushändigen zu dürfen. Man kann sich ja denken …« Mit verschwörerischem Blick nahm Sanders den Weinbecher und trank.

»Ja?«, fragte Fockena.

Berend Sanders stutzte einen Moment. Vermutlich hatte er keine Ahnung, worum es in diesen Angelegenheiten gegangen war. Er drückste ein wenig. »Für Rinelde war das auch nicht immer einfach. Wenn ich da nicht hin und wieder mit Rat und Tat …« Geräuschvoll stieß Sanders auf. Er schien das Befremden auf Fockenas und Rimbertis Gesichtern zu genießen.

»Was denkt Ihr, wie das ohne mich gegangen wäre?«, setzte er wichtigtuerisch fort. »Neulich war mein Herr Bruder über ein halbes Jahr fort. Und niemand wusste, wo Jakob war. Nur seinen Knecht hatte er bei sich. Rinelde tat so, als wüsste sie genau, wo Jakob ist. Aber ich habe gemerkt, dass da etwas nicht stimmt. Sie antwortete immer ausweichend. Vor ein paar Wochen war er plötzlich wieder da. Er sah hundeelend aus und gab vor, auf der Geschäftsreise schwer krank geworden zu sein.«

»Und? Wo ist er gewesen?«, fragte Rimberti, während Fockena Sanders wieder einen gefüllten Becher zuschob.

»Kein Wort hat er gesagt. Nix«, sagte Sanders, dessen Blick immer glasiger wurde und dessen Gesichtsfarbe immer mehr der des Weines ähnelte. »Und der Knecht war nicht mehr bei ihm. Jakob sagte, sein Knecht sei in die neue Welt gegangen. Er wollte sein Glück im Goldland machen. Mein Bruder hatte Verbindungen zu den Welsern in Augsburg. Der Kaiser hat dieser Familie die Statthalterschaft über ein riesiges Gebiet in der neuen Welt überlassen.« Sanders rieb Daumen und Zeigefinger aneinander. »Gegen Bares natürlich. Viele vermuten dort das Goldland. Kein Wunder, dass viele Abenteurer und Taugenichtse dort reich werden wollen.«

Rimberti hoffte, dass Berend Sanders noch so lange klar im Kopf blieb, bis er Antworten geliefert hatte. »Und Euer Bruder hat nie darüber geredet, wo er gewesen ist und was passiert ist?«

»Darüber hat er nich' mit mir gesprochen«, antwortete Sanders. Er machte ein Schmollgesicht. »Er brauchte ein paar Wochen, um sich zu erholen, und so ganz der Alte war er bis zuletzt nicht.«

»Nun wird ja alles anders«, brummte Ulfert Fockena und prostete Sanders zu.

Sanders lächelte dümmlich. Der schwere Wein stieg ihm zu Kopf.

Was Rimberti wissen wollte, musste er jetzt aus ihm herausholen. Ein paar Weinbecher später würde dazu keine Gelegenheit mehr sein. »Vorhin habt Ihr mit einem Mann gesprochen. Ich meine, dass ich ihn von irgendwoher kenne. Aber ich kann mich nicht mehr an seinen Namen erinnern.«

»Ich weiß nich', von wem Ihr redet.« Sanders schüttelte den Kopf.

Aber Rimberti wollte diese Information unbedingt von ihm haben. »Der Schwarzbärtige mit der Narbe im Gesicht. Ihr habt Euch laut mit ihm unterhalten, und er hat mich noch im Vorbeigehen gegrüßt.«

»Keine Ahnung. Er hatte irgendein Geschäft mit mei'm

Bruder.« Berend Sanders fing an zu lallen. »Ich hab gar nich' verstanden, was er wollte. Das sind die Sachen von mein' Bruder. Da will ich nix mit zu tun haben. Damit is' jetz' Schluss. Aus un' vorbei. Nu' bin ich der Kaufmann Sanders.«

Kapitel 6

»ICH GLAUBE KAUM, dass Euch das etwas angeht. Schlaft erst einmal Euren Rausch aus!«, herrschte Rinelde Sanders Rimberti und Fockena an, die am frühen Morgen nach der durchzechten Nacht reichlich angeschlagen im Kontor standen.

»Tjark Andreesen, begleite die beiden Herren zum Ausgang«, sagte sie beiläufig und verharrte dann einen Moment, weil der Angesprochene nicht auf ihre Anweisung reagierte.

Am Fenster saß ein Junge, der etwa 14 Jahre alt sein mochte. Er war von kräftiger Gestalt und hatte blitzende hellblaue Augen. Seine blonden Locken ringelten sich lustig auf dem Kopf und um die Ohren. Tjark hatte Frau

Rinelde nicht gehört. Er sah aus dem Fenster. Ein Junge in seinem Alter trieb draußen ein paar Kühe am Haus vorbei.

»Tjark!«, fuhr Rinelde Sanders den Jungen an, der sofort zusammenschrak. »Bist du in Gedanken wieder auf deinem Hof? Am besten wärst du geblieben, wo du herkommst. Nur weil mein Mann deinem Vater einen Gefallen schuldig war, sitzt du hier im Kontor und hast die Möglichkeit, eine Ausbildung zu erhalten, von der deine Brüder nur träumen können. Und du schaust den Kühen hinterher? Eine Schande bist du, Tjark Andreesen. Da, wo andere ihren Verstand im Kopf haben, hast du nichts als eine Fuhre Schweinemist. Ich weiß nicht, warum ich dich nicht sogleich aus dem Haus jage.«

Der Junge lief rot an vor Scham und erhob sich zögernd. Rimberti sah seine ungeschickten Bewegungen, er erkannte aber auch die klugen Augen, die alles sehr genau wahrnahmen, und eine Beherrschtheit, die der Junge schon lange verinnerlicht hatte. Sie half ihm wegzustecken, dass er von der Herrin vor zwei Männern bloßgestellt wurde.

»Ja, gewiss …« Tjark Andreesen nickte und wollte weitersprechen, aber Rinelde Sanders hatte die Tür lautstark geschlossen.

»Wir wollten dich nicht in eine unangenehme Situation bringen.« Ulfert Fockena klopfte dem Jungen auf die Schulter.

»Es ist …« begann Tjark, und Ulfert Fockena setzte den Satz fort.

»Es ist genau, wie die Herrin sagte. Du bist hier nicht glücklich.«

»Ich schäme mich dafür. Mein großer Bruder würde von

einem solchen Leben träumen: Papiere, Zahlen, Buchstaben, Bücher, Listen, Briefe. Seht, mit was für einer Krakelschrift ich mich durch die Zeilen quäle. Ich schreibe so, wie mein Bruder pflügt.«

»Aber nicht er sitzt hier, sondern du«, stellte Lübbert Rimberti fest.

Tjark nickte. »Er ist der Ältere, und er übernimmt den Hof. So haben es die Eltern bestimmt. Obwohl Frerk nur ein Jahr älter ist.«

»Bei Esau und Jakob waren es vermutlich nur wenige Augenblicke«, bemerkte Rimberti.

»Ich werde meine Lehre zu Ende machen und lerne so viel, wie ich kann. Und dann muss es weitergehen, wie Gott, der Herr, es will«, schloss Tjark.

»Aber der Wille des himmlischen Vaters ist nicht immer derselbe wie der Wille des irdischen Vaters«, sagte Rimberti.

»Ich bringe Euch zur Tür. Danke für Eure freundlichen Worte«, sagte Tjark niedergeschlagen.

»Moment noch«, erwiderte Ulfert Fockena mit gedämpfter Stimme. »Euer Kaufmann war lange Zeit verreist.«

Tjark blinzelte gewitzt. »Ihr seid die Männer, die im Auftrag des Grafen Erkundigungen einziehen.«

Fockena fiel es schwer, seine Stimme gedämpft zu halten. »Woher weißt du …?«

»Ich bin vielleicht dumm«, antwortete Tjark. »Aber ich bin nicht doof. Ich bekomme mehr mit, als die Sanders' ahnen. Der Kaufmann war viele Wochen fort. Und seine Frau wusste nicht, wo er war. Obwohl sie immer vorgab, es zu wissen.«

»Und du weißt, wo er war.«

»Niemand wusste das, und der Kaufmann hat nie auch

nur ein Wort darüber verlauten lassen. Niemand von uns durfte davon sprechen. Schnitt einer von uns aus Neugierde oder aus Zufall das Thema an, lenkten der Kaufmann und seine Frau das Gespräch gleich auf ein anderes. Oder sie gaben uns deutlich zu verstehen, dass wir nicht zu fragen, sondern nur auf ihre Fragen zu antworten hätten.«

»Könnte jemand etwas wissen?«

»Hilko Boyen. Er hat oft mit dem Kaufmann zusammengearbeitet. Meistens waren das die großen Geschäfte, die für einen allein nicht zu schaffen waren. Ich bin ja noch nicht lange hier, obwohl es mir schon zu lange vorkommt. Wenn einer etwas weiß, dann ist es Hilko Boyen.«

»Hast du einen Verdacht?«, fragte Fockena lauernd.

»Ich habe wirklich keine Ahnung. Aber als der Kaufmann hier war, war er verändert. Er wirkte auf einmal so anders.« Der Junge suchte nach Worten. »Er wirkte, als ob er in den Wochen um Jahre gealtert wäre. Im Kontor war er manchmal fahrig. Mitunter kam er gar nicht ins Kontor, und manchmal ging er tagsüber für längere Zeit fort.«

»Gab es ein besonderes Ereignis vor der Reise deines Kaufmanns?«, wollte Rimberti wissen.

»Nein.« Tjark Andreesen rieb seine sommersprossige Nase. »Es war eigentlich alles so wie sonst auch.« Er sah zu Boden.

»Was überlegst du? Es muss vielleicht gar nichts Außergewöhnliches sein. Gab es eine Angewohnheit deines Herrn, die dir aufgefallen ist, auch wenn sie dir nicht der Rede wert zu sein scheint? Kamen Leute zu ihm? Hat er etwas verändert? Eine Gewohnheit vielleicht?«

»Der Kaufmann hat sich oft mit Freunden getroffen. Nicht hier im Haus, nur zweimal waren sie hier, und da wurde ich weggeschickt.«

»Weißt du, wo diese Treffen stattfanden?«

»Im alten Speicher am Hafen. Und als der im letzten Herbst abgebrannt ist, trafen sie sich in einem anderen Speicher. Dort war auch ein kleines Kontor eingerichtet. Ich nehme an, dass sie dort zusammensaßen.«

»Das nimmst du an, aber du weißt es nicht?«, unterbrach ihn Rimberti. »Kennst du denn jemanden, der zu diesen Treffen kam?«

»Nein. Ich bin einige Male mit dem Kaufmann gegangen und habe den großen Korb mit Essen und Trinken getragen. Aber der Kaufmann hat mich nicht mit hereingelassen. Vor der Tür hat er mich wieder nach Hause geschickt und hat selbst den Korb mitgenommen.«

»Ein Mann mit einer Gesichtsnarbe unter schwarzem Bart – trieb der sich ab und zu hier herum?«, fragte Rimberti.

Tjark nickte. »Ich habe so einen Mann zweimal gesehen. Aber der gehörte nicht zu den Freunden, mit denen sich mein Kaufmann traf. Einmal wartete der Mann mit der Narbe vor dem Haus, als ich hinausging, um einen Botengang zu erledigen. Ich wollte umkehren, weil ich noch etwas vergessen hatte. Da sah ich, dass dieser Mann hineinging, ohne zu klopfen. Ein anderes Mal war ich noch am späten Abend damit beschäftigt, einen Vertrag abzuschreiben. Beim Aufsetzen des Vertrages hatte ich einen Fehler gemacht und musste nun alles noch einmal schreiben. Da betrat der Mann das Kontor. Und als er mich sah, eilte er gleich durch den Raum in die Wohnung des Kaufmanns. Da kam nach wenigen Augenblicken der Bruder des Kaufmanns zu mir und sagte, ich solle für heute Schluss machen.«

»Du hast ein gutes Gedächtnis«, lobte ihn Fockena.

Plötzlich stand Rinelde Sanders in der Tür. »Habe ich

etwa gesagt, du sollst die Herren mit deinen Bauernreden aufhalten? Was bist du für ein ungezogener Tölpel! Geh sofort wieder an deine Arbeit. Auch ohne Ablenkung brauchst du dafür schon zu lange.«

»Du hast uns sehr geholfen«, sagte Fockena. »Vielleicht können wir dir auch noch einmal von Nutzen sein.«

»Das glaube ich nicht«, erwiderte Tjark.

Kapitel 7

HILKO BOYEN BEWOHNTE ein prächtiges Haus mit Kontor in der Nähe des Norder Hafens. Sonntags hielt er sich meist bei den Eltern seiner Frau auf, die in dem Dorf Wilsum in der Nähe von Norden lebten.

Rimberti hatte dort durch einen Boten ihren Besuch für die Zeit nach dem Gottesdienst ankündigen lassen. Nun aber waren er und Fockena so gut auf der halbwegs passierbaren Straße vorangekommen, dass der Gottesdienst noch längst nicht zu Ende war, als sie an der Kirche vorbeikamen.

Sie gingen leise hinein. Der Pfarrer stand vor dem Altar und sprach mit der Gemeinde das Glaubensbekenntnis in deutscher Sprache. Er trug nicht das bunte Messgewand des Priesters, sondern einen schwarzen Talar mit einem weißen Kragen. Bevor der Pfarrer vom Altar wegtrat und die Gemeinde das nächste Lied sang, nickte er einem anderen Mann zu, der ebenfalls in Schwarz gekleidet war und nun gemessenen Schrittes auf die Kanzel zuging.

Lübbert Rimberti und Ulfert Fockena blieben im halbdunklen hinteren Teil der Kirche. Sie versuchten, den Kaufmann Hilko Boyen auszumachen, und sahen, dass in der Nähe der Kanzel zwei Priechen aufgebaut waren: Sitzplätze, die mit einer Art Holzgehäuse verkleidet waren, um sie von der übrigen stehenden Gemeinde ein wenig abzuschirmen. Rimberti sah wohlhabend gekleidete Familien dort sitzen. Da er Boyen nicht kannte, konnte er nur vermuten, dass der mit seiner Frau und den zwei Söhnen in der Prieche gegenüber der Kanzel saß.

Als der Prediger die Kanzel bestieg und sich der Gemeinde zuwandte, war Rimberti überrascht: Es war Andreas Karlstadt. Rimberti hatte ihn seit etlichen Jahren nicht mehr gesehen. Er kannte Karlstadt aus seiner Wittenberger Studienzeit, und es waren nicht nur gute Erinnerungen, die ihm in den Sinn kamen.

Karlstadt war Professor in Wittenberg gewesen. Er war mit Luther ein wichtiger Streiter für den evangelischen Glauben gewesen. Eigentlich war sein Name Andreas Bodenstein, aber meist ließ er sich nach seinem Geburtsort Karlstadt nennen.

Zu den bewegendsten Erinnerungen Rimbertis an seine Wittenberger Studienzeit gehörte der Weihnachtsgottesdienst 1521 in der Stadtkirche. Luther hatte sich in seinem Versteck auf der Wartburg aufgehalten, und Karlstadt hatte damals die Erneuerung der Kirche weiter vorangetrieben. Die Stadtkirche war voller Menschen gewesen. Nahezu alle Einwohner Wittenbergs mussten gekommen sein, um den ersten Gottesdienst nach evangelischer Ordnung mitzufeiern. Zum ersten Mal hatte Rimberti die Predigt in deutscher Sprache gehört. Und zum ersten Mal hatte er bei der Messe nicht nur die Hostie erhalten, sondern auch den Kelch in die Hand genommen und daraus getrunken. Seine Hände hatten gezittert. Karlstadt selbst hatte als leitender Geistlicher und Prediger in diesem Gottesdienst kein buntes Messgewand getragen, sondern seinen schwarzen Gelehrtentalar.

Rimberti erinnerte sich an Karlstadts Abreise aus Wittenberg. Während Luther sich auf der Wartburg verborgen halten musste, war es in Wittenberg zu Ausschreitungen gekommen. Selbst ernannte Propheten traten auf und nahmen in Anspruch, Offenbarungen Gottes empfangen zu haben. Kirchen wurden geplündert, Bilder und Figuren zerstört.

Man hatte Karlstadt für die Unruhen verantwortlich gemacht und ihm verboten, öffentlich zu predigen. Karlstadt war der Arbeit an der Universität überdrüssig geworden. Damals hatte er sich auf sein Landgut bei Wörlitz zurückgezogen. Rimberti hatte in den Jahren danach immer wieder einige von Karlstadts Schriften gelesen und von dessen unruhigem Wanderleben gehört, bis Karlstadt zuletzt wieder in Gnaden in Wittenberg aufgenommen worden war und mit seiner Familie unter bedrückenden Verhältnissen leben musste.

Warum war Karlstadt hier? Wollte Graf Enno ihm eine

Pfarrstelle geben? Oder sollte Karlstadt der leitende Theologe für die anstehende Kirchenreform in der Grafschaft werden?

Die Gemeinde stimmte die letzte Strophe an, und Karlstadt ließ seinen Blick über die Menschen schweifen.

Rimberti betrachtete ihn genau. Gealtert sah Karlstadt aus. Und müde. Rimberti bemerkte, dass einige Männer einander Handzeichen machten. Was hatten sie vor?

»So spricht Christus: Mein Haus ist ein Bethaus und ihr macht eine Mördergrube daraus!« Karlstadt begann seine Predigt. Eine Energie schien ihn zu durchströmen, die seine Worte kraftvoll und lebendig machte.

Mit beiden Händen wies er auf die beiden Nebenaltäre, die dem heiligen Nikolaus und dem heiligen Georg geweiht waren, und fuhr fort: »Diese Bilder sind Lügner und Mörder. Sie trügen euch und töten alle, die sie anbeten. Dass wir sie mit bunten Farben bemalen und mit Gold bekleiden, zeigt, dass wir sie lieben und nicht Gott. Gott hasst Bilder und betrachtet sie als Gräuel. In Gottes Augen werden Menschen das, was sie lieben. Die Bilder der Ölgötzen aber sind widerwärtig, folglich werden auch wir widerwärtig werden, wenn wir sie lieben und anbeten. Es wäre tausendmal besser, die Bilder ständen in der Hölle und im feurigen Ofen als in Gottes Häusern. Sie machen den Tempel Gottes zu einer Mördergrube, denn sie töten unseren Geist und unseren Glauben.«

Karlstadt wurde immer heftiger, und Rimberti musste an den Bildersturm in Wittenberg denken, den er als Zuschauer miterlebt hatte: Grölende Männer zogen durch die Kirchen und warfen mit Steinen und Unrat nach den Priestern, die an den Altären Messen lasen. Mit Äxten wurden Heiligenfiguren zerschlagen und vor der Kirche zusammen mit Büchern und Priestergewändern verbrannt.

»Gott wird dich fragen!« Karlstadt erhob seine Stimme. Eindringlich sah er einzelne Personen in der Gemeinde an. Es war so still in der Kirche, dass Rimberti das schwere Schnaufen von Fockena hinter sich hören konnte.

»Gott wird dich fragen«, wiederholte Karlstadt eindringlich. »Warum kannst du nicht genug bekommen, dass du Bilder und Ölgötzen in meinem Hause stehen lässt? Wie kannst du so dreist sein, dass du dich in meinem Hause vor Bildern verneigst und vor ihnen kniest, obwohl Menschen sie mit ihren Händen gemacht haben? Diese Ehre steht allein mir zu! Ihnen bringst du Opfer und dankst ihnen für Leib und Leben und Gut. Aber sie haben dir nichts gegeben. Alles hast du von mir. Und nun betest du fremde Götter an.«

Atemlos nahm die Gemeinde jedes einzelne Wort auf.

Karlstadt holte einmal tief Luft und sprach dann eindringlich und konzentriert weiter: »So spricht der Prophet Hosea im Namen Gottes zu seinem Volk: ›Ich habe sie ernährt und hochgebracht, aber sie verachten mich.‹ So rennen wir, Schwestern und Brüder, zu den toten Ölgötzen, wie Krähen und Raben sich auf Aas und einen Leichnam stürzen. Wir schmähen Gott in seinem eigenen Haus. Dabei ist es uns geboten, diese Bilder und Götzen aus dem Hause Gottes fortzuschleppen.«

»Die da vorn führen doch etwas im Schilde«, brummelte Fockena. Er knuffte Rimberti in die Seite und nickte zu den Männern hin, die vorn bei den Nebenaltären standen und zwischendurch Blicke austauschten.

Erst jetzt erkannte Rimberti den Mann, der halb verdeckt hinter einer Säule stand. Es war der Bärtige mit der Narbe auf der Wange, der vorgestern Abend mit Berend Sanders in der Schänke gesprochen hatte.

Rimberti hörte nicht mehr auf die Predigt. All diese Argumente hatte er zu oft gelesen und gehört. Dass mit dem Geld für Heiligenbilder vielen Armen geholfen werden konnte, war ihm natürlich klar. In seiner jetzigen Heimatstadt war auch vor einigen Jahren eine reformierte Kirchenordnung erlassen worden. Man hatte auf Anordnung der Regierung die Nebenaltäre und Heiligenfiguren aus der Kirche entfernt. Das war ohne Aufruhr und Bildersturm geschehen. Die Altarbilder, Skulpturen und Reliquien hatte sein Landesherr gewinnbringend an die römischen Bischöfe der Region verkauft und mit dem Erlös den Grundstock einer Armenkasse gelegt. In den letzten Jahren hatte sich jedoch herausgestellt, dass die Spenden für die Armenkasse bei Weitem geringer ausfielen als die Stiftungen für Heiligenfiguren, Altarbilder und Messen in den Jahren zuvor.

Rimberti beobachtete, dass der Narbige ganz am Rand der Gemeinde stand und sich unbeteiligt gab. Aber er war es, zu dem andere aus der Gemeinde immer wieder blickten. Der Narbige fasste seinen Sitznachbarn am Arm, einen kräftigen Mann mit roter Gesichtsfarbe und buttergelbem Haar. Er flüsterte ihm etwas zu.

»So spricht der Herr!« Karlstadts Stimme wurde auf einmal wieder heftig und überschlug sich: »Ihre Altäre sollt ihr einreißen, ihre Steinbilder zerbrechen, ihre heiligen Holzbilder umhauen und ihre Götzenbilder mit Feuer verbrennen.«

Für einen Moment wurde es ganz still in der Kirche. Rimberti sah, wie der Mann mit der Narbe den anderen zunickte und dem rotgesichtigen Mann neben sich kurz die Hand auf die Schulter legte. Sofort stand dieser auf. Er stiefelte ein paar Schritte in den Altarraum und griff sich eine kleine Skulptur des Heiligen Georg mit dem Drachen, die dort in einer Wandnische stand.

»So haben wir's gehört. So müssen wir's tun. Des Herrn Wort selbst hat es gesagt«, sprach er mit heller und zittriger Stimme. Dann schlug er Georg mitsamt dem Drachen krachend gegen eine Säule. Arme, Beine, Kopf und Rumpf des Heiligen kullerten über den Boden. Nur der Drache blieb heil.

Beherzt erhoben sich einige Männer und begannen, die Mondsichelmadonna aus ihrer Aufhängung zu lösen. Der Mann mit dem roten Gesicht holte eine Axt unter seinem Gewand hervor.

»Siebo Heiken!« Eine Frauenstimme, die das Befehlen gewohnt war, ertönte in der Kirche. Eine Tür klappte, und eine kleine alte Frau kam aufrecht aus ihrem Herrensitz neben dem Lettner. »Siebo Heiken, wage es nicht, die heilige Mutter Gottes mit deinen ungewaschenen Pfoten anzufassen.«

Der Mann mit dem roten Gesicht drehte sich um. »Frau Hiske, Ihr habt gehört, was der Herr sagt.«

»Was der Herr da oben auf der Kanzel gesagt hat, habe ich sehr wohl gehört. Aber höre nun auch, was ich sage: Wenn du es wagst, der Mutter Gottes, die mein seliger Mann unserer Kirche gestiftet hat, etwas zuleide zu tun, dann wirst du in unserer Familie nie wieder auch nur für einen Tag Lohn und Brot erhalten.«

Siebo Heiken ließ die Axt sinken. Mit einem Mal begannen die Leute zu reden. Einige riefen, die Männer sollten weitermachen. Neben Rimberti sprachen zwei Frauen laut ein *Ave Maria*.

Der Pfarrer stellte sich vor den Altar. Sofort wurde es leiser. »Frau Hiske. Das Wort Gottes gebietet uns, die Götzenbilder aus unserer Kirche zu entfernen. Dieses Wort ist uns lieb und teuer. Darum müssen wir gehorchen, ob wir wollen oder nicht.«

Die kleine alte Frau stellte sich aufrecht vor ihren Herrenstuhl und wirkte auf einmal groß, als sie ihre Stimme erhob. »Magister Cornelis, lieb und teuer ist auch das gute Stück Land, das mein seliger Mann damals mit der Madonna für die Pfarre gestiftet hat und dessen Pachtzins Eurer Pfarre zugutekommt, damit Ihr die Messe für ihn lest. Gebt meiner Familie das Land zurück, und Ihr könnt die Mutter Gottes haben und meinetwegen Brennholz aus ihr machen.«

Pfarrer Cornelis stand mit offenem Mund und fand keine Antwort. Die Leute begannen zu reden. Frau Hiske wandte sich an Heiken: »Siebo, du bringst mit deinen Leuten die Madonna zu mir nach Hause. Und danach könnt ihr mit Pfarrer Cornelis das Haus Gottes zu Kleinholz schlagen, wenn euch danach ist.«

Siebos riesige Arme umklammerten die Madonna und hoben sie vorsichtig aus der Verankerung. Mit zwei anderen trug er sie aus der Kirche. Frau Hiske folgte der Madonna, und etliche schlossen sich ihr an und verließen die Kirche. Als die Tür hinter ihnen geschlossen wurde, begannen andere aus der Gemeinde damit, die Altarbilder und Heiligenfiguren abzunehmen. Das alles hatte wenig von einem Bildersturm aufgebrachter Gemeindeglieder. Wie bestellte Handwerker bauten die Männer alles ab und trugen die Skulpturen und Bilder aus der Kirche.

Auf dem Kirchplatz brannte schon ein Feuer. Die Heiligenfiguren und Bilder wurden hineingelegt. Pfarrer Cornelis breitete die Arme aus und sagt: »Ihre Götzenbilder sollst du mit Feuer verbrennen, spricht der Herr.«

Den Mann mit der Narbe im Gesicht konnte Rimberti nicht mehr entdecken. Vermutlich hatte er sich davongemacht.

»Frau Hiske hat mir imponiert«, brummte Fockena, der das ganze Treiben fast regungslos verfolgt hatte. »Schade, dass sie nicht 30 Jahre jünger ist.«

Kapitel 8

»SEID FROH, DASS sie nicht dreißig Jahre jünger ist, Junker Fockena, sonst hättet Ihr sie vielleicht geheiratet und sie hätte Euch das Leben zur Hölle gemacht«, sagte Hilko Boyen mit einer so tiefen Stimme, dass auch im leisen Ton des Kaufmanns jedes Wort zu verstehen war. »Aber als Schwiegersohn bin ich ganz gut mit ihr gefahren, und sie auch wohl mit mir.«

Er sah in die Diele, wo Frau Hiske gerade Siebo Heiken und seine beiden Begleiter anwies, die Madonna mit Säcken zu umwickeln und in Stroh einzupacken. Zwei Mägde waren dabei, in der Upkamer den Tisch für Hilko Boyens Familie und die beiden Gäste zu decken.

»Wenn Frau Hiske in Wittenberg gelebt hätte, dann hätte sich die evangelische Bewegung vermutlich gar nicht erst ausgebreitet«, bemerkte Ulfert Fockena grinsend.

»Da täuscht Ihr Euch«, antwortete der Kaufmann. »Sie hat sogar Luthers Übersetzung des Neuen Testamentes gekauft. Es ist eine Ausgabe der neuen Auflage vom Dezember 1522, gebunden und mit Initialen geschmückt. Sie hat ein Vermögen gekostet: anderthalb Gulden.«

»Nur ein Teil dessen, was Euer Schwiegervater für Eure Dorfkirche gestiftet hat«, stellte Fockena fest.

»Groß im Nehmen, groß im Geben – das war sein Wahlspruch. Im Herbst vor drei Jahren ist er gestorben. Und Pfarrer Cornelis muss jede Woche eine Messe für ihn lesen, genauso wie sein Vorgänger, Pater Klemens.« Boyen lächelte. »Römisch oder evangelisch: bezahlt ist bezahlt.«

Er lehnte sich zurück. Hilko Boyen war ein untersetzter, kräftiger Mann. Nur wenige graue Fäden durchzogen sein schwarzes Haar, seine Gesichtsfarbe war frisch und gerötet, seine Augen blickten lebendig und wach. Sein Gesicht war glatt rasiert, und trotz seiner humorvollen Bemerkungen zogen sich seine Mundwinkel nach unten. Für einen Moment schien er in seinen Gedanken versunken.

Frau Hiske gab den drei Männern ein paar Anweisungen, dann reichte sie ihnen eine Münze. »So habt ihr an diesem Tag doch noch ein gutes Werk getan, während eure Genossen in der Kirche randalieren, als wäre es eine Kneipe.«

Siebo Heiken nahm das Geld und verneigte sich. Dann trottete er mit seinen beiden Begleitern davon.

»Ich werde die Madonna zu meinem Neffen schicken. Er ist Kirchvogt in Bagband. Dort wird man wissen, wie man ein Bild der Mutter Gottes respektvoll behandelt. Ist Ubbius schon da?«, fragte Frau Hiske ihren Schwiegersohn. Der schüttelte den Kopf.

Rimberti und Fockena erhoben sich, um Frau Hiske zu begrüßen. Sie musterte die beiden Männer von oben bis unten und bemerkte: »So, Ihr seid nun die Berater unseres neuen Grafen. Dann werden uns ja glanzvolle Zeiten bevorstehen. Und wenn dazu noch solch tüchtige Prediger im Land sind wie Karlstadt und Melchior Hofmann, dann ist der Lauf des reinen Wortes Gottes wohl nicht mehr aufzuhalten.«

»Ihr meint doch nicht etwa …«, wollte Rimberti erwidern, doch Frau Hiske unterbrach ihn und wies mit ausgebreiteten Händen auf den reich gedeckten Tisch, auf dem Schüsseln mit Fleisch und Gemüse dampften. »Lasst uns erst danken und essen. Alles andere hat Zeit. Sprecht Ihr das Tischgebet, Junker Ulfert?«

»Salz?«, fragte Hilko Boyen erstaunt, als der Tisch abgeräumt worden und seine Schwiegermutter in die Mittagsruhe gegangen war. Seine beiden Gäste hatten ihn über Einzelheiten am Mord von Jakob Sanders informiert.

»Wir haben mit Salz gehandelt«, erklärte Boyen. »Wobei ich zugeben muss, dass ich fast keine Ahnung habe, wie das Salz an der Küste produziert wird. Das hat alles Jakob von Norden aus gemacht, und ich war als Partner beteiligt. Dafür habe ich mich um den Ankauf und Weiterverkauf von Rindern und Schweinen gekümmert. Da war Jakob als Partner dabei. So haben wir es auch mit Nord- und Ostseehandel gemacht, mit Wein, mit Honig, mit Flachs und Wolle. Lief es einmal in einem Bereich schlecht, so machten wir in einer anderen Sparte Gewinne.«

Hilko Boyens Gesicht wirkte bekümmert. Er trank klares Wasser aus seinem Becher und atmete schwer durch. Dann sprach er weiter: »Jakob und ich kannten uns viele Jahre. Wir haben als Jungs unsere Ausbildung in Rostock gemacht. Wir hatten verschiedene Lehrherren, aber da die beiden viele Geschäfte gemeinsam durchführten, haben wir nicht nur einander, sondern auch die Vorzüge einer verlässlichen Zusammenarbeit kennengelernt. Nicht nur gegenseitige Hilfe in Notfällen, das versteht sich ja von selbst.«

Rimberti nickte.

»Es gibt Geschäfte, die sind für einen Kaufmann allein zu groß«, erklärte Boyen. »Zu zweit verfügten wir über mehr Kapital, wir waren auch in Engpässen beweglich, und vor allem konnte jeder von uns seine besonderen Fähigkeiten einbringen, und so haben wir einander ergänzt. Jakob hatte ein Gespür für gute Gelegenheiten, den Kaufmannsinstinkt. Und ich hatte die nötige Menschenkenntnis. Und Kaltblütigkeit.«

»Kaltblütigkeit?«, fragte Lübbert Rimberti zurück.

»Jedenfalls bis vor Kurzem.« Der Kaufmann sah aus dem Fenster. Sein Blick konzentrierte sich auf einen Punkt draußen.

»Ich glaube, ich mache einen kleinen Spaziergang«, seufzte Ulfert Fockena. »Nach dem guten und vielen Essen wird mir etwas Bewegung guttun.«

»Ich spüre Euren Schmerz um Jakob Sanders«, sagte Rimberti.

Boyen nickte. »Vor einem Vierteljahr sind meine Frau und meine Tochter ums Leben gekommen. Sie wollten den Bruder meiner Frau in Amsterdam besuchen. Ein Dorf, in dem sie übernachteten, wurde von Wiedertäufern besetzt. Die Aufrührer stürmten gemeinsam mit den Dorfbewohnern das Kloster. Einigen Mönchen gelang die Flucht, und sie holten spanische Soldaten aus der nächsten Garnison. Die stürmten am nächsten Tag das Dorf und ließen fast niemanden am Leben.«

Hilko Boyen schwieg einen langen Moment. Dann sprach er weiter: »Ich weiß nicht einmal, wo und wie sie beigesetzt worden sind.«

Von draußen war zu hören, wie jemand an die Außentür klopfte und von einer Magd in Empfang genommen wurde.

»Hinrich!« Hilko Boyen erhob sich und begrüßte einen großen und schlanken Mann, den Rimberti auf Mitte 30 schätzte, also in seinem eigenen Alter. »Was für eine Freude, dich zu sehen. Selten genug, dass die Kölner dich einmal freigeben für die alte Heimat.«

Verhalten erwiderte Hinrich Ubben die Umarmung seines Freundes. »Meine Freude ist nicht weniger groß. Aber getrübt ist sie durch die traurigen Ereignisse.« Er sah zu Rimberti hin und entschied wohl, zunächst nicht mehr zu sagen.

Boyen trat einen Schritt zurück. »Doktor Rimberti hat ebenfalls Rechtswissenschaften studiert. Er ist Syndikus in … Ich habe noch nicht einmal genau zugehört vorhin. Auf jeden Fall soll er Graf Enno in einer rechtlichen Angelegenheit beraten und einen Todesfall untersuchen, der mich sehr traurig macht.«

»Jakob Sanders. Ich habe davon gehört«, antwortete Ubben und erklärte Rimberti: »Wir sind in Norden aufgewachsen. Unsere Wege führten dann in unterschiedliche Richtungen, aber Hilko und ich sind immer in Verbindung geblieben.«

»Ich habe schon viel von Euch gehört«, antwortete Rimberti, »und auch davon, dass Ihr in Köln zurzeit mit niemand Geringerem zusammenarbeitet als mit Professor Johannes Frissemius, eine Zierde unserer Juristenzunft und ein Meister glanzvoller Sprache. Man erzählt, dass Ihr an einem Werk über Friesland schreibt.«

Ubben nickte ihm zu, und Rimberti spürte, dass diesem Mann jede eitle Selbstdarstellung fremd war. »*Frisia descriptio* soll es heißen. Das ist auch ein Grund für meine Reise in die Heimat. Es gibt eine Reihe von Fragen, die ich für meine Beschreibung Ostfrieslands klären möchte. Außerdem werden die Eltern alt, und ich möchte jede seltene Gelegenheit nutzen, sie zu besuchen. Aber erzählt von Euren Geschäften, Doktor Rimberti.«

Nur kurz berichtete Rimberti von seinem Gutachten, dass er zum Verkauf der Herrlichkeit Hillersum schreiben sollte. Ausführlicher erzählte er vom Mord an Kaufmann Sanders.

»Salz?«, fragte Hinrich Ubben erstaunt, als Rimberti seine Erzählung unter Auslassung einiger Details beendet hatte. »Das wird an der Küste gewonnen. In meiner Heimat Ostermarsch, aber vor allem in der Westermarsch und auf Bant werden im Vorland große Mengen Salz gewonnen. Aber auch im Watt vor der Küste bei Esens wird Salztorf ausgegraben.«

Rimberti sah ihn staunend an. Obwohl er in Ostfriesland aufgewachsen war und ihm bekannt war, dass im Bereich der Küste Salz gewonnen wurde, so wusste er nichts darüber, wie diese Salzgewinnung vor sich ging.

»Hier ganz in der Nähe, an der Westermarscher Küste, solltet Ihr Euch das einmal ansehen«, sagte Hinrich Ubben. »Die Torferde unter dem Kleiboden und unter dem Schlick ist sehr salzhaltig. Sie wird ausgegraben und getrocknet. Später wird sie dann verbrannt, und die Asche wird mit Wasser ausgelaugt. Und das wird dann eingekocht. Es wird so viel Salz gewonnen, dass unsere Heimat gut versorgt wird und sogar damit gehandelt werden kann. Wie man bei meinem lieben Freund Hilko Boyen sieht.«

Boyen nickte. »Ich lasse hauptsächlich Fisch damit einpökeln. Und wenn das Salz sehr weiß und rein ist, salze ich auch Butter und Fleisch damit ein. Aber das wisst Ihr bereits. Wenn es Euch interessiert, werde ich mich darum kümmern, dass Ihr die Salzsiederei in Westermarsch besichtigen könnt. Alle paar Tage fährt auch jemand zur Insel Bant, um Vorräte zu bringen.«

»Berend Sanders erzählte, dass die Aufsicht über die Salzbuden seine Aufgabe ist«, erklärte Rimberti.

»Berend ist ein Großmaul. Eigentlich hätte er als Ältester die Geschäfte übernehmen müssen, aber er hat schon das Erbe seines früh verstorbenen Onkels in ein paar Jahren verbraucht. Glücksspiele, falsche Freunde, Liebschaften, und die wenigen Investitionen in den Handel waren schlecht gewählt. Dann war das Geld weg. Der alte Sanders hat seinem jüngeren Sohn Jakob das Geschäft übergeben, und er hat für Berend alle Schulden bezahlt und ihm eine Leibrente festgesetzt. Berend musste alle Ansprüche auf die Firma aufgeben. Das ist vertraglich geregelt.«

»Und dann ist da noch ein dritter Bruder«, stellte Rimberti fest.

»Konrad. Er hat die freien Künste studiert und ist Bibliothekar im Kloster geworden, in der *Schola Dei* in Ihlow. Der alte Sanders hat ihn dort eingekauft.«

»Und was wird aus ihm, wenn das Kloster aufgelöst wird?«, erkundigte sich Rimberti.

»Ihlow?«, fragte Heinrich Ubben erstaunt. »Die *Schola Dei*? Graf Enno wird es nicht wagen, die *Schule Gottes* aufzulösen. Die edelsten Familien des Landes haben ihre Söhne diesem heiligen Ort anvertraut. Seine große Bibliothek und die Gelehrsamkeit und Frömmigkeit seiner Mönche sind weit über Ostfriesland bekannt.«

»Die Axt ist schon an die Wurzel gelegt«, sagte Rimberti. »Graf Enno hat bereits gewisse Pläne. Und Bruder Konrad in der Schule Gottes ist nun alleiniger Erbe des Sanders'schen Handelshauses.«

Kapitel 9

»Hier up an.« Der Siedemeister wies Rimberti und Fockena zu einer Anhöhe, auf der zwei große Holzbuden standen. Die ganze Umgebung war in stinkenden weißen Qualm gehüllt.

Sie hatten ihm einen Brief von Hilko Boyen vorgelegt. Schnell ging der Siedemeister ihnen voraus, dick wie ein Salzfass auf kurzen stämmigen Beinen und mit rudernden Armen. Rimberti und Fockena staunten über seine behänden und raschen Bewegungen. Und schnell bemerkten sie auch, dass der Siedemeister über einen ebenso beweglichen Verstand mit entsprechendem Mundwerk verfügte.

Unterwegs erklärte er ihnen den Ablauf der Arbeit. Er wies ins Vorland, wo seine Leute bei Flut hinausruderten und sich bei Ebbe trockenfallen ließen, um im Watt die oberste Schlickschicht abzutragen und den darunter liegenden salzhaltigen Torf abzubauen. Er zeigte auf zwei Frauen, die ein Pferd mit sich führten. Das Pferd zog einen Wagen, den sie mit dunklem und schlickigem Torf beladen hatten.

Zwei andere Frauen waren dabei, die vorige Lieferung zu verarbeiten. Barfuß zertraten sie die großen Torfsoden zu kleinen, flachen Stücken, die bei gutem Wetter durch Sonne und Wind trocknen konnten. In der Nähe der Anhöhe wurde der trockene Torf zu Asche verbrannt. Die pulverige Asche wiederum wurde mit Salzwasser befeuchtet, damit der Wind sie nicht wegwehte, und dann in der größeren der beiden Holzbuden gelagert.

Der Siedemeister schob Rimberti und Fockena in die Holzbude. »Mit dem Jakobitag geht es dann weiter«, sagte er. »Mit dem Sieden fangen wir an, wenn wir genug Asche gelagert haben.«

Er klopfte an einen von zwei großen Holzbottichen. »Hier laugen wir mit Brunnenwasser das Salz aus der Asche. Manche nehmen auch Meerwasser, aber mit süßem Wasser schmeckt das Salz hinterher nicht so bitter. Die Suppe kommt dann in diesen schönen Kochtopf.« An einer Kette hing die große eiserne Salzpfanne in eine Grube in der Mitte des Raumes.

»Da unten machen wir ein schönes Feuerchen, und dann wird der Eintopf aufgesetzt. Zweimal muss er kochen. Beim ersten Mal schöpfen wir den Schaum und den Dreck ab, der sich oben absetzt. Und beim zweiten Mal kochen wir das Salz heraus. Je mehr Feuer wir geben, umso feiner und sauberer wird das Salz, das im Topf zurückbleibt. Ist das Wasser verdampft, holen wir das Salz heraus, und es kommt in die Holzfässer. Zuerst wird ins Umland geliefert, aber alles Übrige wird woandershin verkauft, Westfalen, Bremen, Hamburg.«

»Wie viele Salzbuden gehören Berends und Boyen?«, erkundigte sich Rimerti.

»In der Marsch gehört uns diese Bude hier. Aber das meiste Salz holen wir drüben von der Insel. Da haben wir zwei Buden«, erklärte der Siedemeister und zeigte in den übelriechenden Nebel Richtung Meer. »Bant. Die Insel gehört der Norder Kirche, und von dort aus wird sie an verschiedene Unternehmer verpachtet, die dort Salz sieden. Die Norder Kirche bekommt durch die Verpachtung Einnahmen. Zurzeit gibt es sechs Salzhütten, davon gehört eine Hilko Boyen und eine Jakob Sanders. Aber sie bewirtschaften sie zusammen, und diese hier«, dabei klopfte er an die Wand der Holzhütte, »die gehört beiden zusammen. Gehörte.« Er seufzte. »Aber wie das alles weitergeht, weiß ich auch nicht.«

Fockena sagte: »Vielleicht wird Berend Sanders die Geschäfte weiterführen.«

»De olle Suupmors?«, erwiderte der Siedemeister spöttisch. »Aber das meinte ich nicht. Ein neuer Deich soll in Westermarsch gebaut werden. Da wird neues Land gewonnen. Bauernland. Dann muss man sehen, wie das mit dem Salz weitergeht. Vielleicht wird bald nur noch auf der Insel weitergemacht. Es heißt, sie haben sogar angefangen, eine neue Anlegestelle zu bauen. Aber ich war lange nicht mehr auf Bant.«

»Wie kommt man denn auf die Insel?«, fragte Rimberti, dem im selben Moment nicht nur deutlich wurde, wie töricht seine Frage war, sondern auch, dass er sich auf See noch unwohler fühlte als im Reitsattel.

»Übers Wasser natürlich. Ab und zu fährt jemand hin und bringt Vorräte. In ein paar Tagen muss ich nach Bant. Wenn Ihr wollt, nehme ich Euch mit.«

Am nächsten Tag studierte Lübbert Rimberti ein umfangreiches juristisches Gutachten der Rostocker Universität, in dem es um den rechtlichen Status zweier norddeutscher Reichsdörfer ging. Graf Enno hatte sich eine Abschrift anfertigen lassen. Rimberti hoffte, Parallelen zum geplanten Verkauf der Herrlichkeit Hillersum zu finden.

Es klopfte, und die Haushälterin brachte eine Schüssel mit säuerlich riechendem Eintopf und mit viel Wasser verdünntes Bier. Dazu hartes, vertrocknetes Brot mit ranziger Butter. Im Salztopf war bräunliches, klumpiges Salz. Rimberti nickte ihr dankend zu und bemühte sich, freundlich zu lächeln. Dann machte er sich über seine kümmerliche Mahlzeit her, die genauso unangenehm schmeckte, wie sie roch. Rimberti verspürte dennoch keine Lust, in ein Wirtshaus zu gehen. Nach den Eindrücken der letzten Tage brauchte er Ruhe, um einen klaren Kopf zu bekommen.

Rimberti sah aus dem Fenster in einen regnerischen Sommertag. Wuchtig ragten draußen die beiden hohen Türme der Andreaskirche auf, die ein weit sichtbares, wichtiges Seezeichen waren. Gleich neben der großen Stadtkirche stand die Ludgerikirche für die Norder Landbevölkerung. Die Ludgerikirche stand ihrer Schwester an Größe fast in nichts nach. Ihr Glockenturm, ein paar Schritte von der Kirche entfernt, war ebenfalls von beträchtlichem Umfang und Höhe, aber gegen seine beiden Nachbarn nahm er sich unbedeutend aus. Rimberti zeichnete mit Feder und Tinte eine Ansicht der Andreaskirche auf ein Blatt, auf dem er sich nur einige Stichworte notiert hatte.

Er verspürte ein mulmiges Gefühl im Bauch. Rimberti schrieb weiter, aber nach einiger Zeit kamen ihm weitere Fragen. Warum war Karlstadt aufgetaucht? Es hieß, er habe auf der Berumer Burg Unterkunft gefunden, weil der dortige Drost Iderhoff ihn persönlich eingeladen habe. Suchte Karlstadt hier nur eine Rast in seinem ruhelosen Wanderleben? Oder diente seine Anwesenheit einer anderen Absicht? Hatte Graf Enno Pläne mit ihm?

Rimberti erinnerte sich, dass Frau Hiske von Melchior Hofmann gesprochen hatte. War etwas dran an den Gerüchten, dass Hofmann sich in Ostfriesland aufhielt? Rimberti hatte einige der Schriften des Kürschners aus Schwäbisch Hall gelesen, der als freier Prediger durch das Land zog und sich nun in Norddeutschland aufhalten sollte. Standen Karlstadt und Hofmann in Verbindung, oder war ihr gleichzeitiger Aufenthalt in Ostfriesland reiner Zufall? Im April hatte der Reichstag in Speyer strenge Gesetze gegen Sekten und neue Lehren verabschiedet. Die Wiedertäuferei wurde sogar mit dem Tode bestraft. Graf Enno würde in Schwierigkeiten geraten, wenn bekannt würde, dass er diese Männer mit ihren Anhängern in seinem Land duldete.

Rimberti aß noch etwas von dem sauren Eintopf und trank das wässrige Bier aus. Gab es vielleicht sogar einen Zusammenhang zwischen den Aufenthalten Karlstadts und Hofmanns und dem anstehenden Verkauf der bedeutenden Herrlichkeit? Es gab nur einen Häuptling, der Leute wie Karlstadt oder Hofmann protegieren würde, und das war Ulrich von Dornum. Hatte Junker Ulrich Pläne mit Hillersum? Inwieweit konnten ihm Karlstadt und Hofmann, die jeder weltlichen und kirchlichen Obrigkeit ein Dorn im Auge waren, dabei helfen?

Rimberti wurde es schwindelig. Ihm war übel. Er schloss die Augen. In seinem Kopf drehten sich Bilder: Karlstadt auf der Kanzel und die Mondsichelmadonna, das Feuer vor der Kirche und der beißende Qualm aus den brennenden Salztorfsoden, der ermordete Kaufmann im Sessel und der junge Tjark, der von seinem heimatlichen Hof träumte.

Es klopfte. Rimberti öffnete die Augen und erhob sich. In seinem Bauch rumorte es. Die Haushälterin stand mit einer dampfenden Schüssel vor ihm. »Herr, ich wollte fragen, ob Ihr noch etwas von meinem Eintopf wünscht?«

Rimberti wollte antworten, aber als er zum Sprechen ansetzte, überwältigte ihn heftige Übelkeit. Er entriss der Haushälterin die Schüssel und übergab sich.

Sie sah ihn mit großen Augen an. »Hat Euch meine Suppe nicht geschmeckt?«

In diesem Moment drängte Ulfert Fockena an der Haushälterin vorbei. Er warf einen Blick in die Schüssel. »Mir scheint, du hast dich heute selbst übertroffen mit deinen Kochkünsten. Das sieht viel besser aus als der Fraß, den du uns sonst bringst!«

Der Frau stand der Mund offen. Bevor sie etwas erwidern konnte, beugte sich Fockena noch einmal über die Schüssel und stellte fest: »Und riechen tut es auch besser.« Er wandte sich an Rimberti: »Wir müssen in die Stadtwache. Sie haben etwas gefunden.«

Er fasste Rimbertis Arm und führte ihn an der Haushälterin vorbei, die die Männer immer noch fassungslos anstarrte.

»Etwas?«, fragte Rimberti.

Fockena verbesserte sich: »Jemanden.«

Fockena und Rimberti gingen über den Marktplatz in die Stadtwache. Draußen stand ein Wächter, dem Fockena zunickte.

In der Diele saß ein Schreiber, der aufblickte, als die beiden Männer eintraten. »Der Drost ist noch drinnen«, begann der Schreiber.

»Gut«, antwortete Fockena und schob Rimberti durch die hintere Tür.

In der Diele stand Eggerik Beninga über einen Tisch gebeugt. Als die beiden Männer hereinkamen, sah er auf. Vor ihm lag ein Stapel Papier. »Das hat gerade ein Bote gebracht. Eine Flugschrift«, erklärte er. »Sie ist seit gestern in Umlauf.« Er wollte Rimberti und Fockena ein Blatt reichen, zog es aber zurück und wies auf die Tür zum Neben-raum. »Kommt mit. Das ist jetzt wichtiger.«

Die Talglichter in dem großen dunklen Raum mit den winzigen Fenstern gaben anheimelndes Licht. Diese Beleuchtung passte wenig zu dem traurigen Fund, zu dem man sie gerufen hatte.

Zwei Männer standen vor einem Tisch und traten bei-seite, als der Drost mit Rimberti und Fockena hereintrat. Auf dem Tisch lag ein toter Mann. Seine Kleidung war dreckig und zerschlissen, sein Haupthaar und sein Bart waren verfilzt. Eggerik Beninga gab den beiden Wächtern ein Zeichen, und sie verließen den Raum.

Rimberti sah den Toten an. Die Hände waren schmutzig, trugen aber keine Spuren schwerer Arbeit. Der Leichnam verströmte einen starken, unangenehmen Geruch. In der Brust des Mannes steckte ein Armbrustbolzen.

»Wer ist er?«, fragte Rimberti.

»Seht ihn Euch genau an«, sagte Beninga.

Fockena ging einen Schritt zurück. »Wenn der so aus-sieht, wie er riecht, dann will ich da nicht näher ran. Das stinkt ja alles nach Pisse hier drin. Und das ist noch der harmloseste Geruch, den meine Nase ertragen muss. Ich warte draußen.«

Eggerik Beninga maß Fockena mit tadelndem Blick. »Wie es Euch mit diesen Gerüchen geht, so geht es ande-ren mit den Reden, die Ihr so von Euch gebt. Also reißt Euch zusammen, Ulfert. Ihr seid der Einzige, der die beiden anderen Toten mit dem Armbrustbolzen gese-hen hat.«

»War der Tote mit Salz überstreut?«, fragte Rimberti.

Beninga nickte. »Meine Männer haben es sorgfältig in einem kleinen Lederbeutel aufgesammelt. Das meiste hat sich durch den Regen aufgelöst, aber in seinen Kleidern war noch etwas.«

»Wo wurde er gefunden?«, wollte Rimberti wissen.

»In einer kleinen Lohne in der Nähe des Gasthauses, in dem die Armen unserer Stadt untergebracht sind. Die Wachen befragen die Bewohner, aber ich glaube kaum, dass jemand etwas bemerkt hat. Einige der Hütten stehen leer. Vielleicht hat der Mörder dort gewartet.«

»Habt Ihr schon etwas in Erfahrung gebracht?«

»So gut wie nichts«, antwortete Beninga. »Er übernachtete im Gasthaus. Dort nannte er sich Johannes. Vor ein paar Wochen ist er in Norden aufgetaucht. Niemand weiß, wer er ist und woher er kommt. Irgendwie hat er auf den Vorsteher des Gasthauses doch Eindruck gemacht, denn der konnte sich recht genau an den Tag erinnern, an dem Johannes kam.«

»Wenn nicht der Bolzen in ihm steckte ...«, begann Rimberti.

»Dann hätte sich keiner von uns um den Toten gekümmert. Er hätte ein Armenbegräbnis erhalten, und niemand hätte Fragen gestellt«, sagte Beninga.

»Ich ...«, flüsterte Fockena. Er kam langsam Schritt für Schritt näher.

Rimberti drehte sich zu ihm um.

»Ich weiß, wer der Tote ist«, flüsterte Ulfert Fockena.

Eggerik Beninga sah ihn scharf an. »Ich habe es kaum zu denken gewagt, darum ließ ich Euch holen.«

Rimberti betrachtete die beiden Männer erstaunt.

Fockena sagte: »Ich kenne ihn nicht besonders gut, aber wir haben vor ein paar Monaten lange miteinander gesprochen, bevor er zu seiner Reise nach Brüssel aufgebrochen ist. Der Tote ist Drost Haiko Ibenga.«

Kapitel 10

GRAF ENNO LEHNTE SICH selbstzufrieden in seinen Stuhl zurück. »Nun ist alles unter Dach und Fach, mein lieber Beninga. Soeben haben wir mit den Oldenburgischen Gesandten das letzte i-Tüpfelchen im Ehevertrag ausgehandelt. In wenigen Wochen wird Anna von Oldenburg meine Frau.« Seine beiden Berater nickten ihm eifrig zu.

»Ihr habt was?« Eggerik Beninga schien vergessen zu haben, welche Nachricht er dem Grafen bringen wollte. Rimberti und Fockena bemerkten, wie schwer es dem Drosten fiel, seine Bestürzung im Zaum zu halten.

Auch Graf Enno schien das spüren. Er setzte ein überhebliches Grinsen auf. »Ich habe beschlossen, mein Eheversprechen mit dem Jeverschen Fräulein Maria – sagen wir einmal – ruhen zu lassen. Warum soll man mit viel Mühe auf den hohen Baum klettern, um eine Frucht zu pflücken, die einem in Kürze von selbst in den Schoß fallen wird?«

»Es war der Traum Eures Vaters, Jever mit Ostfriesland zu verbinden! Und das sollte durch die Verbindung von Euch und Fräulein Maria geschehen.«

»Beruhigt Euch, lieber Beninga. Ich habe das alles gut im Blick. Jever wird ostfriesisch. Es gehört uns schon. Ich habe seit zwei Jahren eine Besatzung in Jever. Boing von Oldersum hat dort das Kommando. Ein vielversprechender Mann. Er wird Margarethe von Dornum heiraten, eine Tochter Junker Ulrichs. Ihr seht, lieber Beninga, Jever ist schon unser. Heiraten kann ich nur einmal, und warum soll ich meinen einzigen Pfeil auf ein Wild anlegen, das schon längst angeschossen ist und am Boden liegt? Anna von Oldenburg ist eine glänzende Partie. Sie bringt mehr ein als das armselige Jeverland, das mehr oder weniger schon längst mein Eigen ist.«

Die beiden Berater nickten, erst schwach, dann immer stärker. Rimberti bemerkte, dass Graf Enno von »ich« und »wir« sprach, wenn er von Ereignissen erzählte, die vor seiner Regentschaft von Graf Edzard in die Wege geleitet worden waren. Graf Edzard hatte den Ehevertrag zwischen seinen Söhnen und den Töchtern des Jeverschen Häuptlings Edo Wiemken vereinbart, und er war es auch gewesen, der Jever besetzen und durch Junker Boing von Oldersum verwalten ließ.

»Aber der Grund Eures Besuches war ja sicher nicht, Euch in meine Regierungsgeschäfte einzumischen«, sagte Graf Enno mit schneidender Stimme und sah Eggerik Beninga lauernd an.

»Wohl kaum.« Beninga zog den Stoß mit den Flugblättern hervor. Er gab zunächst eines an Graf Enno und reichte dann auch Rimberti und Fockena eines. Die beiden Berater des Grafen überging er.

Rimberti las die Überschrift. *Wahrhafftiger bericht von dem bildersturm in Oostfriesland* war das Blatt überschrieben. Auf einem grob angefertigten Holzschnitt war eine halb zerstörte Kirche mit einem Schweinestall darin zu sehen. In einem Feuer brannten Heiligenfiguren, eine Bibel und ein Kreuz. Vor dem Altar stand ein Priester, der einen Bierkrug in den Händen hielt, während ein anderer Priester den Abendmahlskelch dazu benutzte, den Schweinen Wasser in ihren Trog zu gießen. Erst beim zweiten Hinsehen bemerkte Rimberti, dass es ein Taufstein war, der den Schweinen als Futtertrog diente. Der richtige Schweinetrog stand draußen vor der Kirche. Ein Mann stand darin und wurde von einem anderen mit Wasser übergossen. War hier eine Wiedertaufe dargestellt? Rimberti bemerkte im Bildhintergrund die Gestalt des Schweinehirten. *Graff Enno* – so stand in kleiner Schrift neben der Figur des Hirten geschrieben. Ein Schwein hatte sich in dessen Umhang verbissen und zerrte daran, sodass eine prächtige goldene Kette zum Vorschein kam, die der Hirte um den Hals trug. Ein anderes Schwein schnappte nach dem Hirtenstab.

Als Rimberti den kurzen Text unter dem Bild las, bemerkte er, dass dieser Bericht nacherzählte, was er und Fockena vor wenigen Tagen in der Dorfkirche bei ihrem Besuch des Kaufmanns Hilko Boyen miterlebt hatten. Allerdings hielt der Bericht es mit den Tatsachen nicht besonders genau. So war dort zu lesen, dass die Madonna in der Kirche mit der Axt zerschlagen worden wäre und dass der Priester selbst die Nebenaltäre umgestürzt habe.

Graf Enno wirkte während seiner Lektüre des Textes sichtlich verstört. Er ließ das Blatt sinken. »Wisst Ihr, was daraus entstehen kann, wenn das in die falschen Hände gerät?«

»Ihr habt doch Eure gescheiten Berater.« Fockena deutete auf die beiden Männer neben dem Grafen. »Die werden Euch sicher durch diese missliche Lage hindurchführen. Ihr könnt sicher sein, dass dieses Blatt schon längst in die falschen und in die richtigen Hände geraten ist.«

Graf Enno war kreidebleich. »Der Reichstag von Speyer ... Wisst Ihr, was passieren kann, wenn der Kaiser denkt, ich würde Sekten und Wiedertäufer in meinem Land tolerieren?«

»Diesem Flugblatt ist zu entnehmen, dass der ostfriesische Graf die Sekten nicht nur zulässt, sondern sogar unterstützt«, bemerkte Beninga.

Ennos Bestürzung war offensichtlich.

»Wenn die Reichsacht über Euch verhängt wird, dann steht es jedem Fürsten frei, mit seinen Truppen Euer Land einzunehmen und Euch gefangen zu setzen«, erklärte Ulfert Fockena drohend. »Denkt an Euren seligen Vater. Gierig nach Beute und Zerstörung fielen die Fürstenheere in Ostfriesland ein. Die Sächsische Fehde hat viel Leid und Unglück über unser Land gebracht. Ein befestigter Ort nach dem anderen wurde von den Feinden eingenommen. Viele Menschen verloren ihr Leben. Beinahe hätte Euer Vater die Grafschaft verloren. Denkt daran, dass Herzog Karl von Geldern mit seinen gut gerüsteten Truppen nur darauf wartet, in Ostfriesland einzufallen.«

Rimberti merkte, welches Vergnügen es Fockena bereitete, den unglücklichen Grafen tüchtig unter Druck zu setzen.

»Ich werde sofort beginnen, ein Heer aufzustellen«, sagte der eine von Graf Ennos Beratern. Und der andere legte sich die Hand auf die Brust und erklärte: »Ich werde sofort an den Hof reisen und mich dem Kaiser zu Füßen werfen.«

»Raus mit Euch«, donnerte Ulfert Fockena die beiden an. »Verschwendet nicht unsere Zeit mit Eurem törichten Geplapper.«

Die beiden sprangen wutentbrannt auf. »Wie könnt Ihr es wagen …?«, fragte der eine von ihnen zornig. Die hohe Feder an seinem modischen Hut wippte aufgeregt hin und her.

»Bitte«, sagte Graf Enno mit tonloser Stimme. »Lasst uns einen Moment allein.« Mit beleidigter Miene zogen die beiden ab und warfen Fockena und Rimberti böse Blicke zu.

»Ich werde an den Drosten schreiben«, erklärte der Graf. »Vielleicht hält sich Haiko Ibenga ja noch in Brüssel auf. Warum nur haben wir so lange nichts mehr von ihm gehört?«

Ulfert Fockena räusperte sich. »Ich fürchte, es gibt eine schlechte Nachricht.«

Dies war kein glücklicher Tag für Graf Enno. Erschüttert stand er vor der Leiche von Drost Haiko Ibenga. Weder der Schmutz noch der Gestank des Toten hinderten ihn, ganz dicht an den Tisch heranzutreten und Ibenga für einen Moment die Hand auf die Stirn zu legen.

Eggerik Beninga berichtete dem Grafen die wenigen Dinge, die man über den Bettler Johannes wusste, unter dessen Identität der Drost seine letzten Tage im Norder Gasthaus gelebt hatte. Weder der Armenvorsteher noch die anderen Bewohner des Hauses wussten mehr über den Toten.

»So sollten wir es auch belassen«, schlug Rimberti vor. »Wenn ich es richtig sehe, ist Haiko Ibenga der dritte Tote, der mit der Armbrust ermordet wurde.«

»Die Nonne«, sagte Graf Enno. »Wir hätten den Fall genauer untersuchen müssen.« Vorwurfsvoll blickte er Fockena und Beninga an.

Ulfert Fockena polterte los: »So hatten wir es auch vorgeschlagen. Aber Eure beiden klugen Berater waren ja der Meinung, dass jemand in die Krankenstation einbrechen oder Bienenhonig stehlen wollte und dabei von der Nonne überrascht wurde.«

»Die Sache schien damals nicht sehr wichtig«, wich der Graf aus.

Fockena bohrte weiter in der Wunde. »Die Sache schien Euch nicht so wichtig. Aber die Nonne wurde mit einer Armbrust getötet. Eine bedeutsame Waffe. Sie ist eigentlich schon aus der Mode gekommen, seit es die Hakenbüchsen gibt.«

»Beides sind unehrenhafte Waffen«, empörte sich Beninga. »Aus der Ferne und von hinten kann jeder Feigling einen tapferen Ritter töten.«

»Vor 400 Jahren wurde auf dem Konzil der Gebrauch der Armbrust untersagt«, erklärte Ulfert Fockena weiter. »Ihre todbringende Kunst wurde als ›von Gott gehasst‹ bezeichnet.«

Er machte eine kurze und wirkungsvolle Pause. Dann fuhr er fort: »Nur eine Ausnahme gibt es für die Arcubalista: Die Armbrust darf mit kirchlichem Segen gegen Ketzer und Ungläubige eingesetzt werden.«

Der Armenvorsteher führte Rimberti und Fockena zur Schlafstelle des Bettlers Johannes. Er erzählte, dass Johannes vor etwa vier Wochen in einem ausgemergelten Zustand im Gasthaus der Norder Kirche angekommen war, in dem die Ärmsten der Armen, die Obdachlosen und mittellose Durchreisende aufgenommen wurden. Drei Wochen lang war Johannes auf seinem Lager versorgt worden. Er hatte sich geweigert, sich im Kloster pflegen zu lassen. Schließlich war Johannes wieder soweit hergestellt gewesen, dass er kürzere Wege gehen konnte.

Der Vorsteher berichtete, dass Johannes angedeutet hatte, in den nächsten Tagen Norden verlassen und zurück in seine Heimat zu wollen. Es war ihm aber nicht zu entlocken gewesen, woher er stammte.

Ulfert Fockena bückte sich zum muffig riechenden

Schlaflager des Bettlers herunter. Er hob die schmutzige Decke auf und fasste mit der Hand in den Strohsack.

»Eines ist seltsam«, erklärte der Vorsteher. »Vor drei Tagen gab Johannes uns drei Goldmünzen als Dank für die gute Betreuung. Ich fragte nicht, woher er so viel Geld hatte. Er machte mir nicht den Eindruck, ein Dieb zu sein. Er machte auch nicht den Eindruck, ein richtiger Bettler zu sein. Aber wie sagt das Wort Gottes: ›Der Mensch sieht, was vor Augen ist; der Herr aber sieht das Herz an.‹«

»Danke«, sagte Fockena, den Blick zum Vorsteher gewandt. »Ihr habt uns sehr geholfen.«

Der Mann nickte, machte aber keine Anstalten zu gehen.

Fockena wandte den Blick nicht von ihm ab. »Wir wollen Euch nicht von Euren weiteren Pflichten abhalten. Der Graf wird Euch Euren treuen Dienst lohnen.« Er gab dem Vorsteher ein Geldstück, und der verstand endlich den Wink und ließ sie allein.

Fockena drehte sich um und überzeugte sich, dass sie nun wirklich unbeobachtet waren. Dann fasste er tief in den Strohsack des Bettlers Johannes und holte ein Bündel heraus, das in ein Leder eingeschlagen war. Vorsichtig öffnete er es. Zum Vorschein kamen Schriftstücke und ein Beutel mit ein paar Münzen. Rimberti hockte sich neben Fockena. Er blätterte in den Unterlagen. Es waren die Urkunden und Briefe, die der Drost an den kaiserlichen Hof mitgenommen hatte.

»Was haben eine entlaufene und zurückgekehrte Nonne, ein Kaufmann und ein zum Bettler gewordener Drost gemeinsam?«, fragte Ulfert Fockena und stopfte sich ein großes Stück Rindfleisch in den Mund, dem mehrere Löffel Bohnen und ein Becher Weißwein folgten. Die beiden waren den Kochkünsten ihrer Haushälterin entflohen und saßen in einem Wirtshaus am Norder Marktplatz.

»Die Nonne ist zum römischen Glauben zurückgekehrt«, fasste Rimberti zusammen. »Der Kaufmann ist nicht weiter an religiösen Dingen interessiert, und die Familie seines Freundes Hilko Boyen liest Luthers Schriften. Der Drost war ein guter Freund von Junker Ulrich von Dornum. Wenn er dessen theologische Ansichten teilt, dann wird er ein Verfechter der radikalen Erneuerung sein und mehr auf Karlstadts als auf Luthers Seite stehen. Aus der Sicht der römischen Kirche kann es sich beim Drosten am ehesten um einen Ketzer handeln.«

»Ich kannte Ibenga nicht besonders gut«, erklärte Fockena. »Erst kurz vor seiner Abreise haben wir länger geredet. Ihm ging die Reformation in Wittenberg nicht entschieden genug voran. Er hätte jemanden wie Karlstadt liebend gern bei sich aufgenommen. Er war ein Schwarmgeist.«

Ulfert Fockena schnitt mit seinem Messer ein großes Stück Rindfleisch ab und streute Salz darauf. Er rieb ein paar Salzkörner zwischen den Fingern. »Mit Salz handelte nur Kaufmann Sanders. Die anderen haben nichts damit zu tun. Vielleicht müssen wir doch der Spur des Salzes folgen.«

Als die beiden in ihrem Quartier ankamen, fing die Haushälterin sie in der Diele ab. »Habt Ihr außer Haus gegessen?«, fragte sie vorwurfsvoll.

»Dringende Geschäfte, die nur bei einem Essen beredet werden konnten«, antwortete Fockena.

»In der Küche wartet jemand auf Euch«, sagte die Haushälterin. »Es ist der Kaufmannslehrling von Sanders. Er meint, dass er etwas mit Euch zu besprechen hat.«

»Tjark!«, begrüßte Rimberti den Jungen, der sich bei ihrem Eintreten erhob. »Was tust du hier um diese Zeit?«

»Mir ist noch etwas Wichtiges eingefallen«, sagte Tjark. »Das heißt, ich weiß nicht, ob es auch für Euch von Bedeutung ist.«

»Nur immer heraus damit«, ermunterte Ulfert Fockena ihn und klopfte ihm freundschaftlich auf die Schulter.

»Eine Sache war eigenartig. An dem Tag, an dem unser Kaufmann zu seiner seltsamen Reise aufbrach, war auch unsere Magd verschwunden. Erst einige Wochen vorher war sie zu uns gekommen.«

»Und wie hieß sie?«, wollte Ulfert Fockena wissen.

»Frauke. Sie war früher Nonne im Kloster Oldekamp.«

Kapitel 11

»Es war deine Idee, nach Oldekamp zu reiten«, brummte Ulfert Fockena.

Als er und Rimberti am frühen Morgen aufgebrochen waren, hatte der Tag mit dunstigem Sonnenlicht und verhaltenem Vogelzwitschern begonnen. Inzwischen war der Himmel ergraut. Ein nieseliger Regen kroch den beiden Reitern in Nacken, Ärmel und Stiefel. Gleichzeitig durchnässte er stetig die Kleidung der beiden und verdarb ebenso stetig die Laune von Ulfert Fockena. Sie waren gut zweieinhalb Stunden unterwegs und würden bald im Klostervorwerk eintreffen.

»Wir wissen so gut wie nichts über die Nonne«, antwortete Rimberti. »Warum wurde sie ermordet? Warum wurde sie mit einem Armbrustbolzen erschossen wie der Kaufmann Sanders und der Drost Ibenga? Und warum bestreut der Mörder seine Opfer mit Salz? Ist es ein Hinweis für uns? Will der Mörder von uns entdeckt werden? Oder will er uns auf die Spur von Verbrechen bringen, die seine Opfer begangen haben? Aber warum wendet er sich dann nicht direkt an uns oder schreibt anonym?«

»Fragen, Fragen, Fragen. Regen, Regen, Regen«, erwiderte Fockena.

»Immerhin wissen wir, dass die Nonne für eine Zeit als Magd im Haus von Kaufmann Sanders gewesen ist. Das ist also doch eine Verbindung. Sie ist gleichzeitig mit Kaufmann Sanders verschwunden. Er ist nach der eigenartigen Reise nach Hause zurückgekehrt, und die Magd wurde wieder Nonne.«

»Vielleicht hatte Kaufmann Sanders genug von seiner übellaunigen Frau und wollte mit seiner hübschen Magd ein neues Leben beginnen«, murmelte Fockena.

»Nicht sehr wahrscheinlich«, antwortete Rimberti. »Rinelde Sanders brachte gutes Geld und Schiffe in die Ehe. Sanders hat es zu Wohlstand, Einfluss und Ansehen gebracht. Er hätte das alles niemals aufgegeben.«

»Und außerdem hätte er seine hübsche Magd auch so

haben können«, murrte Fockena. Der Nieselregen ging langsam in einen Landregen über.

»Es ist reichlich spät, dass Ihr Euch nach Schwester Frauke erkundigt.« Klostervorsteherin Meta Hallenga musterte die beiden tropfnassen Besucher mit ernstem Blick. Unter Rimberti und Fockena bildete sich langsam eine Pfütze.

Rimberti suchte im Blick der Klostervorsteherin einen Hauch von Freundlichkeit. Immerhin war sie eine entfernte Verwandte.

Vergeblich. Meta Hallenga blickte die beiden streng an und fuhr fort: »Mitten am Tag wird eine meiner Schwestern ermordet. Und niemand hält es für nötig, dieses Verbrechen aufzuklären. Unser Graf und seine Berater sind so sehr damit beschäftigt, gegeneinander zu intrigieren, dass für das Wohl unseres Landes keine Zeit mehr bleibt.«

»Ich habe nicht vergessen, was Eurer Schwester angetan worden ist«, erwiderte Ulfert Fockena, aber mit einem Stirnrunzeln brachte Meta Hallenga ihn zum Schweigen.

»Verzeiht, wenn ich Euch ungerecht behandle. Junker Ulfert, ich weiß sehr wohl, dass Ihr Euch bemüht habt, Licht in diesen Todesfall zu bringen. Euch trifft keine Schuld, ebenso wenig wie Euch, Lübbert Rimberti. Aber wenn man in unserem Land nach den Verantwortlichen fragt, greift man immer ins Leere. Wem soll ich mit meinem Kummer kommen, wenn nicht Euch?« Der düstere Blick der Vorsteherin hellte sich etwas auf. »Nun kommt Ihr erst einmal mit in die Küche. Dort wird ein gutes Essen für Euch bereitet, und Eure Kleider können trocknen. Wir werden gleich reden.«

Meta Hallenga strahlte eine natürliche Autorität aus. Wenn sie etwas anordnete, waren das keine Anweisungen oder Befehle, sondern Feststellungen. Und die Adressaten ihrer Worte hatten in der Regel auch nicht das Gefühl, Forderungen nachkommen oder Anweisungen ausführen zu müssen. Sie taten das, was Meta Hallenga sagte, so wie die Sonne schien, wenn sie am Himmel stand, oder wie Blüten sich öffneten, wenn der Tag begann.

»Das war es«, schloss Ulfert Fockena, als er und Rimberti der Klostervorsteherin ausführlich von den bisherigen Ereignissen und Ermittlungen berichtet hatten. Als Meta Hallenga sie dazu aufgefordert hatte, waren sie gar nicht auf die Idee gekommen, ihr etwas zu verheimlichen. Sie wussten, dass sie auf ihre Verschwiegenheit zählen konnten. Und sie hatten das Gefühl, etwas wiedergutmachen zu müssen, was nicht in ihrer Verantwortung gelegen hatte: die Geringschätzung, mit der man den Mord an Schwester Frauke seitens der gräflichen Behörden bisher behandelt hatte.

»Ich mache mir nichts vor«, antwortete Meta Hallenga. »Wenn nicht Kaufmann Sanders und Drost Ibenga unter den gleichen Umständen ums Leben gebracht worden wären, wäret Ihr jetzt nicht hier.«

»Wir *sind* jetzt hier«, erwiderte Ulfert Fockena.

Meta Hallenga verstand. »Gut«, sagte sie. »Als Schwester Frauke zu uns kam, wusste ich fast nichts über sie. Dabei wollte ich es auch belassen. Mit den Jahren kann man nicht verhindern, dass doch etliches aus dem vorherigen Leben der Schwestern zum Vorschein kommt. Das war bei Frauke anders. Auch nach Jahren wusste man nichts von ihr, außer dass ein wohlhabender Angehöriger sie schon als kleines Mädchen in ein Kloster eingekauft hatte und keine weiteren Nachfragen wünschte. Nach dem

Tod von Schwester Frauke jedoch habe ich selber Nachforschungen anstellen lassen. Ich bin bereit, dieses Wissen mit Euch zu teilen. Ich habe ihrem Mörder geschworen, dass er zur Rechenschaft gezogen wird, aber bisher hatte ich keine Möglichkeit, diesen Schwur einzulösen. Ihr müsst mir versprechen, dass Ihr dafür sorgen werdet.«

»Wir können nur versprechen, dass wir unser Mögliches tun«, antwortete Rimberti.

»Das genügt. Mehr kann kein Mensch versprechen«, bestätigte Meta Hallenga. »Und nun zu Schwester Frauke. Ich verlasse Oldekamp nur selten. Aber ich habe überall gute Verbindungen und stehe mit vielen Vertrauten in brieflichem Kontakt. Und da unser Kloster in der Nähe des Weges von Norden nach Emden ist, bekomme ich zwischendurch immer mal wieder Besuch.«

Meta Hallenga berichtete, wie sie eine Verwandte ins Vertrauen gezogen und mit Erkundigungen beauftragt hatte. Und dann hatte sie an Vertraute und Angehörige Briefe mit sehr konkreten Anfragen geschickt. Schon wenige Wochen später hatte die Verwandte sie besucht und ein ausführliches Gespräch mit ihr geführt. Auf die meisten ihrer Briefe hatte Meta Hallenga in der Zwischenzeit präzise Antworten erhalten. Manchmal schlossen die Schreiben mit der Bitte, den Brief nach der Lektüre sogleich zu verbrennen. Aus all den Informationen ließ sich ein Teil der Lebensgeschichte von Schwester Frauke rekonstruieren.

Als Meta Hallenga geendet hatte, trat für einen Moment Stille ein. Rimberti und Fockena beugten sich ein wenig vor, um die Vorsteherin zum Weiterreden zu ermuntern.

Meta Hallenga fuhr fort: »Es gibt eine sehr direkte Verbindung zwischen Häuptling Haiko Ibenga und Kaufmann Sanders. Dazu muss ich etwas weiter ausholen.«

»Schwester Frauke hat im Haushalt von Sanders gearbeitet«, sagte Fockena.

»Frauke verbrachte ihre ersten Lebensjahre im Kloster Annengaste«, erwiderte Meta Hallenga. »Vor gut 15 Jahren wurde das Kloster im Krieg von den Braunschweigern zerstört. Die Nonnen aus Annengaste wurden auf verschiedene Nachbarklöster aufgeteilt, und Frauke kam nach Oldekamp. Ein paar Wochen vorher war ich als neue Vorsteherin vom Kloster Marienthal aus Norden hierhergekommen.« Meta Hallenga bemerkte, dass Fockena unruhig auf seinem Stuhl hin- und herrutschte. »Etwas Geduld, mein lieber Junker Ulfert. Ich habe viele Wochen gebraucht, um diese Dinge zu erfahren. Nun werdet Ihr es wohl auch ein paar Minuten aushalten, mir zuzuhören.«

Fockena setzte sich mit einem Ruck aufrecht hin.

»Der Mann, der Frauke damals in das Kloster brachte und mit der Äbtissin alles verhandelte, war Haiko Ibenga. Er stiftete eine große Geldsumme an das Kloster und sorgte dafür, dass Frauke eine gute Ausbildung erhielt. Bis zu ihrem Weggang aus Oldekamp hat sie im Scriptorium gearbeitet. Sie konnte Latein und Griechisch, sogar ein wenig Hebräisch. Und eine wunderbare Handschrift hatte sie. Als sie dann wieder bei uns war, wollte sie nicht mehr schreiben, sondern Kranke pflegen. Und sie liebte die Einsamkeit.«

»Warum hat Ibenga sie in das Kloster gebracht?«, fragte Rimberti.

»Genau diese Frage hat mich beschäftigt. Eine alte Bedienstete der Familie war so freundlich, ihr Schweigen zu brechen, als ich ihr vom Tod des Drosten und vom Tod Schwester Fraukes berichtete. Frauke ist die uneheliche Tochter von Drost Haiko Ibenga.«

Rimberti und Fockena brauchten einen Moment, um diese Mitteilung aufzunehmen. Dann klatschte Ulfert Fockena mit der Hand auf den massiven Eichentisch und rief: »Donnerwetter! Frauke ist die direkte Verbindung zwischen Drost Ibenga und Kaufmann Sanders.«

»Frauke ist *eine* direkte Verbindung zwischen Ibenga und Sanders«, verbesserte ihn Meta Hallenga. »Eine andere ist das Salz.«

Lübbert Rimberti fasste zusammen: »Jakob Sanders hat mit Salz gehandelt. Frauke hat in seinem Haushalt gearbeitet. Und was hat der Drost mit Salz zu tun?«

Fockena antwortete: »Die Insel Bant liegt offiziell in seinem Zuständigkeitsbereich. Ich kann mir nicht vorstellen, dass er da jemals gewesen ist. Dort leben nur wenige Menschen. Ein paar Kleinbauern, Fischer und Salzsieder. Die Insel gehört seit etwa 60 Jahren der Norder Kirche. Und die Kirche verpachtet sie an Salzsieder. Oder an Kaufleute wie Jakob Sanders, die dort Salz machen lassen.«

»Und für den Salzkaufmann Jakob Sanders hat Frauke gearbeitet«, ergänzte Meta Hallenga.

Rimberti wandte ein: »Aber weder der Drost noch Frauke hatten direkt etwas mit der Salzgewinnung und dem Salzhandel zu tun. Und wenn auch, warum hätten sie deshalb sterben sollen? Und ist Jakob Sanders wirklich deshalb getötet worden, weil er Salz verkauft hat?«

»Nicht so viele Fragen!«, brummte Fockena. »Es mag ja sein, dass wir mit dem Salz kein Motiv für die Anschläge haben und dass Ibengas und Fraukes Verbindung zum Salzhandel nur sehr dünn ist. Aber trotzdem bestreut der Mörder seine drei Opfer mit Salz. Warum gibt er uns diesen Hinweis?«

»Vielleicht lesen wir den Hinweis nur nicht richtig. Vielleicht hat das Salz eine ganz andere Bedeutung«, bemerkte Lübbert Rimberti zaghaft.

Fockena wurde ungeduldig. »Das bringt doch alles nichts. Wir wissen wenig über Kaufmann Sanders, noch weniger über den Drosten und fast nichts über Schwester Frauke.«

»Letzteres kann ich ändern, wenn Ihr mir noch einmal Euer Gehör und Eure Aufmerksamkeit schenkt. Und wenn möglich, ohne Unterbrechung«, sagte Meta Hallenga bestimmt.

Fockena nickte.

Meta Hallenga berichtete von den anderen Ergebnissen ihrer Nachforschungen. Danach war Haiko Ibenga als zweiter und nicht erbberechtigter Sohn eines Häuptlings aufgewachsen. Mit seiner Geliebten hatte er eine Tochter. Gemeinsam wollten sie nach Dänemark gehen, wo Ibenga eine gut dotierte Stelle als Offizier bei König Friedrich antreten konnte.

»Es kam anders. Haikos älterer Bruder, der die Herrlichkeit übernehmen sollte, verstarb plötzlich. Kurz darauf starb auch sein Vater. Nun wurde Haiko Erbe des verschuldeten Besitzes und musste standesgemäß heiraten. Die für ihn bestimmte Frau stammte aus einer Häuptlingsfamilie, die mit Landwirtschaft und Handel reich geworden war und deren Vermögen mehr als ausreichend war, um alle Schulden des väterlichen Erbes auszulösen. Haiko Ibengas Geliebte nahm sich das Leben. Ibengas neue Frau stellte die Bedingung, dass die uneheliche Tochter nicht bei ihnen lebte. Aber sie war damit einverstanden, gut für das Kind zu sorgen. So war Haiko Ibenga in der Lage, seine uneheliche Tochter in eines der vornehmsten Klöster zu geben und mit einer großzügigen Stiftung an das Kloster für ihre bestmögliche Ausbildung zu sorgen.«

»Ihr entlasst uns mit vielen Fragen, ehrwürdige Mutter«, sagte Fockena.

»Und ich gebe Euch noch ein ungeklärtes Geheimnis mit auf den Weg«, antwortete Meta Hallenga. »Im Herbst letzten Jahres verließ uns Frauke. Sie war nicht die Einzige, aber nur wenige haben unser Kloster verlassen, obwohl ich allen anbiete, erhobenen Hauptes gehen zu können. Einige Wochen vor ihrem Tod kam Frauke zurück. Sie hat damals darum gebeten, dass niemand sie danach fragte, was sie in der Zwischenzeit erlebt hatte. Sie war nur noch ein Schatten ihrer selbst, kraftlos und ausgezehrt, als wäre sie schwer krank gewesen. Dass sie für einige Zeit bei Kaufmann Sanders gearbeitet hat, weiß ich inzwischen.«

»Aber wo hat sie sich in der übrigen Zeit aufgehalten?«, fragte Rimberti. »Sie war ein gutes halbes Jahr fort und hat nur einige Wochen bei Sanders gelebt.«

»Davon habe ich nie etwas erfahren«, antwortete die Klostervorsteherin. »Weder von Schwester Frauke noch von jemand anders. Was ist ihr widerfahren? Und womit hat sie einen Menschen so sehr erzürnt, dass er sie um ihr Leben brachte?«

»Fragen, Fragen. Immer noch mehr Fragen«, seufzte Fockena und sah nach draußen. »Und regnen tut es auch immer noch.«

»Beantwortet eine dieser Fragen, und Ihr habt vielleicht alle Antworten«, belehrte ihn Meta Hallenga.

Die Dämmerung hatte schon eingesetzt, als Ulfert Fockena und Lübbert Rimberti wieder in Norden ankamen. Sie waren bis auf die Haut durchnässt und froren trotz der sommerlichen Jahreszeit. Der Lichtschein in ihrem Quartier verhieß nichts Gutes. Entweder wartete eine Nachricht des Grafen oder ihre Haushälterin mit angebranntem Eintopf auf sie.

Stattdessen fanden sie Tjark vor, der mit dem Kopf auf dem Tisch eingeschlafen war. Als die beiden Männer hereinkamen, schreckte er hoch.

»Was machst du denn um diese Zeit hier?«, fragte ihn Ulfert Fockena. »Bist du der gestrengen Frau Rinelde ausgebüxt?«

»So schlimm ist es noch nicht«, erwiderte Tjark. »Aber vielleicht könnt Ihr mir ja Unterschlupf gewähren, wenn ich es nicht mehr aushalte. Meine Herrin lässt Euch ausrichten, dass ihr Schwager Berend morgen zur Insel Bant überfährt. Wenn Ihr mitwollt …«

»Das wollen wir«, stellte Ulfert Fockena fest.

»Ich darf auch mit«, antwortete Tjark freudig. »Ich kann Euch morgen früh abholen.«

»Das wollen wir«, antwortete Rimberti.

Kapitel 12

DIE INSEL BANT lag vor der Küste der Westermarsch gegenüber von Itzendorf. Im Norder Hafen wurde das Schiff mit Vorräten beladen. Bant war eine Marschinsel. Dort wurde in den Sommermonaten auch etwas Landwirtschaft betrieben. Auf dem Kleiboden konnte etwas angepflanzt und auf den Wiesen Vieh gehalten werden. Einige Insulaner gingen der Fischerei nach, aber Bier, Mehl und andere Nahrungsmittel mussten regelmäßig angeliefert werden.

Rimberti liebte eine Reise auf dem Wasser genauso wenig wie das Reiten. Obwohl die See verhältnismäßig ruhig war, hatte er mit Übelkeit zu kämpfen. Ulfert Fockena saß auf einer Kiste und öffnete den Sack, den er mitgebracht hatte. Auf einmal hatte er eine gebratene Hammelkeule in der einen und einen verschließbaren Krug in der anderen Hand.

»Darf ich dich zu einem bescheidenen Frühstück einladen?« Er blinzelte Rimberti zu und biss herzhaft in die Keule. Dann biss er den Korken aus dem Krug und spuckte ihn vor seine Füße. »Wie sieht es aus mit einem Schluck Bier? Ich habe auch noch gebratenen Speck und Schwarzbrot dabei.«

Rimberti wurde flau. Er lächelte Fockena angestrengt zu und verzog sich in Richtung Heck. Bant lag direkt vor ihnen. Von der Insel her wehte der Qualm brennender Torfsoden. Rimberti blinzelte in die Morgensonne. War dort hinten ein anderes Schiff zu sehen? Er sah noch einmal genau hin, aber nun war es hinter der Landzunge verschwunden. Vielleicht ein Fischer?

Ein Priel führte nahe an die Insel, und dort hatte man einen einfachen, aber gut befestigten Anleger gebaut. Während die Männer die Fracht ausluden, folgten Rimberti und Fockena Berend Sanders, der während der Fahrt schweigsam gewesen war.

Rimberti war noch nie auf einer der Inseln gewesen. Dazu hatte auch kein Anlass bestanden. Nur wenige Menschen lebten dort, und die meisten in Armut und Abgeschiedenheit, den Fluten und mitunter auch Plünderern ausgeliefert. Bant war die einzige Marscheninsel, während die übrigen Inseln sandigen Boden hatten.

Es gab nur wenige feste Bewohner auf Bant. Einige lebten auf den paar vereinzelten kleinen Gehöften, die über die Insel verstreut lagen, und die übrigen wohnten in einem winzigen Dorf zusammen mit denen, die in den Salzbuden arbeiteten.

Die Insel Bant gehörte der Norder Kirche, von der Unternehmer wie die Kaufleute Sanders und Boyen ihre Salzbuden pachteten. Von alters her galt der Brauch, dass neben der Pachtsumme eine Tonne Salz an die Kirche zu entrichten war, wofür die Pächter als Gegenleistung eine Tonne Bier von der Norder Pfarrgemeinde erhielten. Insgesamt machten alle Beteiligten ein gutes Geschäft: Die Kaufleute konnten vor Ort Salz gewinnen, das sie selbst verwenden und gewinnbringend verkaufen konnten, während die Norder Kirche die Insel gut bewirtschaftet wusste und Pachteinnahmen erzielte.

Berend Sanders machte Rimberti und Fockena nach einem reichhaltigen Frühstück mit dem Siedemeister bekannt und ging dann weiter in Richtung Dorf. Der

Siedemeister war ein hagerer Mann mit wettergegerbtem Gesicht, der ihnen mit monotoner Stimme erläuterte, wie man das Salz gewann. Rimberti hatte das vor ein paar Tagen schon einmal gehört, und so ließ er seinen Blick schweifen.

Gleich hinter den Salzbuden stieg das Gelände leicht an. Dort gab es ein winziges Dorf aus einem Dutzend Hütten. In der Mitte stand ein etwas größeres Gebäude mit einem Dachreiter, eine Kapelle. Auf halbem Weg zwischen den Salzbuden und dem Dorf waren fensterlose Holzhäuser gebaut. Rimberti vermutete, dass hier das fertig gewonnene Salz in Fässern bis zur Abholung gelagert wurde.

Bei einem dieser Lagerhäuser stand Berend Sanders, mit einem anderen Mann ins Gespräch vertieft. Rimberti erkannte ihn als den Bärtigen mit der Narbe, mit dem Sanders vor ein paar Tagen im Gasthof verhandelt hatte und den sie zuvor in der Kirche gesehen hatten, als dort der Bildersturm durchgeführt werden sollte.

Der Mann sah kurz zu ihnen herüber. Er bemerkte aber anscheinend nicht, dass Rimberti ihn wahrgenommen hatte. Was Berend Sanders und der Bärtige mit der Narbe sprachen, war aus der Entfernung nicht zu hören. Rimberti sah jedoch, dass der Mann vehement auf Sanders einredete und dann fortging. Rimberti beschloss, ihm zu folgen. Der Narbige ging in ein Lagerhaus und trat einen Moment später mit einem Lederbeutel wieder heraus, um zum Dorf zu gehen.

Rimberti ging ihm hinterher, wählte aber den Weg hinter den Lagerhäusern, um nicht von dem Narbigen gesehen zu werden.

»Lübbert Rimberti, was ist das für eine Überraschung!«

Rimberti erschrak. Er drehte sich zu dem Mann um, der ihn so direkt mit seinem Namen ansprach, und er musste ihn genau ansehen.

»Bruder Adriaan! Ich hätte Euch fast nicht wiedererkannt. Was macht Ihr hier auf der Insel?«

»Wie solltet Ihr mich auch wiedererkennen?«, antwortete der Geistliche. »Ich bin ein wenig in die Breite gegangen. Und nun trefft Ihr mich auch noch an einem so unwirklichen Ort an.«

Adriaan de Beer war noch im letzten Jahr Bibliothekar im Kloster Bendiktshusen gewesen. Bei seiner Suche nach den Kirchenschätzen des Klosters hatte Rimberti ihn kennengelernt. Er wusste, dass Adriaan inzwischen geheiratet und eine Pfarrstelle in Norden bekommen hatte. Die Ehe und die neue Arbeit taten ihm offensichtlich gut. Der korpulente Mann hatte noch etwas zugenommen, und sein Jungengesicht war noch fröhlicher geworden.

»Ich habe für diese zwei Wochen den Dienst auf Bant übernommen«, erklärte Adriaan. »Aber kommt auf einen Trunk mit in meine bescheidene Unterkunft.«

»Bruder Adriaan, ich will später kommen und mit Euch plaudern. Kennt Ihr den Mann dort?« Rimberti deutete auf den Narbigen, der das Dorf hinter sich ließ und dem Weg in das Innere der Insel folgte.

»Kennen ist zu viel gesagt«, antwortete Adriaan. »Er war vor ein paar Wochen schon einmal hier. Tat alles, um nicht aufzufallen. Und das wiederum fiel mir auf. Aber von unseren Leuten wusste niemand, wer das ist. Er war mit Kaufmann Sanders hier. Der zeigte ihm die Insel.«

Rimberti verabschiedete sich und ging schnell weiter. Er hatte den Narbigen inzwischen aus den Augen verloren. Aber es gab nur diesen einen Weg aus dem Dorf. Rimberti ließ die Häuser hinter sich. Hinter den Häusern waren Felder, in denen einige Dorfbewohner ihre Landwirtschaft betrieben. Das Getreide stand gut. Der schwere Marschboden der Insel gab gutes Ackerland. Hinter den Feldern führte der Weg durch Wiesen, Busch- und Strauchwerk. Vereinzelt standen Bäume. Der salzige Wind hielt sie klein und schief.

Von einem Holzzaun umgeben, lag der kleine Friedhof am Weg. Rimberti wunderte sich, dass er nicht mitten in der Siedlung bei der Kapelle war. Vielleicht hat das Dorf in früheren Zeiten hier gestanden, dachte er.

Er sah nur wenige Grabstellen. Zwei waren noch nicht so alt. Sie lagen nebeneinander, etwas abseits von den anderen. Die Erdhaufen waren noch nicht zusammengesunken oder vom Wind abgetragen, aber sie waren schon bewachsen. In jedem Hügel steckte ein schlichtes Holzkreuz ohne Namen. Rimberti wusste, dass an den Inselstränden hin und wieder Ertrunkene angespült wurden, die von barmherzigen Dorfbewohnern ein Grab auf ihrem Friedhof bekamen.

Rimberti folgte dem Weg weiter. Rechts sah er eine verlassene Warftstelle. Hier musste einmal ein Hof gestanden haben. Hatte es in früheren Zeiten mehr Bewohner auf der Insel gegeben? Rimberti ließ von der kleinen Anhöhe aus den Blick schweifen. Ein Priel verlief ganz dicht an der Insel vorbei und bildete eine Art Bucht. Rimberti sah plötzlich, dass er sich vorhin bei der Überfahrt keineswegs getäuscht hatte: Ein Schiff hatte weiter nördlich geankert und wartete nun das ablaufende Wasser ab, um trockenzufallen. Warum hatte es nicht die Reede angelaufen, sondern ankerte im Verborgenen?

Er musste Fockena seine Beobachtung mitteilen. Den Narbigen hatte er längst aus den Augen verloren. Rimberti vermutete, dass der sich mit der Besatzung des Schiffes treffen wollte.

Landeinwärts konnte er in der Ferne eine weitere Warft ausmachen. Sie war eine gute halbe Stunde Fußweg entfernt. Auf ihr stand ein Gebäude. Da der Weg ebenfalls landeinwärts und weg von der Bucht führte, folgte Rimberti ihm. Der Weg machte einen Bogen, und ein weiterer führte zu einer Kate, die fast ganz von Sträuchern und Büschen eingewachsen war. Vor der Kate waren Fischernetze zum Trocknen aufgehängt. Aber wo war das Boot? Es konnte ja nicht ohne seine Netze ausgefahren sein.

Rimberti öffnete die aus Brettern grob zusammengezimmerte Tür. Das Innere der Kate bestand aus einem Raum, in dem Fässer, Kisten und Säcke gelagert wurden, und einem Nebenraum, dessen Zugang mit Vorräten zugebaut war. Lagerten die Inselbewohner hier ihre Vorräte an Lebensmitteln, die es auf der Insel selbst nicht gab und die vom Festland geliefert werden mussten? Warum wurden sie dann so weit außerhalb des Dorfes aufbewahrt? Und warum landeten die Schiffe am Priel und nicht am Anleger beim Dorf?

Getrockneter Speck und Räucherfleisch lagerten hier, Säcke mit Mehl und mit Äpfeln, Fässer, in denen sich Salzheringe befanden und Bier. Rimberti entdeckte Räucherschinken, Pökelfleisch, Käse, eingesalzene Butter. Genug Vorräte, um eine große Anzahl von Menschen über ein paar Wochen zu ernähren.

Rimberti räumte den Weg zu dem Nebenraum frei. Hier standen weitere Kisten und Fässer, und dahinter lagen verschnürte Pakete. Rimbert schlug ein in öliges Tuch eingewickeltes längliches Paket auf. Er hatte geahnt, was sich darin befand: Waffen. Lange Spieße und Hellebarden aus glänzend poliertem Stahl waren zu einem Bündel verschnürt. Darunter lag ein ähnlich verschnürtes Bündel. Und daneben lagen Bündel aus Öltuch, die nur halb so groß waren. Schwerter.

Rimberti machte sich an einer der Kisten zu schaffen. Er stemmte sie mit einem Spieß auf. Das mussten Arkebusen sein: die neuesten Hakenbüchsen mit kürzerem Lauf, die einfacher zu bedienen waren.

Rimberti hörte ein Geräusch dichter hinter sich. Noch ehe er sich umdrehen konnte, fühlte er den dumpfen Schlag am Hinterkopf.

Kapitel 13

ULFERT FOCKENA HATTE Rimberti vorhin im Gespräch mit dem Pfarrer vor der Kapelle gesehen. Er hatte vom Siedemeister erfahren, dass der Kaplan für die Insel erkrankt war und auf dem Festland weilte, die Norder Pfarrer in der Zwischenzeit einen der ihren jeweils für eine Woche auf die Insel schickten und dass in dieser Woche Adriaan de Beer den Dienst auf Bant hatte.

Nach einem kleinen Rundgang um die kleine Ansiedlung herum stand er vor der Hütte, in der der Pfarrer untergebracht war. Nach kurzem und kräftigem Klopfen trat er ein.

»Nanu, Hochwürden, wer hat Euch denn auf dieses trostlose Eiland versetzt?«, polterte Fockena los, als Adriaan de Beer sich erhob, um den Gast zu begrüßen. Kurz erläuterte der Geistliche die Umstände seines Aufenthaltes, während er einen Krug mit Dünnbier aus dem Nebenraum holte.

Der Pfarrdienst für die wenigen Inselbewohner war mit noch weniger Verpflichtungen verbunden, aber die Geistlichen nahmen auch die Aufgaben des Inselvogtes für die gräfliche Regierung wahr. Außerdem bescherte der wenig anspruchsvolle Dienst auf Bant den Pfarrern die Gelegenheit, ungestört neue theologische Bücher und Flugschriften zu studieren.

»Ich hoffte, Doktor Rimberti bei Euch anzutreffen«, sagte Fockena, nachdem er in einem Zug den großen Becher fast ausgetrunken hatte. »Ich sah Euch vorhin zusammenstehen.«

»Er hatte es eilig und wollte später wiederkommen«, antwortete de Beer. »Nun erzählt mir, was für Geschäfte Ihr auf Bant habt.«

Fockena wusste, dass man Adriaan de Beer trauen konnte, und so erzählte er von den Morden mit der Armbrust, von dem verstreuten Salz und von ihrer Suche nach den Zusammenhängen. De Beer hörte konzentriert zu. Der ermordete Kaufmann Sanders und seine Familie gehörten zu Adriaan de Beers Gemeinde, und wenn er jetzt nicht auf Bant weilte, hätte er die Leichenpredigt für Jakob Sanders gehalten.

Adriaan konnte nur berichten, was Fockena ohnehin schon wusste, dass nämlich die Salzbuden mit den Rechten der Salzgewinnung auf Bant Jahr um Jahr verpachtet wurden.

»Früher soll die Insel sehr viel größer gewesen sein, wird erzählt«, erklärte de Beer. »Aber wenn eine Sturmflut kommt, steht fast alles unter Wasser. Nur das Dorf und die wenigen Warften und höher gelegenen Stellen werden nicht überflutet. Früher hat man auch an der anderen Seite Salztorf abgegraben. Diese Teile der Insel hat sich der blanke Hans bei den Sturmfluten vor 18 und 20 Jahren geholt. Das erzählen die Alten. Und sie prophezeien, dass die Insel eines Tages ganz untergehen wird.«

»Das würde mich nicht wundern«, erwiderte Fockena und trank den Rest aus seinem Becher. »Nach Salztorf wird ja nicht nur im Watt gegraben, sondern auch die Küste wird weggebuddelt und das Land wird niedriger. Da ist es ja kein Wunder, wenn die Insel von Jahr zu Jahr kleiner wird. So ein angeknabbertes Ufer ist ein leckeres Festmahl für die nächste Sturmflut.«

»Ein solches Festmahl kann ich leider nicht bieten, aber meine Magd wird uns etwas zubereiten, wenn Doktor Rimberti zurückkommt«, antwortete der Geistliche. »Ich hoffe, er hat inzwischen seinen Bekannten eingeholt.«

Ulfert Fockena sah ihn mit großen Augen an. »Was für einen Bekannten?«

Das Erste, was Lübbert Rimberti wahrnahm, war der Geschmack salzigen Sandes in seinem Mund, und das Zweite war der pochende Schmerz. Er beschloss, liegen zu bleiben. Eine Welle schwappte über sein Gesicht, und Rimberti richtete sich mühsam auf. Er taumelte ein paar Schritte vorwärts. Nun erst wurde er gewahr, wo er sich befand. In weiter Ferne lag das menschenleere Ufer von Bant, und er stand auf einer Sandbank, schon mit den Knöcheln im Wasser. Die Flut kam.

Die Bilder kamen ihm wieder in den Sinn: der Narbige und der Weg aus dem Dorf, die kleine Bucht mit dem geheimnisvollen Schiff, die kleine Kate mit dem Vorratslager an Waffen und Nahrungsmitteln. Und der Schlag.

War das der Mann mit der Narbe gewesen? Rimberti hatte keine Zeit, darüber nachzudenken. Die Flut stieg an. Von der Sandbank war inzwischen nichts mehr zu sehen, alles lag unter Wasser. Zwischen seiner Sandbank und der Insel lag eine Strecke von nur ein paar Hundert Metern. Aber dies war kein normaler Fußmarsch. Durch den schweren Schlickboden und das Wasser würde er lange brauchen, um an das rettende Ufer zu gelangen.

Das steckte also dahinter. Man hatte ihn nicht einfach totgeschlagen, sondern man wollte, dass seine Leiche irgendwo an Land gespült wurde. Von der Flut überrascht, als er zu Fuß das Festland erreichen wollte.

Rimberti watete durch das ansteigende Wasser. Noch war er nicht tot. Er verspürte keine Furcht. Das Wasser reichte nun schon bis an seine Knie, und die Schritte wurden schwerer. Das Ufer der Insel lag immer noch in weiter Ferne, so als würde es mit jedem Schritt Rimbertis einen Schritt vor ihm zurückweichen.

Aber er wusste, dass jeder mühsame Schritt ihn näher zur Küste brachte. Er wollte es schaffen. Er wollte leben.

Inzwischen war die Flut so hoch angestiegen, dass ihm das Wasser bis zu den Oberschenkeln reichte. Vielleicht konnte er den Rest der Strecke schwimmen. Rimberti wusste, dass die Aussichten nicht sehr gut waren, denn die Strömung war stark. Sie würde ihn weit hinaustragen, ohne dass er sich dagegen wehren konnte. Und diese Strömung war plötzlich so gewaltig und so schnell, dass es ihn von den unsicheren Beinen riss. Er war in den Priel geraten.

Auch ohne den Schlag auf den Hinterkopf und seine Kopfschmerzen hätte er nicht gegen die Strömung kämpfen können. Aber jetzt war alles aussichtslos. Die Strömung zog Rimberti unter Wasser. Mit Mühe gelang es ihm, wieder aufzutauchen. Er hustete und spuckte das Salzwasser aus und schöpfte Luft. Mit aller Kraft schwamm er gegen die Strömung an und auf das Ufer zu, von dem ihn der Priel immer weiter forttrug.

Und führen, wohin du nicht willst … Seltsam, dass ihm dieses Bibelwort gerade jetzt einfiel. Rimberti hörte auf, gegen die Strömung anzukämpfen. Er ließ sich vom Priel treiben. Er benutzte die wenige Kraft, die er noch hatte, um den Kopf über Wasser zu halten. Der Priel war breit, und die starke Strömung zog an der Insel Bant vorbei. Rimberti schwamm mit der Strömung und versuchte, die rechte, der Insel zugewandte Seite des Priels zu erreichen.

Als Rimberti bemerkte, dass der Priel sich wieder von der Insel wegbewegte, schwamm er auf das Ufer zu. Nicht geradewegs, sondern in einem Winkel, der es ihm ermöglichte, noch so viel von der Strömungskraft zu nützen, wie es möglich war.

Heute war kein starker Wellengang. Trotzdem glaubte Rimberti nicht, es bis zum Ufer schaffen zu können. Immer wieder schlug das Wasser über ihm zusammen, und immer wieder gelang es ihm aufzutauchen. Und jedes Mal dachte er, es bei einem nächsten Mal nicht zu schaffen.

Plötzlich fühlte er Grund unter seinen Füßen. Die Wellen spülten ihn an Land und rissen ihn immer wieder zurück. Und doch kam er dem Ufer näher. Auf allen vieren kroch er, bis er Gras unter sich spürte.

Rimberti wollte zu Boden sinken, nur noch liegen. Da bemerkte er, wie zwei Männer auf ihn zukamen. Hatten sie seinen Kampf gegen die Flut vom Ufer aus beobachtet?

Rimberti hob den Kopf und blinzelte. Der Mann, der mit einem Begleiter vor ihm stand, war der Narbige.

Der Mann mit der Narbe sah verächtlich auf Rimberti herunter, der vor ihm im Gras lag. Fast beiläufig glitt seine Hand zum Gürtel und zog einen kurzen, spitzen Dolch. »Ein Tod durch Ertrinken war Euch wohl nicht gut genug«, sagte er mit heiserer, dunkler Stimme zu Rimberti. »Nun, dies hier geht sicher schneller.«

Gerade wollte er sich zu Rimberti herunterbeugen, als eine bekannte Stimme von Weitem rief: »Jetzt ist mir doch jemand zuvorgekommen, Euch aus dem Wasser zu ziehen. Ich hatte gedacht, ich könnte mir nun Eure lebenslange Dankbarkeit sichern.«

Ulfert Fockena trat zwischen den Büschen hervor und rief den beiden Männern, die vor Rimberti standen, zu: »Dieses nasse Bündel vor Euch ist mein Freund, der gelehrte Doktor Rimberti. Habt Dank, dass Ihr ihn aus den Wellen geholt habt. Wisst Ihr, er kann besser im trüben Gewässer der Juristerei schwimmen als in der salzigen Nordsee.«

Rimberti war noch nie so froh gewesen, seine Stimme zu hören.

»Ich mach das schon«, brummte der stämmige Begleiter des Narbigen. Mit einem Ruck zog er seinen Dolch und stürmte auf Fockena zu. Der wich behände aus und ließ ihn ins Leere stolpern. Im gleichen Moment packte Fockena das Handgelenk des Mannes, drehte es um und stieß ihm den eigenen Dolch in den Leib.

Entsetzt sah der Mann auf den Dolchgriff, der aus seinem Bauch ragte, und taumelte ein paar Schritte zurück, bis er stolpernd fiel.

Der Narbige steckte seinen Dolch weg und zog sein Schwert. »Nun, alter Mann«, sagte er in sanftem Ton. »Mein Begleiter hätte Euch ein schnelles Ende bereitet. Jetzt müsst Ihr damit vorliebnehmen, auf meine Art zu sterben.«

Rimberti versuchte, sich aufzurichten. Er kroch ein paar Schritte auf den Narbigen zu, der ihm einen heftigen Fußtritt versetzte.

Inzwischen hatte auch Ulfert Fockena seine Waffe gezogen. Der Narbige stürmte auf Fockena los. Der parierte geschickt und attackierte ihn mit heftigen und gekonnten Hieben, bis der Narbige stolpernd hinfiel.

Fockena trat ein paar Schritte zurück. Eindringlich sah er den Narbigen an und richtete seine Klinge auf ihn. »Ich weiß nicht, was deine Mordlust entfacht hat. Aber ich werde es herausbekommen. Lege deine Waffe nieder und gib auf. Du wirst diesen Kampf nicht gewinnen.«

Der Narbige blickte auf Fockena und dann auf Rimberti. Sein Gesicht hellte sich auf. Ihm kam ein Gedanke. Er machte einen Satz auf Rimberti zu, um ihn zu durchbohren. Im gleichen Moment war Fockena neben ihm, und seine Waffe sauste durch die Luft.

Der Narbige starrte auf den blutigen Stumpf, der gerade noch sein Handgelenk gewesen war, starrte auf seine abgeschlagene rechte Hand, die vor ihm im Gras lag und immer noch den Griff der Klinge umklammerte.

»Der Kampf ist vorbei«, sagte Fockena und ließ seine Waffe sinken.

»Für mich nicht«, sagte der Narbige, drehte sich um und rannte davon. Er eilte zum Ufer und lief hinein in die Wellen. Fockena hastete ihm hinterher, aber der Narbige war schon im hüfthohen Wasser. Fockena watete noch ein gutes Stück hinter ihm her und sah dann, wie der Narbige vom Priel erfasst wurde. Sein Kopf verschwand unter der Flut, tauchte dann noch einmal auf und blieb schließlich unter Wasser.

Ulfert Fockena blieb eine ganze Weile im Wasser stehen, um sicher zu sein, dass der Narbige nicht doch wieder irgendwo hochkam.

Kapitel 14

KAUFMANN BEREND SANDERS kümmerte sich ehrerbietig um Lübbert Rimberti. Auf der Rückfahrt am kommenden Tag bot er ihm sogar die einzige Kajüte an, die es auf dem Schiff gab.

»Ich bin doch nicht krank«, antwortete Rimberti. »Aber

ich danke Euch für die Freundlichkeit. Und Ihr seid sicher, dass übermorgen wieder ein Schiff auf die Insel fährt?«

»Keine Sorge«, erwiderte Sanders. »Lübbe Onnen will übermorgen nach Bant, um seine Leute abzulösen. Er schickt sie immer für ein paar Wochen auf die Insel und tauscht sie dann aus. Dann arbeiten sie in Norden für ihn weiter.«

Rimberti hoffte, dass Ulfert Fockena nicht zu lange auf der trostlosen Insel bleiben musste. Fockena wollte dafür sorgen, dass der geheime Vorratslager ausgeräumt und in einem anderen Versteck wieder aufgebaut würde. Er wollte das Rätsel des Vorratslagers lüften und mit Adriaan de Beer die Insel nach weiteren Geheimnissen durchsuchen. Außer zu dem Geistlichen hatten sie mit niemandem über das Versteck gesprochen, und Adriaan wusste vermutlich, wem man auf Bant vertrauen und mit der Verlegung der Vorräte und Waffen betrauen konnte, ohne dass es gleich alle mitbekamen. Außerdem wollte Fockena bei dem Verletzten bleiben, der ihn angegriffen hatte und mit seiner schweren Verwundung im Dorf gepflegt wurde. Vielleicht war ihm etwas über die versteckten Vorräte und Waffen zu entlocken.

Rimberti wandte sich an Berend Sanders, der noch nichts getrunken zu haben schien und einen überaus aufmerksamen Eindruck machte. »Sanders, hatte Euer Bruder oft auf Bant zu tun?«

»Selten«, brummte der Kaufmann und kniff die Augen misstrauisch zusammen. »Die Fahrten auf die Insel habe immer ich gemacht. Jakob kam meistens einmal im Jahr. Warum fragt Ihr?«

»Wegen des Salzes. Es ist immer noch unklar, warum Euer Bruder sterben musste. Und warum Salz über ihn ausgeschüttet wurde.«

Berend Sanders winkte ab. »Ein Einbrecher, sonst nichts. Da mache ich mir nicht so viele Gedanken. Wer weiß, in was für Geschäfte mein Bruder verstrickt war.«

»Vielleicht haben sie mit dem Salz auf Bant zu tun.«

»Glaube ich nicht«, antwortete Sanders kurz angebunden. Er ging unter Deck und kam mit zwei großen Holzbechern zurück. »Da«, sagte er und reichte Rimberti einen. »Dünnbier, mit Honig und Kräutern versetzt. Das wird Euch guttun.«

Rimberti trank. Die Mischung schmeckte köstlich. Sie fuhren vorbei an der Westermarscher Küste und würden in einer guten halben Stunde im Norder Hafen ankommen. Er leerte den Becher und bestaunte die hohen Türme der Norder Andreaskirche. Rimberti verstand, warum sie den Seefahrern eine gute Orientierungshilfe waren.

Der Seegang war heute stärker, das Schiff rollte auf den Wellen hin und her, und Rimberti befiel Übelkeit. Er musste sich an der Reling festhalten.

»Mein guter Rimberti, Ihr werdet doch nicht seekrank.« Berend Sanders grinste. »Vielleicht wollt Ihr Euch doch einen Moment hinlegen. Die Kajüte steht Euch zur Verfügung.«

»Schon gut«, antwortete Rimberti. Er sah, dass Sanders dem Mann am Ruder einen Wink gab. Der brachte das Schiff auf einen anderen Kurs, weg aus der Richtung auf die Leybucht mit dem Norder Hafen. Rimberti wurde schwindelig. Schweiß brach ihm aus.

»Wo fahren wir denn hin?«, fragte er den Kaufmann. »Nach Norden müssen wir doch …« Rimberti konnte sich kaum noch auf den Beinen halten.

»Glaubt Ihr, dass Euer Ausflug auf der Insel unbemerkt geblieben ist?«, raunte Berend Sanders ihm zu. Er nahm ihm den leeren Becher aus der Hand. »Ich hoffe, meine Medizin hat Euch geschmeckt. Ihre Wirkung zeigt sich ja schon.«

Rimberti wollte etwas erwidern, aber auf einmal drehte sich alles. Dann wurde ihm schwarz vor Augen.

»Amen«, sagte Pfarrer Adriaan de Beer und segnete den soeben Verstorbenen mit dem Kreuzeszeichen.

»Amen«, sagte Ulfert Fockena und bekreuzigte sich. Noch einmal betrachtete er den Mann, der ihn gestern erdolchen wollte und nun der Verwundung durch seine eigene Waffe erlegen war.

Wie lange Lübbert Rimberti nun schon in diesem fensterlosen kleinen Raum war, konnte er nicht einschätzen. Er wusste nicht einmal, wo er sich befand. Berend Sanders' Schiff war vom Kurs auf Norden abgedreht.

In dem Trunk, den Sanders ihm gereicht hatte, musste ein starkes Schlafmittel gewesen sein. Noch jetzt verspürte Rimberti leichte Kopfschmerzen.

Vorhin waren drei Männer da gewesen. Der eine hatte ihm Brot gebracht, klein geschnittenes Bratenfleisch und einen Krug verdünnten Wein, während die beiden anderen vor der Tür stehen geblieben waren, jederzeit bereit, einen Fluchtversuch zu verhindern. Doch ihr kräftiges Aussehen ließ diesen Gedanken gar nicht erst zu.

Eine Öllampe gab kümmerliches Licht. Kurz nachdem er aufgewacht war, hatte Rimberti gegen die Tür gehämmert und um Hilfe gerufen. Aber niemand hatte darauf reagiert.

Er roch an dem Wein. Warum sollte ein Schlafmittel darin sein? Er war schließlich gefangen und konnte sich nicht befreien. Er trank aus dem Krug und aß von dem Brot und dem Fleisch.

Rimberti musste an den Mann mit der Narbe denken, der erst ihn töten wollte und dann den eigenen Tod in der Flut gesucht hatte. Warum war der dabei gewesen, als die Bilder und Figuren aus der Dorfkirche entfernt worden waren? Hatte er diese Ausschreitung vorbereitet, damit hinterher ein Flugblatt darüber in der Grafschaft Ostfriesland veröffentlicht werden konnte? Und was hatte das mit dem Vorrat an Lebensmitteln und Waffen auf Bant zu tun? Wo war die Verbindung zwischen dem Bildersturm und der Insel? Und wie steckte Berend Sanders darin? War der ermordete Jakob Sanders auch in diese geheimnisvollen Aktivitäten verwickelt? Oder hatte er sterben müssen, weil er zu viel davon wusste? Aber wo lag dann die Verbindung zu Drost Ibenga und Schwester Frauke, die ebenfalls mit einem Armbrustbolzen ums Leben gebracht und wie die beiden anderen Toten mit Salz bestreut worden war?

Rimberti sah auf das kleine Licht. Licht und Salz – von beiden war in der Bergpredigt die Rede.

Er fühlte sich so kraftlos wie das Salz, von dem Jesus in der Bergpredigt gesprochen hatte, und er fühlte sich so kümmerlich wie das kleine Licht, das vor ihm auf dem Boden flackerte. Zu schwach, um das Dunkle auszuleuchten.

Kapitel 15

Rimberti wachte auf, als es an der Tür rumpelte. Das Licht war erloschen, während er geschlafen hatte. Der Balken wurde beiseitegeschoben und die Tür geöffnet.

»Kommt mit«, sagte Berend Sanders. »Jemand will Euch sprechen.« Hinter ihm standen drei Bewaffnete.

»Graf Enno?«, fragte Rimberti.

»Mit Verlaub«, entgegnete Sanders. »Ihr befindet Euch nicht mehr in der Grafschaft Ostfriesland. Ihr seid Gast von Junker Balthasar auf der Burg in Esens. Der Junker möchte Euch gern begrüßen.«

Berend Sanders ging mit zwei Männern vor ihm, während der Dritte sich dicht hinter Rimberti hielt. Sie gingen einen langen dunklen Flur entlang, eine Treppe hinunter und dann wieder einen Gang, bis sie durch eine schwere Holztür einen großen Raum betraten. Ein riesiger schmiedeeiserner Leuchter beherrschte ihn und erfüllte ihn mit dem goldenen Licht seiner Kerzen.

»Doktor Rimberti, seid von Herzen willkommen!« Ein Mann von mittelgroßer und kräftiger Statur löste sich aus der Gruppe von einem Dutzend Männern, die vor dem Tisch standen, und kam auf Lübbert Rimberti zu.

Junker Balthasar von Esens. Rimberti war ihm bisher noch nicht begegnet, aber er hatte schon viel von dem streitlustigen Häuptling des Harlinger Landes gehört. Balthasar weigerte sich, die Oberhoheit der ostfriesischen Grafen über seine Herrlichkeit anzuerkennen. Und er betätigte sich als Raubritter und Seeräuber. Er plünderte die fahrenden Händler über Land aus, und er jagte die Bremer Handelsschiffe mit eigenen Schiffen oder durch Seeräuber.

Vor Jahren schon hatte Graf Edzard, der Vater des Grafen Enno, zweimal die Stadt Esens besetzen müssen, um Balthasar in die Knie zu zwingen. Aber Balthasar hatte mächtige Verbündete: Der Bischof von Bremen und Herzog Karl von Geldern unterstützten ihn im Kampf gegen die protestantischen Stände. So blieb Balthasar ein gehorsamer Diener der Papstkirche und wies die evangelischen Prediger aus seiner Herrlichkeit und aus dem Wittmunder Territorium aus.

Nach dem erzwungenen Friedensvertrag war Balthasar für einige Jahre ruhiggestellt gewesen. Aber in den letzten Monaten hatte es Nachrichten von erneuten Grenzüberfällen und Seeräuberei gegeben. Graf Ennos Berater rechneten mit einem bevorstehenden Angriff Balthasars.

Lübbert Rimberti verneigte sich höflich vor dem Junker. »Ich danke Euch für die freundliche Begrüßung. Ich hätte es jedoch vorgezogen, freiwillig Eure Gastfreundschaft in Anspruch zu nehmen.«

»Das werdet Ihr noch. Das werdet Ihr noch«, antwortete Balthasar lachend und wies mit ausladender Geste auf die reich gedeckte Tafel. »Stärkt Euch erst einmal tüchtig. Bestes Bier aus Hamburg und die erlesensten Köstlichkeiten warten auf Euch. Ein Bremer Handelskapitän war so freundlich, uns an seiner reichhaltigen Ladung teilhaben zu lassen – zum Dank für die freie Weiterfahrt, die mit leerem Frachtraum ja auch viel schneller vonstatten geht.«

Die anwesenden Männer lachten und begaben sich zu Tisch.

Freundschaftlich schlug Junker Balthasars Pranke auf Rimbertis Schulter und schubste ihn dann auf den leeren Stuhl. »Langt erst einmal tüchtig zu, und dann hört, was ich mit Euch vorhabe!«

Eigentlich hätte das Mahl Rimberti nicht schmecken dürfen. Er dachte einen Moment an das, was er in den letzten Tagen erlebt hatte, und überlegte einen weiteren Moment mit Sorge, was Balthasar ihm wohl gleich eröffnen würde. Aber jetzt war er hungrig, sehr hungrig. Und direkt vor ihm standen eine Platte mit glasiertem Schweinebraten, ein großer Zinnteller mit Hirschrücken in Haselnusskruste, eine braun gebratene Lammkeule mit Kräutern und Schüsseln mit Rosenkohl, Erbsen und Bohnen. Da alle herzhaft zugriffen, sah Rimberti keine Gefahr und aß und trank.

Auf einmal befiel ihn eine gewisse Leichtigkeit. Hätte Balthasar ihn umbringen wollen, wäre das längst geschehen. Berend Sanders hätte ihn im bewusstlosen Zustand von Bord stoßen oder Balthasar hätte ihn in einem Verlies verschmachten lassen können.

Balthasar und seine Männer sprachen von Erinnerungen aus dem Krieg von vor fünf Jahren. Rimberti beteiligte sich nicht an diesem Gespräch. In dieser Zeit hatte er an der Wittenberger Universität Theologie und Rechtswissenschaft studiert. Nach einem Jahr als Pfarrer war er nach Wittenberg zurückgekehrt, um als Jurist zu promovieren. Seltsam, dass ihm jetzt diese Erinnerungen in den Sinn kamen. Sollte er nicht lieber versuchen, aus den Bruchstücken, die er im Geiste in die Hand nahm, ein Ganzes zusammenzufügen?

Balthasar schlug mit der Faust auf den Tisch. Er herrschte seine Männer an: »Auf meine Kosten fresst ihr euch voll? Seht zu, dass ihr euch nützlich macht. Denkt an den treuen Follrich. Auf Bant hat er sein Leben gelassen, und auch sein Getreuer ist als Mann im Kampf gefallen. Und ihr lasst euch hier volllaufen und führt ein gutes Leben.«

»Follrich war der Mann mit der Narbe?«, fragte Rimberti.

»Sanders hat mir alles berichtet«, antwortete Balthasar.

»Follrich ist ertrunken, als er vor seinem Gegner geflohen ist. Und sein Getreuer ist mit seinem eigenen Dolch abgestochen worden. Ist das Euer Aufgebot, Junker Balthasar?«

Balthasar starrte ihn an. Dann stürmte er auf Rimberti zu, riss ihn von seinem Stuhl hoch und presste ihn an die Wand. Er sprach mit leiser, aber kraftvoller Stimme, mühsam seinen Zorn unterdrückend: »Ihr habt kein Recht, Euch über meine Leute lustig zu machen. Vor sieben Jahren starb mein Vater, Häuptling Hero Omken, Sohn des berühmten Ritters Siebo Attena von Dornum, mein seliger Großvater. Die freiwillige und treue Gefolgschaft meines Großvaters gegenüber der Familie Cirksena wollte Edzard in Unterjochung wandeln. Ich hatte kaum mein Amt angetreten, da überfiel Graf Edzard mitten im Frieden unser Land und überzog es mit Krieg. Esens wurde belagert, viele ehrliche Männer und Frauen kamen um.«

Junker Balthasar ließ Rimberti los, blieb aber ganz dicht vor ihm stehen.

»Edzard Cirksena hatte Mut. Ich hasste ihn wie die Pest, aber mein Vater und ich respektierten ihn. Gegen einen zehnfach überlegenen Gegner hat er sein Land behauptet. Alle Achtung. Trotzdem hätte er mir nicht in die Hände fallen dürfen. Sein Sohn Enno ist eine erbärmliche Kreatur. Ich lasse Schiffe und Kaufleute ehrlich ausplündern. Enno huldigt dem neuen Glauben, um sich Klosterländer einzuverleiben und seine Kirchen auszuplündern. Für Enno habe ich nur Verachtung übrig. Gegen einen solchen Wurm ist mir jedes Mittel recht.«

»Ich stehe nicht im Dienst Graf Ennos. Ihr wisst, dass ein anderer Graf mein Dienstherr ist«, antwortete Rimberti mit klarer Stimme und sah Balthasar dabei in die Augen. »Eure Männer haben mich hinterrücks bewusstlos geschlagen, um mich in der Flut zu ertränken. Sie wollten zu zweit einen doppelt so alten Mann feige erstechen. Ist das eines Enkels des großen Ritters Siebo Attena würdig?«

Balthasar starrte ihn wieder an. Für einen Moment war es totenstill. Dann prustete Balthasar los vor Lachen, laut und dröhnend. Er drückte Rimberti an sich und umarmte ihn.

»Seht ihr?«, rief er seinen Männern zu, die sich von ihren Plätzen erhoben hatten, aber bei Balthasars Wutausbruck an der Tür stehen geblieben waren. »Das nenne ich Schneid. Er widerspricht mir gerade ins Gesicht und wirft mir die schlimmsten Vorwürfe an den Kopf. Solche Männer brauche ich. So, und nun lasst mich mit dem Doktor allein.«

Junker Balthasar hatte eine Karte der ostfriesischen Halbinsel auf dem Tisch ausgebreitet. Auf den vier Ecken standen ein Tablett mit Salzheringen, eine Schüssel mit geröstetem Brot, ein Holzbrett mit geräucherten Mettwürsten und ein großer Teller mit gekochtem Rindfleisch. Davon aß Balthasar abwechselnd, während er Rimberti auf der Karte seine militärische und politische Situation erläuterte.

»Und der Kauf der Herrlichkeit Hillersum wird Eure Position verbessern?«, erkundigte sich Lübbert Rimberti.

»Ich nehme an, Herzog Karl von Geldern wird die Herrlichkeit nach angemessener Zeit Euch übertragen.«

»Ich sehe, Ihr seid im Bilde«, antwortete Balthasar. »Die Räuberei bringt auf Dauer zu wenig ein, und sie verschafft mir zu viele Gegner. Mit Hillersum habe ich einen Marktflecken im westlichen Ostfriesland, von dort aus kann ich Handel treiben mit dem Münsterland, mit dem Groninger Umland, mit Drenthe und bis nach Kampen und weiter.«

»Und was erhält der Herzog im Austausch?«

»Meine Freundschaft und der siegreiche Kampf gegen die Ketzerei in Ostfriesland sind für ihn Grund genug.«

»Die Salzinsel«, unterbrach ihn Rimberti. »Bant soll Herzog Karl gehören. Und damit kann er das Friesensalz gewinnen. Ihr wollt Bant für ihn besetzen.«

»Ihr könnt denken, Doktor Rimberti. Schade, dass Ihr nicht mein Kanzler seid.«

»Die Waffen und Vorräte waren für Eure Männer bestimmt.«

Balthasar langte in die Schüssel und nahm sich eine Scheibe Rindfleisch. Er biss hinein und erklärte kauend seinen Plan. Berend Sanders sollte vom Norder Hafen aus Männer auf die Insel Bant bringen, als Knechte und als Arbeiter für die Salzbuden getarnt. Die Männer konnten natürlich nur unbewaffnet aufs Schiff, um keinen Verdacht zu erregen. Auf Bant sollten sie zu ihrem Versteck gehen und sich bewaffnen. Unter dem Befehl von Follrich sollten sie die Insel besetzen. Da dort keine Soldaten stationiert waren und mit einer Gegenwehr der wenigen Bewohner nicht zu rechnen war, würde diese Besetzung kampflos vor sich gehen.

»Da die Vorräte in Eurem Versteck nicht ewig haltbar

sind, wird dieser Kriegsfall sicher recht bald eintreten«, bemerkte Rimberti.

»Wartet ab. Es sind nur ein paar Tage. Vorher werden ein paar von Ennos Soldaten das Dorf auf der Insel Spiekeroog plündern und damit die Feindseligkeiten eröffnen.«

»Ihr meint wirklich, Enno würde seinen Männern befehlen, dieses armselige Dorf zu überfallen?«

»Das tut nichts zur Sache. Es reicht, wenn ein paar Häuser brennen. Etwas Vieh wird gestohlen, und hier und da bezieht jemand eine Tracht Prügel. Die geplagten Bewohner der Insel werden glauben, dass Graf Ennos Männer am Werk sind. Im Gegenzug werden meine Männer Bant einen Besuch abstatten und sich dort häuslich einrichten.«

»Graf Ennos Kriegsknechte werden Bant schnell zurückerobern«, widersprach Rimberti.

Balthasar grinste triumphierend. »Nur wenige Tage später werden zwei Kriegsschiffe des Herzogs von Geldern den Norder Hafen blockieren. Gleichzeitig wird der Gesandte des Herzogs am kaiserlichen Hof in Brüssel Anklage gegen Graf Enno erheben, weil er die Ketzerei in seinem Land nicht nur duldet, sondern sogar protegiert. Ich habe durch einen Freund einige Dokumente sammeln lassen, die dann dem kaiserlichen Hof vorgelegt werden. Und manches habt Ihr vermutlich selbst gesehen: Der Schwarmgeist Karlstadt wurde auf der Berumer Burg gastlich aufgenommen. Jetzt treibt er sein Unwesen im ganzen Land und lässt Kirchen plündern und Bilder zerstören. Der Wiedertäufer Hofmann soll in Emden 300 Erwachsene in einem Zuber ein zweites Mal getauft haben, nur wenige Schritte entfernt von der gräflichen Burg. Flugblätter berichten davon und sind schon längst an den kaiserlichen Hof gelangt.«

»Flugblätter, die in Geldern gedruckt wurden? Oder gibt es in Esens auch Buchdrucker?«

Balthasar antwortete nicht, sondern erklärte weiter: »Man wird über Graf Enno die Reichsacht verhängen, und Herzog Karl und ich werden das Heer der Verbündeten anführen, die Ostfriesland besetzen und von der Ketzerei reinigen.«

»Und vielleicht wird man sogar Euch mit der Grafschaft Ostfriesland belehnen«, bemerkte Rimberti.

»In diesem Fall kann ich erst recht einen guten Juristen gebrauchen. Überlegt Euch mein Angebot.«

»Schade, dass der Plan nun nicht mehr umgesetzt werden kann. Euer Lager ist entdeckt worden«, sagte Rimberti mit übertrieben gespieltem Bedauern.

»Ja, das ist wirklich schade – zumal dieser Plan in allen Einzelheiten von mir ausgearbeitet wurde. Aber ein guter Plan hat immer ein Paar Seitenwege in seiner Rechnung«, erläuterte der Junker. »Es ist schon alles Nötige veranlasst. In ein paar Tagen wird Bant mir gehören. Vielleicht verspürt Ihr ja Sehnsucht nach diesem Eiland und mögt mitfahren. Dann könnt Ihr bezeugen, dass den Bewohnern kein übermäßiges Leid geschieht.«

»Sorgt Ihr Euch nicht, dass ich Euren Plan kenne?«

»Zerbrecht Euch nicht Euren Kopf mit meinen Sorgen.« Balthasar sah Rimberti ins Gesicht und lachte. »Am Ende werden die Sieger entscheiden, was gut und was böse ist. Vielleicht wird man sogar unseren Plan bewundern. Aber bis dahin muss ich Euch unter Verschluss halten. Das versteht Ihr doch. Man wird Euch gut behandeln. Aber wenn Ihr Euch entschließt, in meine Dienste zu treten, können wir alles auch etwas anders arrangieren.«

Kapitel 16

DREI TAGE VERBRACHTE Lübbert Rimberti in seinem Quartier auf Balthasars Burg in Esens. Die Fensteröffnungen waren zu klein, um zu fliehen, und die beiden Männer, die sich in die Tür stellten, wenn Balthasars Diener zu ihm kam, waren zu kräftig, um an eine Flucht zu denken.

Rimberti fügte sich in sein Schicksal. Er wurde mit Köstlichkeiten aus Balthasars Hofküche versorgt, und die wenigen Bücher, die es in der Residenz gab, standen ihm zur Verfügung.

Am vierten Tag stand Balthasar in der Tür. »Keine Sorge, lieber Rimberti. Noch werdet Ihr nicht aus Eurem gastlichen Quartier vertrieben. Morgen oder übermorgen geht es los. Damit Euch nicht langweilig wird, habe ich Euch einen Gast mitgebracht.« Balthasar trat beiseite, und einer seiner Kriegsknechte schob Tjark Andreesen vor.

»Tjark, was machst du denn hier?« Rimberti sprang auf. »Gehörst du etwa auch zu Junker Balthasars großem Plan?«

»Eher nicht«, brummte Balthasar. »Er hat ein Gespräch von Berend Sanders belauscht. Ich hätte den jungen Mann gleich für immer zum Schweigen gebracht, aber Sanders ist dafür zu zimperlich. Eine Krämerseele. Bis dies alles vorbei ist, müsst Ihr Euer Quartier mit ihm teilen.«

Rimberti wartete ab, bis Balthasar und seine Männer gegangen waren. Dann wandte er sich Tjark zu: »Was ist passiert? Warum bist du hier?«

Tjark hätte eigentlich ängstlich sein müssen, aber er wirkte gefasst und selbstsicher. »Ich habe mir Sorgen um Euch und Junker Fockena gemacht. Der Kaufmann kam ohne Euch zurück und antwortete ausweichend. Einmal erzählte er, dass Ihr einen Unfall hattet, ein anderes Mal, dass dringende Geschäfte Euch auf der Insel festhielten.« Tjark Andreesen sah Rimberti mit großen Augen an. »Was soll es auf Bant für dringende Geschäfte geben? Zwei Tage später kam Euer Freund, Häuptling Ulfert Fockena, von der Insel, und Sanders erzählte ihm, dass Ihr gleich nach der Ankunft im Norder Hafen abgereist wart. Ich wusste aber, dass das nicht stimmt, weil Sanders' Schiff gar nicht in Norden angekommen war. Von einem der Knechte habe ich dann erfahren, dass Sanders mit dem Schiff hierhergefahren ist.«

»Wo ist Fockena jetzt?«, fragte Lübbert Rimberti.

»Ich belauschte ein Gespräch, das Berend Sanders mit einem Mann führte, der einmal mit dem Narbigen bei uns gewesen ist. Ich konnte nicht alles mithören. Es ging um ein Versteck auf der Insel, das entdeckt worden war, und um einen Überfall. Sanders' Besucher wollte sich gleich auf den Weg nach Esens machen. Mehr habe ich nicht verstanden. Ich habe alles Eurem Freund erzählt, und er hat gesagt, er wollte sich um alles kümmern. Aber wo er ist und was er macht, hat er mir natürlich nicht erzählt.«

»Und nun bist du hier«, stellte Rimberti fest.

Tjark erzählte: »Gestern Morgen kam der Mann zu unserem Kaufmann. Wieder wollte ich sie belauschen, aber Frau Rinelde hat mich dabei erwischt. Sie hatte natürlich nichts Besseres zu tun, als mich ihrem Schwager und seinem Gast vorzuführen. Der Mann hat mich festgehalten, und beide haben mich ausgefragt, was ich mitgehört habe.

Aber ich habe nichts gesagt. Der Mann wollte auf mich los.« Tjark stockte einen Moment, als würde ihm erst jetzt klar, in welcher Gefahr er gewesen war.

Dann sprach er weiter: »Der Kaufmann wollte nicht, dass er mir etwas zuleide tut. Der Mann hat mich gezwungen, mit ihm und zwei Begleitern nach Esens zu reiten. Wo Junker Ulfert Fockena ist, weiß ich nicht. Ich glaube auch nicht, dass jemand weiß, wo Ihr seid und wo ich jetzt bin.« Zum ersten Mal klang so etwas wie Angst aus der Stimme des Jungen.

»Wenn man uns umbringen wollte, hätte man das längst getan«, tröstete Rimberti ihn. »Immerhin wissen einige Leute, wo wir sind. Und außerdem: Fockena wird nach uns suchen. Ich habe gelernt, ihn nicht zu unterschätzen.«

Spät am Abend wurden Lübbert Rimberti und Tjark Andreesen geweckt. Einer von Balthasars Hauptleuten führte sie in den mit Fackeln erleuchteten Burghof. Dort standen etwa 30 gut bewaffnete Männer. Sie waren in Leder gekleidet. Balthasars Männer sattelten für sie die Reitpferde und beluden die Packtiere.

Balthasar sprach mit einem der Bewaffneten, der seine Kopfbedeckung abgenommen hatte und dessen rote Haare im Feuerschein noch röter aussah. Ein kleiner, gedrungener Mann, dessen Körper bei jeder Bewegung seine Kraft und Gewandtheit ausdrückte.

Balthasar wandte sich Rimberti zu. »Verzeiht, dass ich Eure Nachtruhe stören muss. Ich wollte Euch am Vergnügen eines kleinen Ausfluges teilhaben lassen.« Er lachte und wies auf den rothaarigen Mann, der der Anführer der kleinen Streitmacht zu sein schien. »Hauptmann Uke

Luitjens wird für Euren Schutz sorgen. Bei ihm seid Ihr in besten Händen.«

Luitjens warf Rimberti und Tjark einen abschätzigen Blick zu und ging dann zu seinen Männern. Dort befahl er zweien etwas, was Rimberti nicht verstehen konnte, und dabei deutete er auf Rimberti und Tjark. Dann gab er den Befehl zum Aufbruch.

Auch Rimberti und Tjark saßen auf. Die beiden Männer, denen Uke Luitjens Anweisungen gegeben hatte, waren auf einmal bei ihnen und fesselten Tjarks Hände. Der eine grinste Rimberti an und erklärte: »Damit Ihr nicht auf dumme Gedanken kommt. Einen hohen Herrn wie Euch können wir ja schlecht fesseln, aber wenn Ihr ausreißt, wird es Eurem jungen Freund schlecht ergehen.«

Sie ritten in die Nacht. Nur wenig Gepäck hatten sie bei sich. Rimberti und Tjark ritten in der Mitte der kleinen Streitmacht, und sie wussten ihre Bewacher immer um sich herum.

Als sie im Hafen am Holumer Siel ankamen, war es immer noch stockfinster. Der nächtliche Himmel war wolkenverhangen. Ein Schiff lag im Hafen, und ein paar Männer verluden gerade die letzten Fässer an Bord.

Der Kapitän kam auf Uke Luitjens zu und erklärte ihm, dass man mit dem Auslaufen noch eine Stunde warten müsste.

Luitjens sah den Kapitän verächtlich an. »Glaubst du, wir sind mitten in der Nacht hierhergekommen, um zu warten? Soll ich dich ins Hafenbecken werfen lassen?« Er gab dem verängstigten Mann einen Stoß, sodass der rückwärts stolperte und fiel. Luitjens' Männer lachten.

Rimberti ergriff das Wort. »Hört auf den erfahrenen Seemann. Luitjens, was nützt es euch, wenn wir auflaufen und einen halben Tag auf das nächste Hochwasser warten müssen?«

Uke Luitjens grunzte und befahl seinen Männern abzusitzen und in der Scheune zu warten, die ihnen zugewiesen wurde. Dann kam er auf Rimberti zu und packte dessen Arm mit eisernem Griff. »Ich weiß, dass Ihr unter Balthasars besonderem Schutz steht«, raunte er. »Sonst hättet Ihr wohl nicht gewagt, mir so offen ins Gesicht zu widersprechen. Macht Ihr das noch ein einziges Mal, wird es Euer junger Freund schmerzvoll zu spüren bekommen.« Er riss Tjark so plötzlich vom Pferd, dass der Junge hart zu Boden fiel. Dann trat er zu, dass Tjark sich vor Schmerzen krümmte.

»Schaff die beiden an Bord«, befahl er dem Kapitän. »Du bürgst mit deinem Leben für sie. In einer halben Stunde laufen wir aus.«

»Uke Luitjens«, sagte der Kapitän, als er Rimberti und Tjark zu seiner kleinen Kajüte brachte. »Der rote Uke. Vor 15 Jahren war er schon einmal hier. Im Krieg. Ein ganzes Dorf hat er ausgelöscht mit seinen Männern. Niemanden hat er am Leben gelassen, diese Bestie. Sogar die Kinder und die Alten haben sie totgeschlagen.«

»Ihr wisst, was für einen Auftrag Luitjens hat?«, fragte Rimberti.

»Wir sollen ihn und seine Männer nach Bant bringen. Luitjens soll die Insel besetzen. So hat es der Junker befohlen. Und dann sollen wir Luitjens und ein paar seiner Männer zurückbringen. Die anderen bleiben, bis Verstärkung eintrifft.«

Rimberti nickte. »Glaubt Ihr, dass der rote Uke auf der Insel auch nur eine Menschenseele am Leben lässt?«, fragte er den Kapitän.

»Ich habe gehört, wie sie sich auf dem Weg unterhalten haben«, flüsterte Tjark. »Sie werden niemanden auf der Insel verschonen. Sie wollen die armselige Habe der Bewohner plündern. Und so wollen sie es auf der Rückfahrt auch auf Spiekeroog machen, damit es wie ein richtiger Überfall der Leute von Graf Edzard aussieht.«

»Ukes Männer sollen einen Angriff von Graf Ennos Soldaten vortäuschen und damit einen Grund für die Besetzung von Bant liefern«, erklärte Rimberti leise. »Junker Balthasar überlässt Uke Luitjens und dessen Männern seine eigenen Untertanen.«

»Gott sei ihrer Seele gnädig«, sagte der Kapitän. »Ich habe genug gehört. Ich weiß, dass ich Euch trauen kann. Glaubt mir, ich habe mir diese Aufgabe nicht ausgesucht. Junker Balthasar hat Mittel und Wege, sich Gehorsam zu verschaffen. Ich will …«

»Du sollst nicht mit den Gefangenen plaudern!« Uke Luitjens stand auf einmal vor der Kajüte und herrschte den Kapitän an. »Du wirst am Steuer gebraucht. Geh gefälligst auf deinen Posten.«

»Hier an Bord habe ich das Sagen«, erwiderte der Kapitän.

»Überleg dir, was du sagst«, sagte Luitjens in scharfem Ton. »Bei der nächsten Widerrede geht einer von deinen Männern über Bord!«

Rimberti sah, wie der Kapitän dem Steuermann Anweisungen gab und dann nach vorn zum Bug ging. Dort stand ein hochgewachsener Seemann, bekleidet mit einer Gugel, die

Kapuze tief ins Gesicht gezogen. Der Kapitän sprach mit ihm, und der Seemann nickte und hielt wieder Ausschau.

Uke Luitjens' Männer hatten ein Bierfass geöffnet und einige große Krüge gefüllt, die nun die Runde machten. Brot und Käse wurden verteilt. Rimberti bemerkte keinerlei Anspannung bei den Männern, wie sie sonst vor einer Schlacht zu spüren war. Die bevorstehende Eroberung der Insel Bant war für Uke Luitjens und seine Männer keine Herausforderung. Die wenigen nur schwach bewaffneten Bewohner waren für sie kaum ernst zu nehmende Gegner. Und ebenso würde es den Menschen auf Spiekeroog ergehen, wenn Luitjens mit ein paar von seinen Männern auf ihre Insel kam.

Es musste früher Morgen sein, aber der Himmel war mit dunklen Wolken verhangen. Am Horizont deutete sich zaghaft ein hellgraues Licht an.

»Ihr bleibt an Bord, bis die Insel in unserer Hand ist«, erklärte Uke Luitjens Rimberti. »Ihr fahrt mit dem Schiff zum Anleger, und dann komme ich wieder an Bord, und Ihr bleibt als Geisel auf der Insel.«

»Und Tjark? Kann er bei mir bleiben?«, fragte Lübbert Rimberti.

»Das ist keine schlechte Idee«, antwortete Luitjens. »Wenn Ihr Schwierigkeiten macht, lassen wir es den Jungen büßen. – Was ist?« Er drehte sich zum Kapitän um, der hinter ihm stand.

»Wir sind gleich da«, antwortete der Kapitän. »Es dauert noch eine Stunde, bis wir ganz nahe an die Insel heranfahren können. Wir haben noch kein Hochwasser.«

Luitjens sah aufs Wasser. »Fahrt an den Rand des Priels. Wir kommen auch mit nassen Füßen an unser Ziel. Und wenn wir alle von Bord sind, ist das Schiff leichter, und ihr bekommt wieder mehr Fahrt. Außerdem steigt das Wasser ja noch. Kommt erst zur Anlegestelle, wenn das Dorf brennt.«

Der Kapitän nickte.

Luitjens sah ihm in die Augen. »Mach keine Dummheiten. An Land bin ich der Kapitän, und mein Arm reicht weit. Sehr weit. Aber vorsichtshalber lasse ich vier von meinen Leuten an Bord.«

Ein starker Ruck ging durch das Schiff. Die Männer stolperten durcheinander. Bier wurde verschüttet. Sie saßen fest. Luitjens und seine Männer kletterten an der Strickleiter von Bord. Sie standen bis zum Bauch im Wasser. Inzwischen ging die Nacht in ein gräuliches Licht über, sodass sie den Strand in einigen Metern Entfernung sehen konnten. Luitjens und seine Männer wurden von der Dunkelheit verschluckt.

Rimberti dachte mit Verzweiflung an die Menschen auf Bant, an Adriaan und die anderen, die jetzt ihr Leben lassen mussten, ohne dass er ihnen helfen konnte. Er fühlte sich erbärmlich, hilflos, ohnmächtig.

Ein zweiter Ruck, deutlich schwächer als der erste, riss ihn aus seinen trüben Gedanken. Sie hatten wieder Wasser unter dem Kiel. Der Kapitän gab dem Steuermann Anweisung, und sie nahmen Fahrt auf.

Die vier Männer, die Uke Luitjens an Bord gelassen hatten, spähten in die Dunkelheit, wo sie ihre Kumpane vermuteten. Vermutlich rechneten sie aus, wie viel Beute ihnen jetzt durch die Lappen ging. Sie bemerkten nicht, dass hinter ihnen der Kapitän mit seinen Leuten stand.

Da drehte sich der Seemann, der die ganze Zeit mit dem Rücken zu ihnen am Bug gestanden hatte, um.

»Von Bord mit ihnen!«, rief er.

Im selben Moment gingen der Kapitän und seine Leute in die Knie, packten Luitjens' vollkommen überraschte Männer an den Füßen und hievten sie über Bord, bevor sie sich zur Wehr setzen konnten.

Rimberti konnte nicht glauben, was er sah. Der Seemann am Bug hatte sich die Kapuze vom Kopf gezogen, sodass man sein Gesicht sehen konnte. Dort stand Ulfert Fockena.

Während das Schiff bei heftiger werdendem Wellengang in den dunkelgrau aufleuchtenden Morgen schaukelte, hörte sich Ulfert Fockena an, was Lübbert Rimberti und Tjark Andreesen widerfahren war bis zu dem Moment, in dem sie das Schiff betreten hatten.

Fockena ließ beide ausführlich von ihren Begegnungen mit Junker Balthasar berichten. Währenddessen aß und trank er von den Resten, die Ukes Männer an Bord gelassen hatten.

»Das Einzige, was ich nicht verstehe, ist: Warum hat Balthasar uns mit auf die Fahrt nach Bant geschickt?«, schloss Rimberti seinen Bericht.

»Balthasar denkt nicht. Er handelt«, erklärte Fockena. »Darin sind er und ich uns nicht unähnlich, so wie wir durchaus auch andere Gemeinsamkeiten haben. Vielleicht solltet Ihr seinen genialen Plan aus der Nähe miterleben. Vielleicht war er zu feige, Euch ermorden zu lassen. Vielleicht solltet Ihr als Zeugen fungieren oder als Geiseln dienen. Wer weiß? So, und nun hört Euch meinen Teil der Geschichte an.«

Er nahm ein paar gewaltige Schlucke aus dem Bierkrug, lobte die gute Qualität der Hamburger Seebrauereien und erzählte. Er berichtete, wie er bei seiner Rückkehr von Bant nach Norden vergeblich nach Rimberti gesucht und von Kaufmann Berend Sanders erfahren hatte, Rimberti sei zurück in seine Heimat gereist.

»Erst, als ich seine Schiffsknechte gut abgefüttert und betrunken gemacht hatte, erzählten sie mir, dass man Euch einen Schlaftrunk gegeben hatte. Und Berend Sanders berichtete mir dann, dass er Euch nach Esens zu Junker Balthasar verfrachtet hat.«

»Das hat er erzählt?«, fragte Lübbert Rimberti erstaunt.

»Nicht ganz freiwillig«, räumte Fockena ein. »Aber unser junger Freund hatte mir ja schon die wichtigsten Informationen geliefert.« Fockena grinste Tjark an und nickte ihm freundschaftlich zu. Dann setzte er seinen Bericht fort. »Ich habe mit ein paar Soldaten von Graf Enno das Haus besetzt und Berend Sanders einkerkern lassen. Graf Enno selber ließ ihn vor sich bringen und drohte ihm einen Prozess wegen Hochverrat an. Bei dieser Gelegenheit haben wir auch erfahren, dass Tjark ebenfalls nach Esens entführt worden war. Aus der Familie Sanders hat sich keiner darum gesorgt, wo der Junge ist.«

»Die waren sicher froh, mich endlich los zu sein«, sagte Tjark.

Fockena sah Tjark einen Moment an und fuhr dann fort: »Den anderen Teil des Plans hatte ich schon vorher erfahren. Der Mann, der mich töten wollte, hat es gesagt. Adriaan und ich waren bei ihm, als er starb. Vorher hat er sein Gewissen erleichtert und uns von Balthasars geplantem Angriff auf Bant berichtet. Graf Enno hat Soldaten dort hinbringen lassen, um die Angreifer abzuwehren. Aber das ist jetzt nicht mehr nötig.«

»Warum?«, fragte Tjark Andreesen erstaunt. »Uke Luitjens' Männer sind doch vorhin von Bord gegangen. Das waren über 20 Mann.«

»Von denen wird bald nichts mehr zu sehen sein.« Ulfert Fockena nickte dem Kapitän zu. »Ich habe unseren Kapitän bestochen, dass er mich mitnimmt. Ich hatte durch Kontakte in Erfahrung gebracht, dass er mit Ukes Männern die Überfahrt macht. Ich wollte einfach in Eurer Nähe sein. Dem Kapitän hatte man nur gesagt, dass er Soldaten auf die Insel bringen sollte, aber als er Uke Luitjens und seine Schar erkannte, kam er zu mir, und wir änderten den Plan.«

Der Kapitän sah Tjark Andreesen an. »Es tut mir leid, dass deine jungen Ohren schon von so schrecklichen Dingen erfahren müssen. Aber diese Männer, die wir an Bord hatten, sind nichts weiter als gemeine Mörder. Die Menschen, die sie auf dem Gewissen haben, könnten mehr als ein ganzes Dorf bevölkern. Und die bedauernswerten Bewohner von Bant und Spiekeroog wären im Laufe dieses Tages noch dazugekommen.«

»Was meint Ihr?«, fragte Tjark. »Was passiert mit Ukes Männern? Werden Graf Ennos Soldaten ihnen eine Falle stellen und sie gefangen nehmen?«

»Ennos Soldaten müssen heute keinen Kampf bestehen. Das überlassen wir dem blanken Hans«, erklärte Ulfert Fockena. »In der Nähe von Bant ist eine große Sandbank. Dort haben wir Uke und seine Männer an Land gehen lassen.«

»Landratten«, bemerkte der Kapitän verächtlich. »Jetzt kommt Hochwasser. In gut zwei, drei Stunden wird keiner von ihnen mehr am Leben sein.«

»Gott erbarme sich ihrer Seelen«, sagte Tjark Andreesen.

Ulfert Fockena antwortete: »Heute hat sich Gott der Seelen auf Bant erbarmt.«

Kapitel 17

IM HAFEN VON HOLUMER SIEL verabschiedeten sich Rimberti, Fockena und Tjark vom Kapitän und seinen Leuten. Ihre Ankunft war nicht unbemerkt geblieben. Rimberti bemerkte, wie einige Leute sie anstarrten und die Köpfe zusammensteckten.

»Auch in der Nacht haben uns etliche beobachtet, wie wir mit den Männern von Uke Luitjens an Bord gegangen sind«, sagte Ulfert Fockena. »Es wird nicht lange dauern, bis Junker Balthasar Bescheid weiß. Aber er weiß noch nicht, dass Uke und seine Männer jetzt Fischfutter sind.«

»Er wird es bald wissen«, entgegnete Rimberti. »Und er wird auch bald erfahren, dass wir mit dem Verschwinden der Männer etwas zu tun haben. Er wird uns für das Scheitern des Überfalls verantwortlich machen. Und in unserer Suche nach dem Armbrustmörder sind wir kein Stückchen weitergekommen. Es sei denn, Jakob Sanders und Drost Ibenga waren beide Verräter und steckten mit Balthasar unter einer Decke.«

»Und unter dieser Decke war auch noch Platz für die Nonne?« Fockena lachte laut.

Rimberti erwiderte heftig: »Ihr scheint die Sache wie ein Spiel zu nehmen. Das hier war unsere einzige Spur. Könnt Ihr mir verraten, wie es jetzt weitergeht?«

»Überhaupt nicht. Eure Reise endet hier!«, dröhnte plötzlich eine Stimme. Junker Balthasar stand ein paar Schritte von ihnen entfernt. Er hatte ein gutes Dutzend Kriegsknechte dabei.

Drohend sah Balthasar die drei Reisenden an. »Ich hatte eigentlich nicht Euch erwartet, sondern Uke Luitjens mit ein paar Männern. Ist er mit den anderen auf Bant geblieben?«

Fockena zuckte die Schultern.

Balthasar warf Tjark einen grimmigen Blick zu.

Tjark antwortete: »Der rote Uke ist bei seinen Leuten.«

»Der Junge gefällt mir. Das hätte auch von mir sein können.« Ulfert Fockena lachte. »Hört, Junker, er spricht die reine Wahrheit.«

Balthasar winkte ein paar seiner Bewaffneten herbei und deutete auf das Schiff. Wenige Momente später kamen sie mit dem Kapitän und dem Steuermann zurück. Balthasar zog sein Schwert und richtete es auf den Kapitän. »Rede, wenn dir dein Leben lieb ist«, dröhnte er.

»Ich hoffe, Euch ist Euer Leben auch lieb, Junker Balthasar!« Eine befehlsgewohnte Stimme durchschnitt die Stille. Drost Eggerik Beninga trat aus dem Tor eines Speichergebäudes. Seine Waffe hatte er nicht gezogen.

Junker Balthasar drehte sich zu ihm um. »Was ist mir denn da für ein schöner Fisch ins Netz gegangen? Los Leute, holt Beninga hierher.«

Beninga hob die Hand und gebot Balthasars Soldaten mit seiner Geste Einhalt, und sie blieben verdutzt stehen. »Junker Balthasar«, rief Beninga, »erst wenn das Netz zugezogen wird, weiß man, wer der Fischer ist und wer der Fisch.«

Aus den hinteren Häusern und Speichern kamen Graf Ennos Männer, mindestens dreimal so viele wie Balthasars Leute. Graf Enno selbst saß auf einem Pferd inmitten seiner Streitmacht und erhob sein Schwert wie ein Held in der Schlacht.

»Es würde mich nicht wundern, wenn das ganze Dorf von Herzog Karls Truppen umstellt wird«, spottete Ulfert Fockena.

»Euch wird das Lachen noch vergehen«, raunte Balthasar. Er wandte sich seinen Leuten zu: »Los, schnappt euch die drei. Wir verbarrikadieren uns in der Kirche. Und ihr beide«, befahl er den zwei Männern, die ihre Pferde bei sich hatten, »ihr holt Hilfe!«

Die beiden saßen auf und ritten los. Rimberti und seine beiden Gefährten wurden gegriffen und in die kleine Kirche gestoßen. Bevor Beninga und der Graf mit ihren Männern zur Stelle waren, schob Balthasar eigenhändig den schweren Balken ein, der die Kirchentür sicher verschloss.

»Es wird nicht lange dauern, dann sind meine Kriegsknechte aus Esens hier. Bis dahin werden wir es wohl aushalten«, stellte Balthasar fest und reckte sich. »Zeit für ein kleines Schläfchen. Eigentlich wollte ich nur Uke Luitjens abholen und hören, was er zu berichten hat. Möchte wissen, wo er ist.«

Er warf Tjark wieder einen drohenden Blick zu. »Junge, du hast vorhin so eigenartige Andeutungen gemacht. Meine Leute haben viele Möglichkeiten, dich zum Reden zu bringen.«

Von außen pochte es an die Kirchentür. Beningas Stimme war zu hören. »Ergebt Euch, Balthasar! Es ist vorbei.«

»Mit mir ist es noch lange nicht vorbei, Beninga. Holt mich doch raus, wenn Ihr könnt«, rief Balthasar.

»Wollt Ihr, dass wir dieses schöne Kirchlein zerstören? Ich kann aber auch warten. Ihr seid dort drin ohne einen Bissen Brot und ohne einen Tropfen Wasser.«

»Ich kann auch warten. Meine Männer holen bereits Hilfe. Es dauert nicht mehr lange, und Ihr seid eingeschlossen.«

»Meint Ihr Gerd und Jibbo? Wir haben sie beide geschnappt. Und jetzt werden sie als Gefangene im Beisein des Grafen verhört, und sie erzählen uns etwas über Eure Befestigungen in Esens. Also los, Balthasar.«

Balthasar hämmerte mit seinem Schwertknauf gegen die Kirchentür und schrie: »Wenn Ihr Eure Männer nicht sogleich abzieht, dann werden wir Rimberti und Fockena töten und den Jungen auch.«

»Macht Euch nicht lächerlich«, erwiderte Beninga. »Graf Enno würde für Ulfert Fockena auch nicht eine seiner frisch geprägten Münzen geben.«

»Dann ist Doktor Rimberti sicher eine bessere Geisel«, rief Balthasar.

»Tut Euch keinen Zwang an, Junker«, antwortete nun Ulfert Fockena. »Rimberti untersteht nicht Graf Enno. In diesem Fall vergreift Ihr Euch am Kanzler des Grafen von Kringenberg, und sein Herr wird eine so hohe Belohnung auf Euren Kopf aussetzen, dass alle Eure Vertrauten sich darum prügeln werden, wer Euch nachts die Kehle durchschneiden darf.«

»Wir haben auch den Jungen«, raunte Balthasar. »Vergesst das nicht, Fockena. Sagt das Eurem Freund da draußen!«

»Um den Jungen wäre es wirklich schade«, entgegnete ihm Fockena. »Glaubt Ihr, es bringt Euch ritterliche Ehre ein, wenn Ihr mit einem Dutzend bewaffneter Soldaten einen unbewaffneten Halbwüchsigen umbringt? Nur zu. Beninga wird Euch in seinem Buch einen Ehrenplatz einräumen. Aber glaubt nicht, dass

Graf Enno Euch entkommen lässt, um das Leben eines Bauernjungen zu schonen.«

Es pochte wieder gegen die Tür. Beningas Stimme war zu hören. »Fockena? Seid Ihr da? Der Graf will die Kirche stürmen lassen. Ihr müsst den Junker zu Verstand bringen!«

Auf einmal wirkte Balthasar bestürzt und er sah Ulfert Fockena erschrocken an. »Ihr meint, ich bin …?«

»Du sitzt tief in der Jauchegrube, mein lieber Junker, und die Scheiße steht dir bis zum Hals. Und der Einzige, der dich da herausziehen kann, ist der gute Ulfert Fockena.«

»Glaubt Ihr wirklich, dass ich auf Eure Hilfe angewiesen bin?«

»Ja.«

Der Junker grunzte und machte mit der Hand eine wegwerfende Geste. Aber Fockena bemerkte, dass es in Balthasar arbeitete.

Fockena, Rimberti und Tjark kauerten neben dem Altar, während Balthasar sich mit seinen Männern bei der Tür aufhielt. Das andere Portal war zugemauert, und die hohen, schmalen Fenster stellten keine Gefahr dar, sodass die Tür der einzige Zugang zur Kirche war.

Rimberti sah, dass der kleine Kirchenraum noch nach dem alten Glauben eingerichtet war. Auf dem steinernen Altar war ein hölzerner Aufsatz angebracht, der in schlichter Schnitzarbeit den heiligen Nikolaus mit Bischofsstab und Buch darstellte. Rechts und links sah man auf den Flügeln zwei Szenen aus dem Leben des Heiligen: In einem Flügel wurde auf Anweisung des Bischofs ein Getreideschiff im Hafen entladen, und der andere Flügel zeigte ihn, wie er drei Säcke mit Gold durch ein Fenster in das Haus der drei bedürftigen Jungfrauen warf.

Hinter dem Altar war eine Sakramentsnische in die Wand eingelassen. Sie war mit einem Gitter verschlossen und mit Sandstein verziert. Neben dem Altar waren zwei kleinere Altäre mit grob geschnitzten Heiligenfiguren aufgestellt.

Würden hier eines Tages auch die Bilderstürmer die Kirche auskehren? In Dörfern wie Burhafe, Dunum und Ardorf wurde seit einigen Jahren evangelisch gepredigt. Oder stimmten die Gerüchte, dass Balthasar ein Bündnis mit Herzog Karl von Geldern geschlossen hatte und darum auch die Treue zur Papstkirche hielt?

Auf einmal stand Junker Balthasar vor ihnen. »Schickt den Jungen zu meinen Leuten. Wir müssen reden.«

Nachdem Tjark sich zu Balthasars Männern gesetzt hatte, hockte sich Balthasar zu Rimberti und Fockena. »Was habt Ihr mir zu sagen?«

Fockena berichtete von ihrer Fahrt zur Insel und von dem, was Uke Luitjens und seine Leute wirklich vorhatten. Fassungslos hörte Balthasar zu, und als Fockena davon erzählte, wie Uke und seine Männer sich unwissentlich auf der Sandbank hatten aussetzen lassen, stand ihm der Mund offen.

»Ihr wollt sagen«, antwortete der Junker bestürzt, »dass sie alle ertrunken sind?«

»Junker Balthasar«, schaltete sich Rimberti ein, »Uke Luitjens hat ein falsches Spiel gespielt. Ihr plantet einen Raubüberfall auf Bant. Die Söldner, die Ihr dafür angeheuert habt, wollten Raub und Mord auf Bant und bei Euren treuen Untertanen auf Spiekeroog verbreiten, um sich danach abzusetzen.«

»Glaubt Ihr im Ernst, dass Graf Enno uns diese Geschichte abkauft?«, fragte der Junker erstaunt.

Fockena antwortete: »Warum nicht? Beninga ist mit dem Grafen hier, weil ich ihm eine Nachricht zukommen ließ, dass von diesem Hafen ein Überfall auf eine Insel geplant ist. Davon, dass Ihr die Insel auf Dauer besetzen wolltet, habe ich erst jetzt erfahren. Und dieser Plan ist so absurd, dass Graf Enno Euch ein solch törichtes Vorhaben sicher niemals unterstellen würde.« Ulfert Fockena grinste, und Balthasar verzog beleidigt das Gesicht.

»Lasst mich mit dem Grafen reden«, schlug Fockena vor. Der Junker nickte.

»Und warum soll ich diesen Hundsfott jetzt laufen lassen?« Graf Ennos Augen verengten sich. »Mein Vater hätte ihn schon vor vier Jahren einkerkern lassen sollen. Dann wäre uns eine Menge Kummer erspart geblieben.«

Junker Balthasar hatte Ulfert Fockena gegen Ehrenwort und bei Zurückhaltung der beiden anderen Geiseln aus der Kirche gelassen. Graf Enno und Eggerik Beninga saßen mit Fockena in einem der Lagerhäuser am Hafen.

Der Graf seufzte und rollte mit den Augen. »Besteht meine Regentschaft denn nur darin, die Versäumnisse meines Vaters in Ordnung zu bringen?«

Fockena musste dem Grafen etwas bieten. Oder ihn unter Druck setzen.

»Die drei Männer, die Balthasar nach Esens geschickt hat, sind abgefangen worden?«, fragte er scheinheilig.

»Zwei«, verbesserte ihn Eggerik Beninga. »Es waren zwei Reiter, und beide sind in sicherem Gewahrsam.«

»Balthasar hat nicht zwei, sondern drei Boten losgeschickt«, log Fockena ungerührt. »Der Dritte ist uns also entwischt. Das kann schwierig werden. In Esens hat Balthasar mehr als 100 Mann unter Waffen. Die können bald hier sein. Und unterwegs werden sich bestimmt noch Männer anschließen. Ein großes Aufgebot, um die Angreifer zu vertreiben.«

Enno wurde unruhig. »Ulfert Fockena, Ihr werdet zusammen mit Beninga meine Männer anführen und die Kirche stürmen. Wir müssen Balthasar kriegen, bevor seine Verstärkung hier ist.«

»Ich habe Balthasar mein Wort gegeben, dass ich zurückkomme.«

»Steht Ihr in Balthasars Dienst oder in meinem?«, fragte Enno mit quengelnder Stimme.

»Bedenkt, dass der Junker auch Rimberti in seiner Gewalt hat. Rimberti sucht für Euch den Mörder mit der Armbrust.«

»Gewisse Opfer müssen gebracht werden«, belehrte ihn Graf Enno.

Fockena war entrüstet. »Und der Junge? Tjark? Er hat geholfen, den Überfall auf Bant zu verhindern. Balthasar wird ihn nicht am Leben lassen.«

»Denkt Ihr im Ernst, ich lasse Balthasar entkommen?« Ennos Stimme wurde eisig. »Seht es doch so: Mit seinem Opfertod dient der Junge seinem Grafen und seinem Land. Und wir werden ihn stets in ehrendem Gedenken halten. Wie viel Zeit braucht Ihr, um die Kirche einzunehmen?«

Fockena bekam Angst. Wollte der Graf tatsächlich ein Blutbad anrichten, bei dem sein Freund und der junge Tjark Andreesen ihr Leben lassen mussten? Ennos gleichgültiger Gesichtsausdruck war ihm Antwort genug. Er tauschte einen Blick mit Beninga. Hatte Beninga kaum wahrnehmbar geblinzelt? Hatte er Fockenas Lüge vom dritten Boten durchschaut? Konnte Fockena sich auf ihn verlassen? Ulfert Fockena musste alles auf eine Karte setzen.

»Es gibt zwei Möglichkeiten«, erklärte er Graf Enno. »Es kommt darauf an, wie wir die Zeit nutzen, bis Balthasars Verstärkung da ist. Ich denke, uns bleibt vielleicht eine halbe Stunde. Vielleicht gelingt es uns, die Kirchentür bis dahin einzurennen. Sie ist gut befestigt. Dann werden viele Männer sterben, auch zwei unschuldige Männer, deren einziges Vergehen ist, dass sie Euch vertraut haben.« Fockena sprach die letzten Worte beiläufig und bemerkte ein Zucken auf Ennos Gesicht. Er redete weiter. »Wenn wir uns mit den Verwundeten und Gefangenen auf den Weg machen, werden wir nur langsam vorankommen. Balthasars Männer werden uns einholen, und sie sind in der Überzahl. Dann werden wir Balthasars Gefangene sein.«

»Nicht, wenn ich mit Balthasar und ein paar Männern vorausreite«, belehrte ihn Enno.

Fockenas und Beningas Blicke ließen ihn verstummen. Der Graf wurde rot. Er fragte in nörgeligem Ton: »Allzu viele Möglichkeiten lasst Ihr mir ja nicht. Was schlagt Ihr also vor?«

Fockena zögerte einen Moment. Konnte er wirklich sicher sein, dass Graf Enno nichts von dem gescheiterten Überfall auf Bant wusste? Er setzte noch einmal alles auf eine Karte.

»Wir bieten Balthasar freien Abzug«, schlug er vor. »Dafür muss Balthasar den geplanten Angriff abblasen und die Männer, die Bant besetzen sollten, entlassen. Der Sold, den er Ihnen trotzdem zahlen muss, wird ihm wehtun. Und er muss ein Geheimnis lüften. Balthasar hat etwas gegen Euch in der Hand.« Während Fockena sprach, versuchte er, sich an das zu erinnern, was Rimberti ihm von Junker Balthasars Plänen erzählt hatte.

»Gegen mich?«, empörte sich Graf Enno.

»Balthasar wird durch einen Mittelsmann Dokumente erhalten, mit denen er Euch am Hof der Statthalterin anklagen wird.«

»Es geht um Hillersum«, stellte Graf Enno erleichtert fest.

»Es geht um Ketzerei«, raunte Fockena. »Ihr befindet Euch in größter Gefahr. Ihr sollt angeklagt werden, die Sekten und Ketzer in Eurer Grafschaft zu unterstützen und selbst ein Ketzer zu sein. Darauf steht die Todesstrafe. Der kaiserliche Hof wird die Reichsacht über Euch verhängen. Herzog Karl wird die Truppen anführen, die Ostfriesland besetzen, und dann wird Euch der Prozess gemacht. Keiner der evangelischen Fürsten wird einen Finger für Euch krumm machen, wenn ihr die Schwärmer und Wiedertäufer unterstützt. Denkt an den Krieg vor 20 Jahren. Ostfriesland stand damals kurz vor dem Untergang. Krieg und Hunger haben das Land verwüstet, und Euer Vater hätte um ein Haar seine Regentschaft verloren.«

Graf Enno sah Eggerik Beninga fragend an, und der nickte.

Fockena malte das Schreckensszenario weiter aus: »Herzog Karl von Geldern hat großes Interesse, Ostfriesland seiner Herrschaft einzuverleiben. Und ich kann mir auch schon denken, wen er damit belehnen wird.«

»Was sollen wir tun?«, fragte Enno sichtlich ratlos.

»Lasst mich mit dem Junker reden.«

Kapitel 18

Als Ulfert Fockena sich durch die nur einen Spalt weit geöffnete Tür wieder in die Kirche hineinzwängte, wurde er von Junker Balthasar misstrauisch beäugt. Rimberti und Tjark wurden von Balthasars Männern fest umklammert, und auf jeden der beiden waren Spieße gerichtet.

Wieder schob Balthasar selbst den Balken vor.

»Nun?« Der Junker sah Fockena fragend an.

»Graf Enno hat 40 Mann unter Waffen«, erklärte Ulfert Fockena. »Seine Verstärkungstruppen sind bereits unterwegs. Ihr habt weder zu essen noch zu trinken. Enno kann Euch aushungern lassen. Ihm ist völlig egal, was Ihr mit Euren Geiseln macht. Er will Euren Kopf. Das ist Eure Lage.«

»Unsere Lage«, erwiderte Junker Balthasar.

»Wir können Euch aus dieser misslichen Situation heraushelfen«, sagte Rimberti.

»Und Euch selbst helft Ihr damit auch«, antwortete Balthasar.

»Das tun wir«, stimmte Rimberti ihm zu. »Und trotzdem benötigen wir Eure Hilfe. Wir suchen einen Mörder.«

Er erzählte Balthasar von den Morden an der Nonne, dem Kaufmann und dem Häuptling. »Der Kaufmann Jakob Sanders ist der jüngere Bruder von Berend Sanders«, schloss er seinen Bericht.

»Das ist mir bekannt«, sagte Balthasar. »Auch ich habe Jakob Sanders gekannt. Ich habe eines seiner Schiffe aufgebracht. Das ist mir nicht gut bekommen. Er hat mit befreundeten Reedern ein Kaperschiff ausgerüstet und drei meiner Schiffe mitsamt Ladung genommen.« Balthasar lachte. »Die Kaufleute sind die größeren Piraten. Glaubt es mir. Diese Pfeffersäcke sitzen gut genährt in ihren Kontoren und stapeln ihre Goldmünzen. Und ihre Männer machen die Drecksarbeit. Aber Ihr denkt nicht etwa, dass ich hinter diesen Anschlägen stecke? Ich habe mich mit Sanders gütlich geeinigt, und wir haben seine Schiffe fortan in Ruhe gelassen.«

»Und Berend Sanders?«

»Er war damals dabei, als der Vergleich zwischen seinem Bruder und mir geschlossen wurde. Hat versucht, auch etwas für sich herauszuschlagen. Er wollte wohl ein bisschen aus dem Schatten des kleinen Bruders heraustreten. Den habe ich mir gemerkt. Ich wusste, dass ich ihn noch einmal gebrauchen könnte.«

»Die Idee mit dem Überfall auf Bant kommt von ihm?«

Balthasar sah zu Boden. »Nein.«

Rimberti und Fockena sahen ihn durchdringend an.

Der Junker schüttelte den Kopf. »Den Namen kann ich nicht preisgeben.«

Fockena wollte etwas sagen, aber Rimberti gebot ihm mit einer Geste Einhalt und wandte sich an Balthasar: »Drost Haiko Ibenga?«

Balthasar lachte. »Ibenga? Der doch nicht. Ein scheinheiliger Fanatiker. Er wollte mich überreden, Karlstadt im Harlingerland aufzunehmen und allen verfolgten Schwarmgeistern und selbst ernannten Propheten Zuflucht zu geben. Aber das war nicht mehr nötig. Nach Graf Edzards Tod hat ja sein Sohn Tür und Tor für diese Ketzer geöffnet. Ibenga hat davon erfahren, dass Herzog Karl die Herrlichkeit Hillersum erwerben wollte. Und er hat alles in Bewegung gesetzt, den Kauf zu hintertreiben. Er ist persönlich nach Brüssel gereist, um alles zu verhindern. Diese Kröte. Von seiner Rückkehr habe ich bisher noch nichts erfahren. Oder glaubt Ihr, dass ich Ibenga auf dem Kerbholz habe?«

Ein lautes Krachen erfüllte den kleinen Kirchraum. Ennos Leute versuchten, die Tür aufzurammen.

Fockena beschloss, die Männer des Grafen nicht aufzuhalten. Etwas mehr Druck im Topf würde Balthasar womöglich gesprächiger machen.

»Wir glauben nicht, dass Ihr auch nur mit einem dieser Morde zu tun habt«, sagte Fockena. »Es gibt wohl wenig Schlechtes, das man Euch nicht zutraut: Überfälle, Piraterie, Raub. Aber Ihr regelt Eure Angelegenheiten selbst und schickt keine heimtückischen Mörder.«

Balthasar strahlte. »Wenn Ihr kein verdammter Ostfriesenhund wärt, könnte ich mich durch diese Worte geehrt fühlen. Es ist so. Keiner der drei Ermordeten hat für mich oder gegen mich gearbeitet. Falls sie etwas von dem Überfall auf Bant wussten und jemand sie zum Schweigen bringen wollte, so weiß ich nichts davon.«

»Und Euer narbiger Freund und sein Gefolgsmann?«

»Sind von mir nicht zum Töten ausgesandt worden. Aber verbürgen kann ich mich nicht für die beiden. Warum sollten sie eine Nonne töten? Und wie hätte die Nonne überhaupt etwas von meinen Plänen wissen sollen?«

Wieder dröhnte ein Schlag gegen die schwere Eichentür.

»Was ist mit dem zweiten Teil Eures Planes?«, fragte Rimberti.

»Truppen aus Geldern sind an der Grenze zu Eurer Grafschaft aufmarschiert. Sie warten nur auf eine Nachricht und werden dann die Herrlichkeit Hillersum besetzen. Damit sollte der rechtmäßige Kauf der Herrlichkeit nur vorweggenommen werden. Häuptling Eilert Nanninga wird zu gleicher Zeit die geforderte Kaufsumme in bar erhalten.«

Wieder krachte es gegen die Tür.

»Diese Besetzung muss noch etwas warten. Habe ich recht?«, fragte Fockena.

»Ja. Gleichzeitig mit der Besetzung von Bant und Hillersum sollte ein Reiter Dokumente nach Brüssel bringen. Sie würden die Rechtmäßigkeit des Verkaufes von Hillersum beweisen«, erklärte Balthasar.

»Und?«, fragte Rimbert lauernd.

»Sie sollten Graf Enno anklagen, die Ketzerei in seinem Land zu unterstützen und selbst ein Ketzer zu sein.«

»Habt Ihr diese Dokumente?«

Es krachte dumpf gegen die Tür, die diesmal ein Ächzen von sich gab. Wie lange würde sie noch halten?

»Nein«, erwiderte Balthasar. »Jemand hat Nachforschungen für mich angestellt und diese Dokumente für mich gesammelt.«

»Wer ist dieser Mann?«, fragte Fockena.

Wieder krachte es gegen die Tür, und ein lautes Knacken war zu hören.

»Wie wollt Ihr mich herausholen?«, fragte Balthasar.

»Das lasst nur meine Sorge sein«, beruhigte ihn Fockena. »Antwortet mir, wer der Mann ist, der Graf Enno wegen Ketzerei anzeigen will!«

Balthasar zögerte.

»Es ist der Mann, der Euch auf die Idee gebracht hat, Bant zu überfallen«, stellte Rimberti fest. »Ist es nicht so?«

Balthasar schüttelte den Kopf.

»Die beiden Namen!«, forderte Fockena ihn auf.

Wieder erfolgte ein Schlag gegen die Tür. »Beim nächsten Mal bricht sie auseinander!«, rief einer von Balthasars Männern, die gegen die Tür drückten.

»Öffnet die Tür. Sofort!«, befahl Fockena.

Rimberti sah Balthasar an. »Hört zu! Der Angriff auf Bant fand nicht statt. Nur wir drei, Tjark und der Kapitän mit seinen Männern wissen, dass der Überfall gescheitert ist. Gebt dem Kapitän und seinen Leuten Gold, und sie werden schweigen. Hört Ihr?«

Balthasar nickte.

Fockena fuhr ihn zornig an: »Ich will endlich die Namen der beiden Männer wissen, die für Euch arbeiten, oder ich bewache persönlich Euren Kerker in der Auricher Burg.«

Die Tür brach mit lautem Krachen auseinander, und im gleichen Moment taumelte ein halbes Dutzend von Ennos Männern mit einem schweren Balken in die Kirche.

»Werde ich irgendwann erfahren, was sich wirklich zugetragen hat?«, raunte Eggerik Beninga, der mit Lübbert Rimberti ein kleines Stück vor Graf Enno und den anderen ritt.

»Wir sind davon ausgegangen, dass Ihr unser Spiel durchschaut«, sagte Rimberti. »Ihr wusstet, dass nur zwei Reiter nach Esens geschickt wurden, und beide habt Ihr abgefangen. Und trotzdem habt Ihr das Spiel mitgemacht.«

»Ich weiß, dass unsere Befestigungen noch nicht wieder bereit sind für einen Krieg«, stellte Beninga fest. »Und unser Land ist auch nicht bereit dafür. Das scheint sogar unser Graf zu ahnen, denn mit Eurer Geschichte von einem geldrischen Heer habt Ihr ihm Furcht eingeflößt.

Eure Fantasie bewundere ich, Fockena. Aber nun bin ich durchaus auch am realen Verlauf der Ereignisse interessiert.«

Rimberti berichtete, was geschehen war. Er erzählte von den Ereignissen auf Bant, von seiner kurzen Gefangenschaft bei Junker Balthasar und von dem vereitelten Überfall auf die Insel.

Geduldig hörte sich Beninga Rimbertis Bericht an. Er schwieg eine Weile und fragte dann: »Habt Ihr etwas gefunden, was Licht in unsere Suche nach dem Mörder bringt?«

»Vielleicht«, antwortete Rimberti. »Der Bruder von Kaufmann Sanders arbeitet für Balthasar. Wir hatten gehofft, dass uns diese Entdeckung weiterbringt. Ich sehe aber noch nicht, wo die Verbindung zu unseren beiden anderen Toten ist. Außerdem hat Balthasar jemanden, der in Ostfriesland Nachrichten über die kirchlichen Verhältnisse und das Wirken der Schwärmer sammelt, um Graf Enno damit beim kaiserlichen Hof zu belasten. Bitte haltet diese Nachrichten vor Enno zurück.«

»Wer ist dieser Mann?«, erkundigte sich Beninga.

»Ich hoffe, es war richtig, diesen Freibeuter laufen zu lassen!« Graf Ennos quäkende Stimme war auf einmal hinter ihnen zu hören.

»Ihr habt heute einen großen Sieg errungen«, antwortete Beninga. »Spätestens hier hätten uns Balthasars Männer aus Esens mit ihrer Überzahl eingeholt, und Karl von Geldern hätte unser Land mit Krieg überzogen. Leerort habe ich gut befestigt, aber die Arbeiten an der Auricher Burg sind längst noch nicht abgeschlossen.«

»Ich habe auch nicht vor, den Krieg in Aurich und Leerort zu führen, sondern im Harlingerland«, belehrte ihn Enno.

»Keine Sorge«, antwortete Beninga. »Gebt Balthasar und uns noch ein oder zwei Jahre, und Ihr habt Euren Krieg.«

Kapitel 19

SIE TRAFEN HILKO BOYEN am nächsten Morgen in seinem Kontor am Neuen Weg an. Er wurde gerade mit zwei anderen Kaufleuten darüber einig, gemeinsam eine Ladung von 100 Fässern mit eingesalzenen Heringen zu verschiffen.

Sie besiegelten ihre Abmachungen mit einem Becher Wein, und Boyens Geschäftspartner empfahlen sich. Boyen schickte seinen Schreiber auf einen Botengang und wandte sich Rimberti und Fockena zu.

»Ihr wart bei Balthasar«, stellte er fest.

»Ihr seid gut informiert«, antwortete Rimberti.

»Ich nehme an, Ihr seid ebenfalls gut informiert«, erwiderte Boyen.

»Ihr habt diesen Raubritter mit Nachrichten aus Ost-

friesland versorgt, damit Balthasar Graf Enno beim kaiserlichen Hof anschwärzen kann«, sagte Ulfert Fockena eisig.

»So ist es«, bestätigte Boyen.

»Warum?«, fragte Fockena.

»Ihr fragt ›warum‹? Ihr habt bei Eurem Besuch vor ein
paar Tagen doch selbst erlebt, was los ist«, erwiderte Boyen
heftig. »Ein starker Herr ist eine Last für sein Land. Aber
ein schwacher Herr wie Graf Enno ist ein Fluch. Was Menschen aus Liebe zu Gott gestiftet haben, das wird mutwillig
kaputt geschlagen. Kirchen werden entweiht und Klöster
aufgelöst und abgerissen. Wo sind sie gelandet, die kost-
baren Abendmahlskelche und Monstranzen? Glaubt Ihr
im Ernst, dass mit dem Erlös Schulmeister bezahlt und
Arme versorgt werden?«

»Und glaubt Ihr im Ernst, dass Junker Balthasar von
Esens ein besserer Herr ist?«, herrschte Fockena ihn an.

»Niemand hat ein Interesse, Graf Enno loszuwerden«,
versicherte Boyen. »Aber er muss in die Schranken gewiesen werden. Es muss eine Ordnung erlassen werden, und
das Recht muss auch hier gelten. Im Frühjahr hat der
Reichstag zu Speyer entschieden. Die neuen Sekten sollen nicht geduldet werden.«

»Ich habe die Texte gelesen«, antwortete Rimberti.

»Der Graf muss Recht und Ordnung schaffen. Und
wenn er es nicht tut, dann muss er dazu gezwungen werden, oder jemand anders muss es tun. Den Sekten muss
Einhalt geboten werden!« Boyen wurde lauter. »Ihr habt
selbst gesehen, wie sie in der Kirche gewütet haben. Karlstadt und Hoffmann ziehen von Ort zu Ort. In Hage
und Norden haben sie Karlstadt die Kanzel verboten,
aber andere Pfarrer lassen sie predigen und ihr Gift ver-
streuen. Hirten für ihre Gemeinden sollen sie sein, und

sie lassen die Wölfe in den Stall, damit die sich satt fressen.« Mit einer heftigen Armbewegung fegte Boyen die drei Weinbecher vom Tisch. Klirrend zerbrachen sie auf den Bodendielen.

Die Tür wurde geöffnet, und eine Magd betrat den Raum. »Ich bringe das in Ordnung, Herr.« Sie bückte sich, um die Scherben einzusammeln. Boyen starrte aus dem Fenster und sagte nichts.

Die Magd brachte die Scherben in ihrer Schürze hinaus und kam dann zurück, um den Boden zu fegen.

»Danke, bringe uns drei Becher Dünnbier, Geertje.«

Hilko Boyen wartete, bis die Magd die drei Becher gebracht hatte und gegangen war. »Verzeiht meine Heftigkeit. Das alles wühlt mich auf. Der Verlust meiner Frau und meiner Tochter setzt mir zu. Ich kann nachts oft nicht schlafen.«

»Was habt Ihr gesammelt?«, fragte Lübbert Rimberti.

»Ich tue nichts, was verboten ist.«

»Wir werfen Euch nichts vor, Boyen. Wir suchen verzweifelt nach etwas, das Licht in die Dunkelheit bringt. Also: Was habt Ihr an Anschuldigungen gesammelt?«

»Briefe, einige wenige Mitschriften von Predigten, beglaubigte Augenzeugenberichte, Dokumente. Es geht um das Wirken der Schwarmgeister Karlstadt und Hoffmann und deren Gesinnungsgenossen. Wir haben Nachrichten von Täuferkreisen, von Bilderstürmen, Inventarlisten von Klostereigentum, das von Enno und seinem Bruder Johann entwendet wurde.«

»Wo sind diese Dokumente?«, fragte Rimberti.

Boyen wurde unruhig. »Nicht hier. Sie sind an einem sicheren Ort. Schickt Enno Euch, um sie zu beschlagnahmen?«

»Graf Enno weiß nichts von diesen Papieren und von Eurem Plan«, beruhigte ihn Rimberti. »Aber wir müssen sie durchsehen, ob wir einen Hinweis auf die Verbrechen finden, die wir untersuchen.«

»Glaubt mir«, sagte Boyen. »Ich habe alles mehr als dreimal gelesen. Ihr findet dort keinen einzigen Hinweis auf den Tod der Nonne und meines Freundes Jakob Sanders.«

»Wir müssen darauf bestehen«, erwiderte Rimberti.

»Also gut.« Boyen seufzte. »Kommt heute Nachmittag wieder. Ich muss jetzt in den Hafen.«

Fockena wollte etwas erwidern, aber Rimberti stimmte zu.

Als Rimberti in sein Quartier kam, regten sich in ihm fast heimatliche Gefühle. Wie lange war es her, dass er mit Fockena nach Bant aufgebrochen war? Er wusste, dass es nur drei Tage waren. Aber in dieser kurzen Zeit hatte man versucht, ihn zu ermorden, man hatte ihn auf Balthasars Burg in Esens entführt, er hatte den geplanten Überfall auf Bant miterlebt und war zusammen mit Balthasar in der kleinen Holumer Kirche belagert worden. Für Rimbertis Geschmack waren das zu viele Ereignisse in zu kurzer Zeit.

Rimberti wurde von seinem Schreiber begrüßt wie von einem jungen Hund, der sich über die Rückkehr seines Herrn freute. Die Haushälterin servierte zu diesem besonderen Anlass eine wässerige Linsensuppe mit Brot, das nicht richtig durchgebacken und innen noch roh und feucht war.

Rimberti setzte sich nach dieser kümmerlichen Mahlzeit an seinen Tisch und versuchte, seine Gedanken zu ordnen.

Lustlos blätterte er in den Urkunden und Dokumenten, die sie unter Drost Ibengas Strohlager im Gasthaus gefunden hatten. Sie handelten von den Verkäufen zweier kleiner Herrlichkeiten, aber Rimberti konnte darin nichts entdecken, was ihm bei den rechtlichen Problemen des Verkaufes von Hillersum helfen konnte.

Bisher war nie eine Herrlichkeit von einem auswärtigen Käufer erworben worden, aber es gab kein Gesetz, dass dies verbot. Und Enno als ostfriesischer Graf hatte keinen Rechtstitel, der ihm die Möglichkeit gab, einen solchen Kauf zu untersagen oder ein Vorkaufsrecht für sich zu beanspruchen. Ebenso wenig war festgelegt, dass der Häuptling einer Herrlichkeit Untertan des ostfriesischen Grafen war. Rimberti hatte das Landrecht und andere Rechtssammlungen eingesehen. Daraus ergab sich, dass ein Häuptling mit seiner Herrlichkeit direkt dem Kaiser unterstand. Vermutlich waren die beiden kaiserlichen Juristen inzwischen zu einem ähnlichen Urteil gekommen.

Der Verkauf dieser Herrlichkeit war letztlich ein politisches Problem und würde auch auf diesem Wege gelöst werden müssen. Oder mit Geld.

Rimberti legte sich auf sein Bett. Er fühlte sich müde, aber er war innerlich so unruhig, dass er nicht schlafen konnte.

Warum lag den Dokumenten Ibengas kein Antwortschreiben des kaiserlichen Hofes bei? Graf Enno würde dem Drosten ja gewiss einen Brief mitgegeben haben. War Haiko Ibenga überhaupt in Brüssel gewesen? Warum war er als Bettler zurückgekommen und hatte sich verborgen, statt in sein Zuhause und zu seiner Familie zurückzukehren? Wo war er in der Zwischenzeit gewesen?

Alle drei, Schwester Frauke, Kaufmann Jakob Sanders und Drost Haiko Ibenga waren für mehrere Monate verschwunden gewesen. Sie waren unter gleichen Umständen um ihr Leben gebracht worden. Was hatten sie noch gemeinsam?

Rimberti seufzte. Sie würden die Angehörigen aller drei befragen müssen. Der geplante Überfall auf Bant hatte sie von ihrer Suche nach dem Mörder abgelenkt. Hier waren sie noch keinen Schritt weitergekommen, und er bezweifelte, dass Hilko Boyens gesammelte Papiere für sie eine Hilfe sein würden.

Kapitel 20

KAUFMANN HILKO BOYEN erwartete sie bereits, als Fockena und Rimberti zur verabredeten Zeit in sein Kontor kamen.

»Habt Ihr gut zu Mittag gegessen?«, erkundigte er sich. »Können wir sogleich aufbrechen?«

Fockena nickte. Rimberti dachte an seine karge Mahlzeit und nickte ebenfalls.

»Meister Garmer wohnt in Osteel«, erklärte Boyen, als sie aufgesessen waren. »Er war Goldschmied in Norden und hat sich nun in seinem Heimatort zur Ruhe gesetzt. Er hat ein wunderbares Medaillon zum zehnten Geburtstag meiner Tochter angefertigt. Vier Jahre ist das her. Es war eine seiner letzten Arbeiten, bevor er sich zur Ruhe setzte.«

Hilko Boyen schluckte. Die Trauer um seine Frau und seine Tochter machte sich wohl bemerkbar. Aber im nächsten Moment hatte er sich wieder gefasst und sprach weiter: »Meister Garmer hat sehr mit der evangelischen Bewegung sympathisiert und war eine Zeit lang ein Vertreter der radikalen Reformation. Er soll sogar Briefe mit dem Wiedertäufer Hubmaier gewechselt haben. Aber dann hat er sich eines Besseren besonnen, und er hat der Wiedertäuferei abgeschworen. Nun hat er den Schwarmgeistern den Kampf angesagt und bestürmt Graf Enno und alle Häuptlinge, gegen die Sekten vorzugehen.«

»Niemand hasst seine alte Religion so sehr wie jemand, der in eine neue konvertiert ist«, brummte Fockena.

»Seit Enno die Herrschaft angetreten hat, sind Dinge geschehen, die viele Gläubige verstört haben«, erläuterte Boyen ruhig. »Enno hat die Deiche der göttlichen Lehre und der menschlichen Ordnung durchstochen, um sich und seine Gefolgsleute zu bereichern. Nun dringen die Sekten und Schwärmer wie eine Sturmflut in das Land und verwüsten es.«

»Und Meister Garmer und Ihr wollt den Deich wieder befestigen«, knurrte Fockena.

»Wenn der Deichgraf seinen Pflichten nicht nachkommt, muss ein neuer her, oder er muss ermahnt werden, sein Amt treu auszuführen«, belehrte ihn Boyen. »Ich hatte nicht den Eindruck, dass Ihr zu Graf Ennos Günstlingen gehört, verehrter Junker Ulfert.« Boyen sah Fockena spöttisch an.

»Schon gut«, lenkte Ulfert Fockena ein. »Ich sehe auch, was ich sehe. Aber ich habe meinen Zweifel, ob man den

Teufel mit dem Beelzebub austreiben kann. Ihr seht, auch ich kenne das Wort Gottes.«

»Es sind nicht wenige, die mit Ennos Regierung nicht einverstanden sind. Sie sehen, dass Enno unser Land in Chaos und Krieg führen wird.«

Fockena wusste, dass der Kaufmann nicht unrecht hatte, und er verkniff sich eine Antwort. Sie näherten sich dem Dorf Osteel, dessen große Kirche weithin sichtbar war.

»Wir müssen nicht ins Dorf«, sagte Boyen. »Meister Garmer liebt die Einsamkeit. Seit dem Tod seiner Frau vor drei Jahren hat er sich sehr zurückgezogen. Kinder hat er nicht.« Er seufzte. »So unterschiedlich werden Menschen mit dem Schmerz fertig. Mich würde die Einsamkeit töten, aber Meister Garmer sucht das Alleinsein.«

Rimberti und Fockena folgten dem Kaufmann, der vom Hauptweg abbog und einen ausgetretenen Feldweg entlangritt. Hinter Büschen und Bäumen erblickten sie ein rotes Backsteinhaus.

In der Ferne sahen sie den hohen Turm der großen Osteeler Kreuzkirche Sankt Werenfridus. Die große dreischiffige Kirche war mitsamt dem Kirchhof von einer hohen und starken Mauer umgeben und konnte wie eine befestigte Schanze verteidigt werden. Fockena hoffte, dass Graf Ennos Regierung nicht dahin führte, dass das Haus Gottes als Verteidigungsanlage für das Dorf in Gebrauch genommen werden musste.

Der frische Wind aus dem Westen roch nach Meer, und die Spätsommersonne tauchte alles in ein warmes und gütiges Licht.

Niemand öffnete auf ihr Klopfen, und so betraten Rimberti, Fockena und Boyen das Haus des Goldschmiedes.

Von der Diele aus gingen zwei Türen nach rechts und eine nach links. Die linke Tür lag etwas erhöht, und man musste vier Stufen gehen, um den Raum zu betreten. Die Upkamer, und darunter der Keller. Der alte Goldschmied bewohnte ein stattliches Steinhaus, in dem Generationen zuvor eine Häuptlingsfamilie residiert hätte. Fockena öffnete die Tür zur Upkamer. Außer einem großen Schrank und einem Tisch mit Stühlen in dunklem Eichenholz befand sich nichts in diesem Raum.

Als Fockena sich zur Diele umwandte, kamen Rimberti und Boyen aus einer der beiden anderen Türen.

»In der Küche ist niemand«, sagte Rimberti.

»Was ist hinter dieser Tür?«, fragte Fockena, und im gleichen Moment öffnete er sie. Hier hatte der Goldschmied seine Werkstatt.

Rimberti betrat den Raum. Direkt vor ihm lag ein Mann mit dem Rücken auf dem Boden. Aus seiner Brust ragte ein Armbrustbolzen. Der Tote war mit weißen Salzkrümeln bestreut.

»Meister Garmer«, flüsterte Boyen, als die drei vor dem Toten standen.

Rimberti bückte sich und untersuchte den Leichnam. »Er muss schon länger tot sein«, stellte er fest. »Er ist schon kalt, und seine Gelenke werden starr.«

»Seht, was ich hier habe.« Fockena stand bei dem fast erloschenen Feuer. Er hielt Rimberti und Boyen zwei Papierstücke hin: angekohlte Reste von Papieren, die im Feuer des Goldschmiedes verbrannt worden waren.

Den einen Papierfetzen erkannte Rimberti sofort. Es war ein Rest des Flugblattes, das von dem Bildersturm berichtete, den Fockena, Boyen und er im Dorf Wilsum selbst miterlebt hatten. War das wirklich erst ein paar Tage her?

Bei dem anderen Schriftstück handelte es sich um einen Brief, von dem ein handtellergroßer Teil nicht verbrannt war. In ihm betrauerten die Verfasser, dass der bisherige Abt des Klosters Ihlow als erster Mönch sein Kloster verlassen habe, um eine Pfarrstelle in Larrelt anzutreten. Sie beklagten, dass die verbliebenen Mönche vom gräflichen Amtmann unter Druck gesetzt wurden, ebenfalls aus dem Kloster fortzugehen. Auf der Rückseite des Briefes waren das Datum und zwei der Unterschriften zu lesen. Der Brief war vier Wochen alt. Unterschrieben hatte ihn zuerst der Prior, dessen Name nicht mehr lesbar war.

Die andere Unterschrift stammte vom Bibliothekar des Klosters: Konrad, der Bruder von Berend Sanders und dem ermordeten Jakob Sanders aus Norden.

Kapitel 21

»Reiten wir gleich weiter zum Kloster Ihlow?«, fragte Ulfert Fockena. »Es ist mindestens noch sechs Stunden hell. Am besten ist es, wenn wir die Spur des Briefes weiterverfolgen. Außerdem sollten wir die Gelegenheit nutzen, einmal den geistlichen Bruder von Kaufmann Jakob kennenzulernen. Wir können im Kloster übernachten und sind morgen wieder hier.«

»Da kommt jemand«, sagte Rimberti, als sie draußen vor der Tür standen. Eine kleine rundliche Frau ging den Weg genau auf das Haus zu.

»Ihr Herren«, sagte sie schnaufend, als sie bei den dreien angekommen war. »Wollt Ihr zu Meister Garmer? Er hält sich gewiss in seiner Werkstatt auf. Er ist so vertieft in seine Arbeit, dass er Euch nicht gehört hat. Wartet, ich will ihn holen. Ein Besuch wird ihm guttun. Sonst arbeitet er doch nur den ganzen Tag.« Auf einmal stockte sie und starrte die drei Männer an. »Ist etwas nicht in Ordnung?«

»Du bist die Hausmagd von Meister Garmer?«, fragte Rimberti.

»Das will ich meinen. Ich wohne im Dorf und komme jeden Tag um diese Zeit. Ich mache das Haus sauber und bereite für den Meister das Essen. Tagsüber isst er bloß ein bisschen Brot und Käse. Aber abends braucht er eine ordentliche Mahlzeit.«

Rimberti kam einen Schritt auf sie zu. »Bitte geh dort nicht hinein. Meister Garmer lebt nicht mehr. Wir wollten ihn besuchen und haben ihn tot in seiner Werkstatt aufgefunden. Du kannst jetzt nichts mehr für ihn tun. Wir reiten ins Dorf und geben Bescheid, dass sich jemand um deinen Herrn kümmert.«

Nachdem die drei die Magd beruhigt und nach Haus geschickt hatten, folgten sie dem Heerweg, der von Norden nach Aurich führte, vorbei an den beiden mächtigen Kreuzkirchen von Osteel und Marienhafe. In Marienhafe kauften sie etwas Verpflegung und veranlassten, dass der Amtmann Kenntnis über den Todesfall erhielt. In Oldeborg verließen sie den Heerweg und ritten auf dem Balkweg weiter, vorbei an den beiden anderen großen Kirchen des Brookmerlandes in Engerhafe und Victorbur.

Im Victorburer Pfarrhaus machten sie Rast. Hier tat seit einigen Wochen ein junger Kaplan Dienst für Pfarrer Aylt, der sein Amt aus Altersgründen nicht mehr ausüben konnte. Der Kaplan berichtete Rimberti von den neuesten Ereignissen. Er zeigte ihm den vor einigen Monaten erschienenen Kleinen Katechismus in der Buchausgabe mit Holzschnitten und die im Mai gedruckte Übersetzung der Weisheit Salomonis von Martin Luther.

Der Kaplan berichtete, dass Martin Luther persönlich auf Anfrage des ostfriesischen Grafen einen Nachfolger für die Victorburer Pfarrstelle ausgesucht hätte. Der neue Pfarrer würde im kommenden Jahr seinen Dienst beginnen. Der Kaplan würde dann wieder nach Wittenberg gehen, um seine Studien fortzusetzen.

Ausgeruht und gestärkt verabschiedeten sich die drei Reisenden und setzten ihren Weg fort, der sie über Wiegboldsbur nach Westerende führte. Nach den großen Kirchenbauten des Brookmerlandes wirkten die Kirchen dieser Orte eher bescheiden auf die Gefährten. Die Dörfer um

Aurich herum waren nicht so wohlhabend und hatten nicht so viele Einwohner wie die großen Orte des Brookmerlandes. Hinter der Westerender Kirche kamen die Gefährten auf den Münkeweg, der sie gerade zum Kloster *Schola Dei* in Ihlow führte.

Vor 300 Jahren war das Kloster vom Bremer Erzbischof geweiht worden und hatte den Namen *Schola Dei*, Schule Gottes, erhalten. In früheren Zeiten war das Ihlower Kloster eine wichtige Institution für das Land gewesen: Die Ihlower Äbte hatten in Streitfällen und in Konflikten zwischen den friesischen Ländern unterhandelt. Urkunden und Verträge des Landes wurden im Archiv des Klosters aufbewahrt, und die Häuptlinge und edlen Familien hatten zu diesem Kloster immer eine enge Beziehung gehabt.

In Fahne wurde die Landschaft waldiger, und bald sahen sie in der Ferne die Spitze der berühmten Ihlower Klosterkirche über den Wald ragen. Vor Jahren war Rimberti einmal hier gewesen, um kopierte Urkunden abzuholen. Die Klosterkirche musste zusammen mit der gewaltigen Kreuzkirche in Marienhafe zu den größten Kirchen zwischen Groningen, Bremen und Münster gehören.

Als Rimberti, Fockena und Boyen sich dem Kloster näherten, hörten sie laute Rufe. Gleich darauf erfolgte ein gewaltiges Krachen und Tösen, als würde ein Gewitter donnern. Rimberti sah noch einmal hin. Gerade war der Dachreiter der Kirche mit seiner Spitze noch über den Wipfeln zu sehen gewesen, und nun war er nicht mehr da.

Die große und berühmte Kirche der Ihlower *Schule Gottes* war eine Ruine. Entsetzt starrten Rimberti und seine beiden Begleiter auf das Kloster. Eine Vielzahl von Männern begaffte genauso wie sie die eingestürzte Kirche. Drei von ihnen saßen zu Pferden. Die Gefährten erkannten Graf Enno mit seinen zwei Begleitern.

Rimberti, Fockena und Boyen saßen ab und führten ihre Pferde zu Fuß zum Kloster. Der größte Teil der Kirche stand noch. Aber dort, wo der Chorraum mit dem spitzen Dachreiter darübergestanden hatte, klaffte eine riesige Wunde, aus der abgebrochene mächtige Säulen und Dachbalken wie Knochen herausragten.

»Graf Enno«, begrüßte Ulfert Fockena den mittleren Reiter und deutete eine Verneigung an. Enno war modisch in leuchtenden gelben und grünen Farben gekleidet. Eine gelbe Seidenkappe mit einer hohen, buschigen Feder hatte er tief über die niedrige Stirn gezogen.

»Seht Euch das genau an, Fockena«, sagte Graf Enno. »So kehren wir den alten Sauerteig aus.«

Graf Ennos Männer untergruben die Fundamente der Grundmauern und Pfeiler der Kirche. Mit Hacken und Spaten hoben sie das Erdreich tief aus, bis sie unter den Fundamenten waren. Andere waren damit beschäftigt, die ausgegrabene Erde fortzuschaffen. Im oberen Mauerwerk und an den Pfeilern hatte man viele dicke Seile befestigt. Das Dach war vorher abgedeckt worden. Dachziegel und Balken lagen zum Abtransport bereit.

Sogar einige Mönche halfen beim Abriss mit. Vielleicht gehörten sie zu den Glücklichen, die nur widerwillig das Klosterleben akzeptiert hatten und nun die Stunde ihrer Freiheit vor sich sahen.

Die anderen Mönche standen in einiger Entfernung. Regungslos beobachteten sie, wie ihre berühmte Kirche abgerissen wurde.

Graf Enno grinste. »So führen wir das Werk fort, das mein Vater begonnen hat. Wir vollenden es.«

»Was soll aus dem Ganzen werden, Graf Enno?«, erkundigte sich Fockena, und er legte in diese Frage alle Freundlichkeit, derer er in diesem Moment habhaft werden konnte.

Etwas verlegen sah Enno rechts und links zu seinen Begleitern. »Wir werden sehen. Wir werden sehen. Zuerst brauchen wir die Steine in Aurich. Dort muss noch viel getan werden an der Burg. Und dann ist der Wiederaufbau der Kirche Sankt Lamberti längst nicht fertig.«

Einer der Begleiter, modisch in gelbe Hosen und rotes Wams gekleidet, beugte sich zu Graf Enno und flüsterte ihm ins Ohr. Enno strahlte Fockena an und wollte etwas zu ihm sagen. Aber dann drehte er sich zu seinem Begleiter um und schien ihn etwas zu fragen. Er lauschte der Erklärung seines Gefährten und nickte bestätigend.

Dann wandte sich Graf Enno Fockena zu: »Die Stätte des päpstlichen Götzendienstes wird aufgehoben, und aus den Steinen werden eine Kirche für die Menschen und eine Burg zur Verteidigung unseres Landes gebaut. Ist das nicht ein gutes Sinnbild für die Erneuerung?«

»Wohl dem Regenten, der gute Ratgeber hat, die ihm sein eigenes Tun so trefflich erklären können«, antwortete Fockena und deutete wieder eine Verbeugung an.

Graf Enno warf ihm einen düsteren Blick zu. Dann hellte sich seine Miene auf und er lachte Fockena an. »Was führt Euch und Eure Gefährten her? Wolltet Ihr unserem Werk zusehen? Wir führen das Werk Gottes aus. Wir tun, was sein heiliges Wort gebietet. Heißt es nicht bei Micha…« Enno stockte.

Er blickte den Begleiter an, der ihm vorhin etwas zugeflüstert hatte, und nickte ihm zu. Der setzte sich aufrecht in seinen Sattel und erhob die Stimme: »So spricht der Herr: ›Ich will deine Bilder und Götzen ausrotten, dass du nicht mehr sollst anbeten deiner Hände Werk.‹ So steht es geschrieben.«

»Wohl gesprochen«, sagte Fockena. »Wir sind gespannt, wer sich in Zukunft an dieser Stelle verehren lässt.«

Jemand rief laut, und die Männer rannten aus der Kirche. Krachend stürzte ein Mauerrest um.

Fockena wollte die Unruhe nutzen, um Graf Ennos Gesellschaft zu entkommen. Er trieb seine Gefährten an, und sie führten ihre Pferde an der Kirche vorbei auf das Klostergelände. Ein Stück von der Kirche entfernt lagen Heiligenfiguren und Altarbilder auf der Wiese, darunter war auch der goldgefasste Altar der Klosterkirche.

»Werdet Ihr hier auch nächtigen?«, rief Graf Enno ihnen hinterher. »Wollt Ihr mit uns nachher das Nachtmahl einnehmen?«

Fockena drehte sich um und deutete ein drittes Mal seine Verneigung an.

»Wer war der andere Begleiter?«, erkundigte sich Rimberti. »Den in Gelb und Rot habe ich schon einige Male gesehen, aber der andere ist mir noch nie zu Gesicht gekommen. Er hat kein einziges Wort gesagt. Er hat die ganze Zeit mit unbewegter Miene auf die zerstörte Kirche gestarrt.«

»Graf Johann«, antwortete Fockena. »Der um ein Jahr jüngere Bruder Ennos. Graf Edzard hat festgelegt, dass nur der älteste Sohn die Herrschaft fortführt, damit das Land nicht geteilt wird. Johann ist in den Diensten des Kaisers. Nun ist er für eine Zeit zurückgekehrt, um seinen Bruder zu unterstützen.«

»Diese Hilfe kann er gut gebrauchen«, murmelte Hilko Boyen.

Kapitel 22

»Es gibt keine Bibliothek mehr«, sagte Bruder Konrad in gleichmütigem Ton. Der Bruder der Norder Kaufmänner Jakob und Berend Sanders führte Rimberti und Fockena in das Noviziat. Das Gästehaus war durch die Grafen belegt.

Die Gefährten hatten Hilko Boyen gebeten, sich um ein Nachtquartier zu kümmern. Boyen hatte natürlich durchschaut, dass die beiden das folgende Gespräch nicht in seiner Anwesenheit führen wollten, und er hatte ihren Wunsch ohne Widerrede akzeptiert.

Bruder Konrad öffnete die Tür zum Novizenhaus. »Novizen gibt es auch nicht mehr, also richtet Euch häuslich ein, solange dieses Gebäude noch steht.«

»Wisst Ihr, wo Ihr bleiben werdet?«, fragte Lübbert Rimberti. »Werdet Ihr in Euer Zuhause zurückkehren?«

»Dies ist mein Zuhause«, erwiderte Bruder Konrad. »Hier habe ich fast mein ganzes Leben verbracht.«

»In einem Handelshaus wird ein gebildeter Mann immer gebraucht«, sagte Rimberti.

»Vermutlich würde ich das Handelshaus meiner Familie besser führen als mein Bruder Berend. Ich habe viele Jahre den kranken Cellarius vertreten und war für die Wirtschaft unseres Klosters verantwortlich. Daneben habe ich die Bibliothek und das Skriptorium geführt. Ich würde mich sicher auch in die Leitung eines Handelshauses einarbeiten können. Aber ich weiß nicht, ob das mein Weg ist. Ich werde in den nächsten Tagen viel beten und denken müssen, um zu einer Entscheidung zu kommen.«

»Durch den Tod Eures Bruders sind ein gut gehendes Handelskontor mit prächtigem Haus und florierender Reederei frei geworden«, provozierte Fockena.

Bruder Konrad lächelte. »Ihr geht nicht wirklich davon aus, dass ich mit dem Tod meines Bruders etwas zu tun habe, oder?«

Rimberti schüttelte den Kopf.

»Wisst Ihr«, sagte Konrad. »Ich habe gute Angebote. Graf Johann will mich auf eine lohnende Pfarre setzen, und der Bischof von Münster will mich als Bibliothekar an seinen Dom holen. Ich muss niemanden aus dem Weg räumen, um nach dem Untergang des Klosters eine Bleibe zu finden.«

»Was wird aus der Ihlower Bibliothek?«, fragte Rimberti.

»Ihr meint, was aus ihr geworden ist? Viele Werke haben wir in Sicherheit gebracht, als das Gerücht von der bevorstehenden Auflösung der *Schola Dei* uns erreichte. Sie sind gut verwahrt in anderen Bibliotheken. Mit dem, was wir nicht retten konnten, werden sich Graf Ennos Kumpane nach ihren Gelagen den Mund abwischen. Und vielleicht auch noch anderes.«

Fockena prustete laut vor Lachen. Rimberti legte den angebrannten Papierfetzen vor den Mönch.

Bruder Konrad nickte. »Das haben wir geschrieben. Ein Brief an Graf Enno mit einer Kopie für den kaiserlichen Hof. Wer hat ihn verbrannt?«

»Der Mörder Eures Bruders. So vermuten wir«, antwortete Lübbert Rimberti. »Meister Garmer aus Osteel ist Euch bekannt?«

»Sehr gut sogar«, antwortete Bruder Konrad. »Er war ein Freund unseres Vaters. Und er hat oft für unser Kloster gearbeitet. Regelmäßig hat er für unser Kloster gespendet, und er hat Messen für seine verstorbenen Eltern lesen lassen. Meister Garmer war mit unserer *Schola Dei* sehr eng verbunden.«

»War?«, fragte Fockena erstaunt. Konnte der Mönch schon etwas vom Tod des Goldschmiedes wissen?

»War«, bestätigte Bruder Konrad. »Die *Schule Gottes* in Ihlow gibt es nicht mehr.«

In diesem Moment war das Grölen von Graf Ennos Knechten aus der Kirchenruine zu hören, und kurz darauf gingen mit lautem Krachen wieder ein Pfeiler und ein Stück der Mauer zu Boden.

Bruder Konrad Sanders unterbrach nicht ein einziges Mal, als Rimberti von der Ermordung des Goldschmiedes und vom Auffinden der Leiche erzählte. Rimberti berichtete, dass der tote Goldschmied genau wie Konrads Bruder Jakob Sanders mit Salz bestreut worden war.

»Salz?« Nachdenklich zog Konrad Sanders die Augenbrauen zusammen. »Ich weiß, dass meine Brüder Salzbuden betreiben, an der Westermarscher Küste und auf Bant. Aber das macht nur einen kleinen Teil der Geschäfte meiner Familie aus.«

»Ihr kennt Schwester Frauke aus dem Klostervorwerk Oldekamp?«, fragte Rimberti.

»Nein. Ich habe gehört, dass eine Nonne in Oldekamp getötet wurde. So abgelegen leben wir nicht, dass wir nichts von der Welt um uns herum erfahren.«

»Und Drost Haiko Ibenga?«

»Ist er auch …?«, fragte Konrad.

Rimberti nickte. »Auch mit der Armbrust getötet. Und auch mit Salz bestreut.«

»Drost Haiko Ibenga war hin und wieder hier. Er nutzte die Bibliothek und das Archiv unseres Klosters für seine Amtsgeschäfte. Er ließ sich auch Urkunden abschreiben und durch den Abt beglaubigen.«

»Also stand Ibenga ebenfalls in enger Verbindung zum Kloster?«

»Im Gegenteil«, erwiderte Konrad Sanders. »Für uns Mönche hatte er nur Verachtung übrig. Er machte uns unmissverständlich klar, dass unsere Zeit vorbei ist, und dass es bereits Pläne für die Verwendung der Ländereien und Gebäude gäbe. Ihr erlebt es ja selbst mit. Ibenga hielt es mit den radikalen Erneuerern. Graf Edzard duldete diese Neigungen nicht, aber seit der neue Graf im Amt ist, konnte Ibenga seine religiösen Ansichten offen zeigen.«

»Ihr habt keine Vermutung, wer der Mörder Eures Bruders ist«, stellte Rimberti fest.

»Keine.«

»Und Ihr habt auch keine Vermutung, warum man ihn getötet hat?«

Konrad Sanders schüttelte den Kopf. »Mein Bruder hat den Drosten Ibenga gekannt, aber ich weiß nichts von einer Freundschaft oder einer anderen Verbindung zwischen beiden.«

»Aber Ihr wisst, dass die Nonne, Schwester Frauke, für eine Zeit im Haushalt Eures Bruders gearbeitet hat, bevor sie zurück in das Kloster ging.«

Der Mönch sah Rimberti erstaunt an. »Das wusste ich nicht. Aber so viele Kontakte gibt es auch nicht zwischen mir und meiner Familie. Mein Bruder Jakob kam meist einmal im Jahr und besuchte mich.«

Ulfert Fockena beugte sich vor. »Bruder Konrad, Ihr verschweigt uns etwas. Das spüre ich. Ihr müsst uns helfen, den Mörder Eures Bruders zu finden. Vielleicht helft Ihr damit, das Vergießen weiteren unschuldigen Blutes zu verhindern.«

Konrad Sanders lehnte sich zurück. »Unschuldig? Wer ist schon unschuldig? Glaubt Ihr, mein Bruder war unschuldig? Oder der Drost? Glaubt Ihr, nur weil man im Kloster lebt, ist man frei von der Sünde?«

Rimberti nahm das angebrannte Stück Papier, auf dem Konrads Name stand, an sich. »Bruder Konrad, wie kommt Euer Brief an Graf Enno in die Hände von Meister Garmer?«

»Darf ich?«, fragte Konrad. Als Rimberti nickte, nahm er das Papier in die Hand. Er betrachtete beide Seiten und gab es Rimberti zurück. »Dies ist das Original«, stellte er fest. »Es ist meine Handschrift. Einer der Brüder im Kloster hat eine Kopie für unser Archiv angefertigt. Aber dies ist der echte Brief. Jemand muss ihn Graf Enno entwendet haben. Jemand, der Zugriff auf seine Briefe hat.«

»Es heißt, Meister Garmer hätte belastendes Material gegen Graf Enno gesammelt. Diese Schriftstücke sollten durch einen Verbindungsmann dem kaiserlichen Hof zugeleitet werden, um Graf Enno zu diskreditieren oder ihn unter Druck zu setzen.«

»Der Goldschmied hat nun wirklich keinerlei Möglichkeit, Schriftstücke und Briefe aus dem Besitz Graf Ennos an sich zu bringen. Außerdem verfügt er wohl kaum über die Verbindungen, diese Unterlagen an den Hof von Königin Margarete weiterzuleiten und Beschwerde über Graf Enno zu führen.«

»Auf jeden Fall haben wir den Rest dieses Briefes bei Meister Garmer gefunden. Er muss denen zugearbeitet haben, die mit der Auflösung der Klöster und den neuen Lehren nicht einverstanden sind. Vielleicht hat die enge Verbundenheit mit Eurem Kloster ihn dazu bewogen. Was meint Ihr?«

»Einen Hinweis habe ich Euch tatsächlich vorenthalten«, gestand Bruder Konrad. »Ich sprach vorhin davon, dass Meister Garmer in der Vergangenheit immer in guter Verbindung zu unserem Kloster stand. Dies war bis vor etwa anderthalb Jahren so. Dann stellte er seine Besuche bei uns ein. Er stiftete nichts mehr und gab fortan keine Messen für seine Eltern in Auftrag. Er nahm auch keine Aufträge mehr von uns an und empfahl uns stattdessen einen jüngeren Goldschmied aus Aurich.«

»Er hat sich eben auf sein Altenteil zurückgezogen«, bemerkte Fockena.

»Ich habe erfahren, dass er andere Aufträge durchaus annahm. Er hat seine Werkstatt in Norden an einen Nachfolger verkauft. Aber ich weiß sicher, dass er in seinem Haus eine Werkstatt eingerichtet und weiterhin Arbeiten durchgeführt hat. Meister Garmer hat sehr plötzlich alle Verbindungen zur *Schola Dei* abgebrochen. Unser damaliger Abt, Antonius van Senden, hat ihn sogar einmal auf einer Reise nach Norden besuchen wollen. Aber er ließ dem Abt durch seine Magd ausrichten, dass es ihm nicht gut gehe und dass er keine Gäste empfangen könne. Er wollte nichts mehr mit uns zu tun haben. Ich habe Gerüchte gehört, er sei ein Anhänger der neuen Lehre geworden. Und nun frage ich Euch: Wenn das so ist, warum sollte der Meister ausgerechnet dazu beitragen, Graf Enno zu diskreditieren? Es ist doch Graf Enno, der die kirchliche Ordnung zerstört und den neuen Glaubensrichtungen Tür und Tor öffnet. Weshalb sollte Meister Garmer an einer Verschwörung gegen den Grafen beteiligt gewesen sein?«

»Gegen mich?« Entrüstet erhob sich Graf Enno von seinem Platz.

Enno hatte Rimberti und Fockena zum Nachtmahl eingeladen. Die beiden hatten darum gebeten, mit dem Grafen allein zu speisen, da die Neuigkeiten vertraulich bleiben sollten. Kaufmann Boyen hatte sich im Gästehaus zur Ruhe begeben, denn er wollte am nächsten Tag schon im Morgengrauen aufbrechen.

Gerade hatten Lübbert Rimberti und Ulfert Fockena dem Grafen von der Ermordung des Goldschmiedemeisters Garmer berichtet. Dabei hatten sie angedeutet, dass bei dem Toten Schriftstücke verbrannt worden seien, mit denen am Hof der Regentin eine Beschwerde gegen Graf Enno eingelegt werden sollte.

Erstaunt sah der Graf seine beiden Tischgenossen an. Ulfert Fockena ließ sich davon nicht beirren und widmete sich der gebratenen Hammelkeule und einem Krug von dem vermutlich letzten Bier, das noch im Ihlower Kloster gebraut worden war.

Kläglich stieß Graf Enno hervor: »Es muss einen Verräter in meinen eigenen Reihen geben. Dieser Goldschmied kann doch nicht über solche Kontakte verfügen, dass er von überall her Schriftstücke bekommt, die er dann an den Hof der Statthalterin weitergibt. Glaubt Ihr etwa, dass Königin Margarete Briefe von einem Handwerker liest und daraufhin beim Kaiser eine Reichsexekution gegen mich veranlasst?«

Rimberti spürte einen Luftzug. Er sah, dass die Tür nicht geschlossen, sondern nur angelehnt war.

»Ihr habt mir von dem Überfall auf Bant erzählt, den Junker Balthasar plante. Glaubt Ihr, dass die Morde etwas damit zu tun haben? Waren die Getöteten in diese Verschwörung verwickelt? Kaufmann Sanders und Drost Ibenga waren doch Männer, auf deren Treue ich zählen konnte.« Graf Enno war sichtlich erschüttert.

»Ich kann mir nicht vorstellen, dass dies der Grund für die Morde war«, erklärte Rimberti. »Da muss es noch etwas anderes geben. Vielleicht sind wir die falschen Wege gegangen, weil sie sich gerade so anboten.«

Mit einem Mal sprang Ulfert Fockena auf und war mit einem Satz bei der Tür. Er riss sie auf und zerrte einen Mann herein. Es war der in modische gelb-rote Seide gekleidete Berater des Grafen.

»Schämst du dich nicht!«, herrschte Fockena den Mann an, der sich schimpfend loswand.

»Wie könnt Ihr es wagen«, wollte sich der Berater des Grafen empören, aber Ulfert Fockenas wutentbranntes Gesicht und dessen Hand am Schwertgriff ließen ihn verstummen.

»Rede«, forderte ihn Graf Enno mit belegter Stimme auf. »Was hast du zu sagen?«

»Ich komme, um Euch eine wichtige Nachricht zu bringen. Aber sie ist nur für Eure Ohren bestimmt«, antwortete der Berater. Verlegen sah Enno Rimberti und Fockena an.

Rimberti sagte: »Wir haben alles beredet, was heute Abend beredet werden konnte. Am besten, wir schlafen eine Nacht darüber und bedenken morgen früh, wie wir weiter vorgehen.«

»Ich danke Euch für Eure Hilfe«, antwortete Enno etwas kläglich und warf seinem Berater einen grimmigen Blick zu.

Es war eine sternenklare Nacht, als Lübbert Rimberti aus dem Novizenhaus ins Freie trat. Er konnte nicht schlafen. Nach all den aufregenden und aufreibenden Ereignissen der letzten Tage fühlte er sich erschöpft, aber er kam nicht zur Ruhe.

Rimberti schaute zur Kirchenruine hin, die sich noch immer beeindruckend in den nächtlichen Sternenhimmel erhob. In wenigen Tagen würden Ennos Männer dieses Bauwerk in ein Trümmerfeld verwandelt haben, das nicht erahnen ließ, dass hier eine der bedeutendsten Kirchen in den friesischen Ländern gestanden hatte.

Sah er dort einen Lichtschein in der Kirche? Behutsam näherte sich Rimberti der Ruine. Er vernahm leises Gemurmel. Vorsichtig ging er durch eine Lücke in der Mauer hinein. Er blieb hinter einem Pfeiler stehen und sah nach vorn.

Auf dem Altar brannten Kerzen. Die Mönche hatten ihn von den Trümmern befreit und standen in einem großen Halbkreis um ihn herum. Hinter dem Altar hatten sie noch einmal den Schrein aufgestellt und geöffnet. Golden schimmerten seine Figuren im flackernden Kerzenlicht.

Vor dem Altar stand einer der Mönche, bekleidet mit dem Messgewand des Priesters. Er sprach die lateinischen Worte von der Einsetzung des heiligen Abendmahles. Rimberti sah, wie sich der Priester umwandte, und erkannte Bruder Konrad. Konrad wollte gerade mit der Austeilung der Kommunion beginnen, da schaute er in Rimbertis Richtung.

Der hielt seinem Blick stand und verbarg sich nicht hinter dem Pfeiler. Leise trat er vor und stellte sich zu den anderen.

Rimberti feierte mit den Mönchen und den anderen Männern die letzte Messe in der Ihlower Klosterkirche mit. Schon morgen würde der Altar nicht mehr hier stehen. Rimberti empfing die Kommunion. Er sang die Lieder und sprach die Gebete mit, die auch er von Kind an gelernt hatte. Da bemerkte er, dass ein Mann auf der anderen Seite des Altarraumes zu ihm herüberstarrte. Es war Graf Johann.

Kapitel 23

AM NÄCHSTEN MORGEN wurden Rimberti und Fockena schon früh wach. Hilko Boyen war schon im Morgengrauen zurück nach Norden aufgebrochen.

Die Abrissarbeiten hatten wieder begonnen. Rufe und Poltern waren zu hören.

Graf Enno ließ die beiden Gefährten durch einen Diener wissen, dass er sie zum Morgenmahl einladen und sprechen wollte. Rimberti und Fockena sahen auf dem Weg zum Gästehaus, wie die Männer des Grafen noch mehr Bilder und Holzfiguren zu einem großen Stapel aufgeschichtet hatten. Darauf lag der geschlossene Altarschrein aus der Kirche mit der Rückseite nach oben.

Rimberti sah die zwei Zeichen, die eingebrannt waren: eine Hand als Werkstattzeichen der Lukasgilde in Antwerpen, die für ihre kunstvollen Arbeiten berühmt war, und ein Turm als Beschauzeichen des Meisters. Diese Zeichen kannte Rimberti auch vom Altaraufsatz der Schlosskirche in Kringstedt, wo er als Hofrat wirkte. Vor zwei Jahren war dort so ein Altarschrein aus der Antwerpener Meistergilde aufgestellt worden.

Gerade wuchteten Graf Ennos Männer eine lebensgroße Marienfigur auf den Haufen.

»Was geschieht damit?«, fragte Rimberti.

»Das ist heiliges Brennholz«, erwiderte einer der Männer. »Die Steine kommen nach Aurich. Damit soll dort die Kirche wieder aufgebaut werden. Und die Burg. Das

171

Holz soll nachher verbrannt werden. Das braucht ja niemand mehr.«

Graf Enno hatte einige seiner Männer um eine große Tafel zu einem reichhaltigen Morgenmahl versammelt. Es wurden Brot und Käse aufgetischt, kaltes Bratenfleisch, eine warme, mit Honig gesüßte Weizengrütze, Haferkuchen und Obst.

Graf Enno erhob seinen Becher, als Rimberti und Fockena Platz genommen hatten. »Junker Ulfert, Doktor Rimberti, ich möchte Euch von Herzen für alles danken, was Ihr für unser Land und für mich in den vergangenen Tagen getan habt. Ihr habt Balthasars geheime Vorbereitungen für einen Überfall auf die Insel Bant aufgedeckt, und Ihr habt die rätselhaften Morde mit der Armbrust geklärt. Soweit das möglich war.«

Enno zögerte, und Rimberti sah ihn fragend an.

»Es ist so …« Graf Enno tauschte mit seinem Berater Blicke aus. »Es ist so, dass die Morde mit Balthasars geplantem Überfall auf Bant in Zusammenhang stehen. Junker Balthasar von Esens hat einen Mörder gedungen, um alle zu töten, die von seinem verbrecherischen Plan wussten. Balthasars Scherge wird inzwischen längst im Harlingerland sein, aber er und sein verbrecherischer Herr werden ihrer gerechten Strafe nicht entgehen. Zu gegebener Zeit werden wir Gerechtigkeit üben.«

»Und Meister Garmer, der Goldschmied?«, fragte Ulfert Fockena. »Er wurde gestern getötet.«

»Vermutlich ließ Balthasar ihn auch umbringen«, erklärte Graf Enno. »Wie der Goldschmied etwas von Balthasars Plänen erfahren hat, ist mir noch rätselhaft. Aber wir werden dieses Geheimnis eines Tages lüften. Später.«

Rimberti und Fockena starrten ihn an.

Der Graf erhob sich. »Ich bitte Euch, meinen Dank anzunehmen.« Er winkte einem Bediensteten zu, der an der Tür stand. Der legte vor Rimberti und vor Fockena zwei kleine Lederbeutel auf den Tisch. »Bitte nehmt diese kleine Summe als Dank für Eure Hilfe und als Entschädigung Eurer Auslagen. Ich bitte Euch nun, alles andere auf sich beruhen zu lassen und Euch dem anstehenden Verkauf der Herrlichkeit Hillersum zuzuwenden. Die beiden Juristen der Statthalterin werden morgen in Norden eintreffen, und der Staatsrat, der darüber entscheiden wird, ist auch schon unterwegs. Bis dahin werden wir vieles zu bedenken haben. Alles will gut vorbereitet sein. Von diesen wichtigen Geschäften will ich Euch nicht länger abhalten.«

Graf Enno nickte Rimberti und Fockena so würdevoll zu, wie es eben ging. Damit waren beide entlassen.

Fockena wollte gerade zu einer Antwort ansetzen, überlegte es sich dann aber anders.

»Habt Ihr noch einen Wunsch, Junker Ulfert?«, fragte ihn Graf Johann.

»Er hat nur einen Wunsch auf dem Herzen«, sagte Rimberti schnell. »Der kunstvolle Altar aus der Klosterkirche soll nachher verbrannt werden. Uns scheint es doch bedauerlich, eine so wertvolle Arbeit zu zerstören. Vielleicht mögt Ihr für den Ihlower Altarschrein ein gutes Zuhause finden und ihn in einer Kirche aufstellen. Womöglich Eurer neu gebauten Schlosskapelle in Aurich. Die Bewahrung eines solchen Meisterstücks wird Euch Ehre machen.«

»So soll es geschehen«, antwortete Graf Johann.

»Wo warst du so lange?«, fragte Rimberti, als Fockena endlich mit einem in ein Tuch eingehüllten Gegenstand bei den Pferden eintraf.

»Schau hier.« Fockena schlug das Tuch auf. Eine kleine, aus Holz geschnitzte Marienfigur kam zum Vorschein. Sie war mit Goldbronze bemalt. »Die ist aus dem Altar. Die Männer des Grafen bringen den mit der nächsten Steinfuhre nach Aurich. Die Maria ist aus dem Altarschrein herausgefallen, als die Männer ihn auf ihren Karren gewuchtet haben. Schon vorher haben sie ihn nicht gerade respektvoll behandelt. Diese Maria ist ein Andenken für dich. Sie soll dich daran erinnern, dass du den Altar aus Ihlow vor dem Scheiterhaufen gerettet hast.«

»Der Knabe führt etwas im Schilde«, grummelte Ulfert Fockena plötzlich. Schweigend waren sie den langen Weg zurückgeritten und hatten die Stille genossen. Jeder ging für sich in Gedanken noch einmal alles durch, was in den letzten Tagen geschehen war – bis hin zu Graf Ennos seltsamem Verhalten. In der Ferne ragte die riesige Marienhafener Kirche mit ihrem hohen Turm in den Himmel.

Rimberti hielt sein Pferd an und saß ab. Er setzte sich in das Gras am Wegesrand. Fockena tat es ihm gleich und teilte dem Freund seine Überlegungen mit: »Graf Enno weiß, wer der Mörder ist. Und er will ihn decken. Oder die Opfer sind tatsächlich Mitwisser von Balthasars Plan gewesen. Und deshalb will Enno nicht, dass der Mörder entdeckt wird.«

»Das ergibt alles keinen Sinn«, erwiderte Lübbert Rimberti. »Du glaubst nicht im Ernst, dass Schwester Frauke, Ennos treu ergebener Kaufmann Sanders und der nicht minder treu ergebene Drost Ibenga gemeinsame Sache mit

Junker Balthasar machten. Von Meister Garmer wissen wir zu wenig. Aber vielleicht können wir auf dem Rückweg in Osteel etwas über ihn erfahren.«

Missmutig biss Junker Ulfert in einen Apfel. »Ich weiß nicht, wo wir noch suchen sollen. Es ist alles so verwirrend.«

»Eben«, antwortete Lübbert Rimberti. »Wir haben bisher überhaupt nichts gesucht. Wir haben nur gefunden.«

»Nur gefunden?«

»Ja. Die Leiche von Jakob Sanders wurde gefunden. Gleich darauf haben wir den Bildersturm miterlebt. Der tote Drost wurde gefunden. Wir sind nach Bant gefahren. Ein Anschlag wurde auf uns verübt, und ich wurde nach Esens verschleppt. Wir vereitelten den Überfall auf die Insel Bant. Und nun haben wir schon den nächsten Toten, und die Angelegenheit ist beendet. Wir hatten bisher kaum Gelegenheit, Fragen zu stellen und nachzudenken.«

»Dazu haben wir ja nun reichlich Gelegenheit«, erwiderte Ulfert Fockena.

»Für wen hat Meister Garmer die Schriftstücke gesammelt? Graf Enno hat selbst die Antwort gegeben. Es muss jemand sein, der zum Kaiser oder zu Königin Margarete in so guter Verbindung steht, dass er diese Schriftstücke mit dem nötigen Nachdruck übergeben kann.«

»Dafür kommen nicht viele in Frage.«

»Ich habe ihm nur seine Abendmahlzeit zubereitet und das Haus sauber gemacht. Ich habe die Wäsche gewaschen, und ab und zu war ich in seinem Gemüsegarten. Sonst weiß ich nichts.« Abweisend sah die Wirtschafterin von Meister Garmer die beiden Besucher an, die vor der Haustür ihrer kleinen Kate standen.

Rimberti und Fockena hatten in Osteel schnell ausfindig gemacht, wo die Wirtschafterin des Goldschmiedes wohnte. Dabei hatten sie mit mehreren Nachfragen erfahren, dass man den Goldschmied im Dorf nur selten zu Gesicht bekommen hatte und dass niemand etwas Persönliches von ihm wusste. Man hielt ihn für einen Eigenbrötler.

»Bekam Meister Garmer denn hin und wieder Besuch?«, fragte Rimberti.

»Selten«, antwortete die Frau. »Ab und zu kam mal jemand aus Norden. Aber dann habe ich immer alles vorbereitet.«

»Gab es Leute im Dorf, mit denen Meister Garmer Umgang hatte?«

Sie schüttelte den Kopf.

»Machte er Besuche bei anderen?«

»Davon weiß ich nichts.«

»Für welche Kunden arbeitete er denn noch?«, wollte Rimberti wissen.

»Davon hat er mir nie etwas erzählt«, sagte die Wirtschafterin.

»Und wie lange hast du für ihn gearbeitet?«

»Vier Jahre. Seitdem er hier wohnt. Er war immer zufrieden mit mir.« Angriffslustig blitzte sie die beiden Männer an. »Und dass Ihr es gleich wisst: Ich habe dort nur meine Arbeit gemacht. Mehr nicht.«

Kapitel 24

»MEHR NICHT«, WIEDERHOLTE Ulfert Fockena, als sie durch das Dorf Osteel gingen. »Mehr nicht. Es ist schon seltsam, dass sie vier Jahre lang für einen Mann arbeitet und eigentlich nichts von ihm weiß.«

»Oder wissen will«, sagte Lübbert Rimberti. »Hier ist das Pfarrhaus.«

Sie schritten durch das Tor in der befestigten Mauer, die Kirche, Kirchhof und Pfarrhaus schützend barg. Fockena pochte an die Tür.

Ein verschreckter kleiner Mann öffnete. Abweisend blieb er in der Tür stehen. »Was kann ich für Euch tun, edle Herren?«, fragte er.

»Es geht um Meister Garmer, den Goldschmied«, erklärte Rimberti.

Aber der Pfarrer unterbrach ihn: »Ich bin nicht befugt, dazu Auskünfte zu erteilen. Was ich von Meister Garmer weiß, fällt unter das Geheimnis der Beichte. Um alles Übrige mögen die Männer des Grafen sich kümmern.«

Fockena wollte wutschnaubend auf den Geistlichen losgehen, aber Rimberti hielt ihn zurück. »Lass ihn. Er gehört auch zu denen, die in die Sache verwickelt sind. Wir müssen ihn bei Graf Enno anzeigen.«

Rimberti wandte sich ab und ging mit Fockena auf das Tor zu, um den Kirchhof zu verlassen. Ohne sich zu verabreden, wussten beide, dass sie sich auf keinen Fall umdrehen durften. Noch ehe sie das Tor erreicht hatten, holte der Pfarrer sie mit schnellen Schritten ein.

»Warum wollt Ihr mich anzeigen?«, stieß er hervor. »In welche Angelegenheit soll ich verwickelt sein? Wer seid Ihr überhaupt?«

Fockena wandte sich um und herrschte ihn an. »Wir sind die Männer des Grafen. Und wenn wir zu Wort gekommen wären, hätten wir Euch das auch mitgeteilt. Wir gehen davon aus, dass heute Morgen lange vor unserer Ankunft jemand hier war, um alle mit Geld zu bestechen, die Licht in das Dunkel bringen können. Habt Ihr auch Geld genommen für Euer Schweigen?« Er sah den Pfarrer mit fast zugekniffenen Augen an. »Na? Wie hoch war Euer Judaslohn?«

»Wieso redet Ihr von Bestechung?«

Ulfert Fockena packte den Mann mit eisernem Griff am Arm. »Hört auf, immerzu Fragen zu stellen. War heute Morgen jemand hier?«

Der Pfarrer nickte. »Ja. Lasst mich bitte los.« Ängstlich sah er sich um, ob jemand aus dem Dorf etwas mitbekommen hatte. Dann raunte er: »Und kommt mit herein.«

Er führte Rimberti und Fockena in seine Kammer, in der es muffig roch. Auf dem grob gezimmerten Tisch lag ein aufgeschlagenes Buch. Daneben stand eine Schale mit saurer Milch, in die Brot hineingebrockt war. Rimberti und Fockena setzten sich auf die wackeligen Stühle, ohne die Aufforderung des Geistlichen abzuwarten.

Der Pfarrer erzählte: »Ein Mann kam heute früh und sagte, Graf Enno hätte ihn geschickt. Der Mord an dem Goldschmied sei von Landesverrätern verübt worden und wir sollten niemandem, der Fragen stellt, Auskunft geben.

Als Dank des Grafen gab er der Magd des Goldschmieds und mir Geld.«

»Und wieso nur euch?«, bellte Fockena.

»Wir sind die Einzigen, die etwas über Meister Garmer wissen. Er hat sehr zurückgezogen gelebt. Seine Hausmagd hat alles für ihn erledigt. Auch außer Haus. Sie kaufte ein und machte Erledigungen, und ihr Sohn machte Botengänge für den Meister.«

»Und Ihr hattet auch näheren Umgang mit Garmer?«, wollte Lübbert Rimberti wissen.

»Hattet. Das ist das richtige Wort. Ich hatte. Als er vor etwa vier Jahren hierherzog, kam er jeden Sonntag zur Messe. Und er beichtete regelmäßig. Dann lud er mich ein paar Male zu sich ein oder kam zu mir. Er hatte Schriften dabei, die Freunde ihm zugeschickt hatten. Von Thomas Müntzer und Andreas Karlstadt. Karlstadt wohnt ganz in der Nähe. In Schoonorth lebt er auf einem Hof. An die anderen Bücher erinnere ich mich gar nicht mehr. Ich glaube, es war auch eine Schrift von Melchior Hoffmann dabei. Er hält sich zurzeit wohl in Emden auf.«

»Und?«, fragte Fockena ungeduldig.

»Garmer wollte mit mir über die Schriften diskutieren. Er war sehr belesen. Er hatte viele Fragen.« Hilflos blickte der Geistliche seine beiden Besucher an. »Die Wahrheit ist: Ich konnte ihm auf Tausend nicht eines antworten. Ich bin kein gebildeter Pfarrer. Ich habe keine Universität besucht. Ich kann ein wenig Kirchenlatein, und ich kann die Messe halten. Ich kann auch so gut lesen, dass ich meine Amtsgeschäfte verrichten kann, und ich versuche, für die Gemeinde ein guter Priester zu sein. Seht her.«

Er schob den beiden das Buch zu, das schmal und dunkel eingebunden auf dem Tisch lag. Es war Martin Luthers

Deutsch Catechismus, den der Reformator als Handbuch für Pfarrer verfasst hatte.

»Dieses Buch studiere ich mit Eifer«, erklärte der Pfarrer. »In Marienhafe gibt es sogar ein Neues Testament. Auch für unsere Kirche soll ein solches Buch gekauft werden. Die Lehre des Evangeliums ist mir nicht sehr vertraut. Erst jetzt auf meine alten Tage muss ich mich damit befassen. Ich will die Messe demnächst auch in deutscher Sprache feiern, aber alles braucht Zeit. Vor allem brauche *ich* Zeit.«

»Wir sind wegen Meister Garmer hier«, drängte Ulfert Fockena.

»Meister Garmer hat immerzu gefragt. Er wollte so vieles wissen: über die Gnade, über das Wort Gottes, über die Kirche, über das Altarsakrament, über die Taufe. Er war wie ein Hungriger, der um Essen bettelt. Ich konnte ihm nichts geben.«

Der Geistliche sah einen Moment verlegen zu Boden und sprach dann weiter: »Meister Garmer hat irgendwann nicht mehr bei mir gebeichtet und mir gesagt, er tue das im Kloster *Schola Dei* in Ihlow. Und irgendwann kam er auch nicht mehr in die Messe. Es ist meine Schuld. Er war hungrig, und ich habe ihm nicht zu essen gegeben. So steht es im Evangelium.«

Der Pfarrer machte ein klägliches Gesicht. »Ich sollte Licht und Salz für meine Gemeinde sein. Aber ich bin das Licht, das unter dem Scheffel steht, und das Salz, das schal geworden ist. Ihr seht, so langsam verstehe ich das Wort Gottes, aber für Meister Garmer ist es zu spät. Aber vielleicht ist es für andere in meiner Gemeinde nicht zu spät, dass ich mich im Verständnis des Evangeliums einübe.« Zärtlich legte er die Hand auf das Katechismusbuch. »Es fällt mir nicht leicht, das alles zu lesen und zu verstehen.«

»Hier in Eurer Nachbarschaft, in Victorbur, ist ein junger Kaplan. Er kommt frisch aus Wittenberg. Besucht ihn doch einmal«, schlug Rimberti vor. Er legte eine Münze aus dem Geldbeutel, den er von Graf Enno bekommen hatte, auf den Tisch. »Nehmt dies Geld und das, was Ihr heute früh von Eurem anderen Besucher bekommen habt. Kauft Euch die Bücher, die Ihr braucht.«

»Wisst Ihr, ob Meister Garmer Kontakt mit Karlstadt hatte?«, fragte Ulfert Fockena.

Kapitel 25

»WEISST DU, OB Meister Garmer Kontakt mit Karlstadt hatte?«, fragte Lübbert Rimberti.

Garmers Magd hatte Rimberti und Fockena gar nicht einlassen wollen, aber der Pfarrer war dabei gewesen und hatte erklärt, dass sie den beiden alles sagen solle, was sie wisse. Ein Geldstück, diesmal aus dem Beutel, den Fockena vom Grafen erhalten hatte, tat sein Übriges, um die Frau zum Reden zu bringen.

Sie erzählte von einem Mann, der sich als »Bruder Andreas« vorgestellt hatte und zwei oder drei Male beim Meister gewesen war. Rimberti nickte. Er wusste, dass Andreas Karlstadt nach Aufgabe seiner Professur an der Wittenberger Universität als einfacher Landmann lebte und sich ohne seinen Professorentitel nur als Bruder im christlichen Glauben ansprechen ließ.

Und die Magd berichtete auch, dass Meister Garmer meist einmal in der Woche für einen ganzen Tag fort gewesen war, oftmals am Sonntag. Aber er hatte ihr nie erzählt, wo er sich dann aufhielt.

»Und dann hat er oft gelesen«, berichtete sie. »Im Schrank in der Upkamer hat er Schriften gesammelt. Soll ich mit Euch gehen und Euch zeigen, wo das ist?«

Rimberti verneinte und ließ sich von ihr beschreiben, wo der Goldschmied sein Versteck hatte.

»Einmal hat der Meister mehrere Gäste erwartet«, erzählte die Magd, »ich musste alles herrichten, aber dann schickte er mich nach Hause. Er wollte seine Besucher selbst bedienen. Ich kam dann aber später doch, weil ich meinen Korb in Meister Garmers Küche hatte stehen lassen. Leise betrat ich das Haus, und ich hörte aus der Upkamer, wie dort gesungen wurde. So ähnlich wie in der Messe, aber doch ganz anders. Auf einmal stand Meister Garmer vor mir und fragte, was ich wolle. Und dann habe ich meinen Korb geholt und bin gegangen. Er blieb in der Diele stehen, bis ich gegangen war. Das war eigenartig.«

Fockena und Rimberti betraten die Upkamer von Meister Garmers Haus. Rimberti öffnete den großen Schrank aus dunklem Eichenholz.

Das Fach, das die Magd ihm beschrieben hatte, war leer.

Er durchsuchte den ganzen Schrank, während Fockena nach einem Geheimfach klopfte.

Nachdem sie jedes Wäschestück und jedes Glas und Geschirr zweimal in Händen gehalten hatten, beschlossen sie, sich das ganze Haus vorzunehmen. Als Küche, Vorratsraum und Keller akribisch durchsucht waren, sahen sie sich in der Werkstatt um.

Vorsichtig fasste Rimberti in die erkaltete Asche, in der sie gestern zwei Papierreste gefunden hatten. Aber alles war zur Unkenntlichkeit verbrannt.

»Sieh hier«, brummte Ulfert Fockena, der auf dem Boden kroch. »Hier ist noch ein Stück. Ein paar Buchstaben kann man sogar lesen. Der Wind muss es in die Ecke geweht haben.« Er hielt den angebrannten Papierfetzen Rimberti hin.

Nur wenige gedruckte Worte waren darauf zu erkennen: *Leonhart: Worauf ist die christliche Kirc*

»Was soll das sein?«, wunderte sich Fockena. »Nur ein begonnener Satz. Damit können wir nichts anfangen.«

»Doch«, widersprach ihm Lübbert Rimberti. »Dieser Papierfetzen gehört zur christlichen Lehrtafel von Balthasar Hubmaier. Hubmaier war früher päpstlicher Pfarrer in Regensburg und ist dann zur evangelischen Seite übergetreten. Aber dort ist er nicht lange geblieben. Er hat sich in seiner Pfarrei ein zweites Mal taufen lassen. Und er hat selbst einige Hundert erwachsene Menschen in einem großen Kübel getauft.«

»So wie Hoffmann in Emden«, sagte Fockena.

Rimberti nickte. »Er hat eine Kirche der Taufgesinnten gegründet. Aber die Obrigkeit hat ihn und seine Gläubigen verfolgt. Im letzten Jahr wurde er verbrannt und seine Frau ertränkt. Eine traurige Geschichte.«

»Hoffentlich findet sie hier keine Fortsetzung«, murmelte Ulfert Fockena. »Jetzt weiß ich, warum der Goldschmied den Kontakt zum Ihlower Kloster abgebrochen hat. Aufgrund seines neuen Glaubens wollte er mit den Klosterleuten nichts mehr zu tun haben. Ich verstehe nicht viel von Theologie und geistlichen Dingen, aber eines will mir nicht einleuchten. Wieso sollte ausgerechnet jemand, der mit den Taufgesinnten und Bilderstürmern sympathisiert, belastende Papiere gegen Graf Enno sammeln? Es ist doch Enno, der diesen Leuten freien Aufenthalt in seinem Land gewährt. Das passt doch nicht zusammen.«

Rimberti stimmte zu. »Die Asche im Feuer stammt vielleicht gar nicht von den Schriftstücken, die gesammelt wurden, um Beschwerde gegen Graf Enno zu führen. Es sind Schriften der Täufer. Jemand hat diesen Schriften den Flammentod bereitet, und er hat uns mit den Schnipseln in eine falsche Richtung gelockt. Jetzt bleibt nur noch eine Frage offen.«

Die Magd des Goldschmiedes staunte nicht schlecht, als Lübbert Rimberti und Ulfert Fockena das dritte Mal an diesem Tag vor ihrer Haustür standen.

»Eine Frage haben wir zu stellen vergessen«, erklärte ihr Rimberti. »War Meister Garmer in diesem Jahr für längere Zeit verreist?«

»Er hat seinen Bruder besucht. Im Frühsommer war er dort«, antwortete die Magd. »Meister Garmer war für ein paar Wochen unterwegs.«

»Weißt du, wo Garmers Bruder wohnt?«

»Davon hat er nichts gesagt. Er hat vorher auch nie einen Bruder erwähnt. Jedenfalls ist ihm die Reise nicht gut bekommen. Unterwegs ist ihm etwas zugestoßen.

Davon hat er nie gesprochen. Aber er war anders, als er wieder da war. Noch schweigsamer. Er wirkte auf einmal so gebrechlich.«

Rimberti und Fockena machten einen Umweg. Sie wollten Andreas Karlstadt einen Besuch abstatten, der auf einem Hof in der Nähe lebte. Dort trafen sie Knechte und Mägde bei der Arbeit an. Man gab ihnen die Auskunft, dass Karlstadt nach Berum gereist sei und sich für mehrere Tage auf Einladung von Drost Iderhoff auf der dortigen Burg aufhalte.

Lübbert Rimberti fiel es schwer, sich den einstmals berühmten Wittenberger Lehrer als einfachen Landmann auf seinem Hof vorzustellen. Ob Enno ihn zu seinem Hofprediger ernennen würde? Das würde Enno unter den evangelischen Fürsten im Reich isolieren. Jede Sympathie mit denen, die als Ketzer galten, war politisch unklug. Martin Luther und die protestantischen Landesherren hatten sehr genau im Auge, was sich oben im Nordwesten tat.

Rimberti hatte noch gut im Ohr, was der Kaplan in Victorbur ihm erzählt hatte, dass nämlich der neue Pfarrer auf Bitte von Graf Enno von Doktor Luther persönlich für diese Pfarrstelle ausgesucht worden war.

Endlich in Norden angekommen, verabschiedete sich Rimberti von Ulfert Fockena, der in seinem Norder Stadthaus übernachtete.

Die Hauswirtschafterin in Rimbertis Quartier war erschrocken, dass ihr Gast auf einmal heimgekehrt war. »Herr Doktor«, sagte sie bestürzt. »Ihr gebt mir ja nicht einmal Bescheid, wann Ihr verreist und zurückkommt. Wie soll ich Euch da ein gutes Essen zubereiten? Aber seht, ich habe noch etwas Pastete von gestern.« Sie hielt

Rimberti eine hölzerne Schale hin, in der ein verschrumpeltes und schwarz gebranntes Gebäck in einer wässrigen Soße schwamm.

»Bitte verzeihe meine unangekündigte Heimkehr«, antwortete Rimberti und gab ihr ein Geldstück. »Mache dir keine unnötige Mühe und hol frisches Essen aus dem Gasthof.«

Er überflog einen Brief, den Gisbert van Woerden und Nicolas Haykema ihm geschrieben hatten, die beiden niederländischen Rechtsgelehrten, die er auf seiner Reise nach Ostfriesland kennengelernt hatte. Sie hatten ihn in ihrer Kutsche ein Stück mitgenommen, und Rimberti hatte ihrer originellen und verzwickten Diskussion zugehört. Er wusste, dass Regentin Margarete die beiden ebenfalls mit einem juristischen Gutachten zum Verkauf der Herrlichkeit Hillersum beauftragt hatte. Sie schrieben, dass sie im Gästehaus des Klosters Marienthal untergebracht waren und sich über Rimbertis Besuch freuen würden.

Als die Wirtschafterin mit einer Schüssel Essen aus dem Gasthof an die Tür klopfte, war Lübbert Rimberti schon längst in einen langen und tiefen Schlaf gefallen.

Kapitel 26

ERSCHÖPFT LIESS LÜBBERT RIMBERTI sich in den Sessel sinken. Heute Morgen war er nach einem langen und tiefen Schlaf aufgewacht. Er hatte nur wenig vom Morgenmahl gegessen, das die Haushälterin des gräflichen Gästehauses ihm zubereitet hatte: eine angebrannte Weizengrütze und frisch gepflückte grüne Äpfel, die noch hart und sauer waren.

Den halben Vormittag hatte Rimberti im Badehaus zugebracht. Er hatte es vorgezogen, nicht gemeinsam mit anderen zu baden, sondern in einem mit Vorhängen abgetrennten Bereich eine Wanne für sich zu haben. Der Bademeister hatte eine belebend frisch riechende Essenz in das Wasser geträufelt und mit Kräutern gefüllte Pastetchen und Dünnbier auf den niedrigen Tisch neben den Badezuber gestellt.

Rimberti hatte an nichts gedacht. Er hatte nur die Wärme des Wassers und die köstliche kleine Mahlzeit genossen.

In seinem Quartier fand Rimberti eine Nachricht von Fockena vor, dass dieser heute unterwegs sei und sich erst am späten Abend oder am nächsten Tag einfinden würde.

Das Klappern aus der Küche klang wie eine Drohung. Die Haushälterin bereitete gerade das Mittagessen zu. Vielleicht war es eine gute Idee, Haykema und van Woerden jetzt einen Besuch abzustatten, um mit ihnen die rechtlichen Probleme des Verkaufes von Hillersum zu besprechen und dem Mittagsmahl im Gästehaus zu entkommen.

Lübbert Rimberti nahm die in ein Tuch eingeschlagene Marienfigur, die aus dem Ihlower Altar herausgefallen war, als man den Schrein abgerissen hatte. Er ging über den Marktplatz die kleine Straße entlang in nördlicher Richtung zum Kloster. Das Kloster Marienthal hatte einst zu den bedeutendsten und größten des Landes gehört. Hier hatten angesehene ostfriesische Familien ihre Töchter untergebracht. Etliche ostfriesische Häuptlinge waren hier beerdigt, und auch die Grafenfamilie nutzte es seit der Zeit von Graf Ulrich als Begräbnisstätte. Im letzten Jahr war Graf Edzard hier beerdigt worden.

Als Abt stand dem Nonnenkloster der gelehrte Gerhard Synellius vor, den Rimberti im vergangenen Jahr kennengelernt hatte. Er war ein Mann, der wie viele andere keinen Bruch mit der Kirche von Rom wollte, sondern eine stetige Erneuerung des kirchlichen Lebens anstrebte.

Gerhard Synellius erkannte Rimberti sogleich wieder. Der Abt war in tiefer Sorge. Er sprach von der Auflösung des Norder Dominikanerklosters im vergangenen Jahr, und vom Abriss der Klosterkirche der *Schola Dei* in Ihlow hatte er auch schon erfahren. Durch die besonderen Beziehungen seines Klosters zur Grafenfamilie und zu den bedeutenden Häuptlingsfamilien hoffte Abt Synellius, sein Kloster vor Zerstörung und Auflösung bewahren zu können.

Rimberti konnte dem Abt die Sorge nicht nehmen. Vorsichtig schnürte er das Tuch auf, und die vergoldete Marienfigur aus der Verkündigungsszene des Ihlower Klosteraltares kam zum Vorschein. »Hochverehrter Abt, ich wüsste keinen besseren Ort für Maria als Euer Kloster Marienthal.«

Fast zärtlich nahm Synellius sie in die Hände und bestaunte sie von allen Seiten. »Sie ist in einem Altar gewesen«, stellte er fest.

»So ist es«, antwortete Rimberti. »Ob der Altarschrein tatsächlich vor der Zerstörung bewahrt bleibt, weiß ich nicht. Aber sie mag hier ein neues Zuhause finden. Vielleicht bleibt sie das Einzige, das in Jahren noch von diesem Altar erhalten sein wird.«

Synellius stellte die Maria in eine Nische seines Abtzimmers. »Ich werde einen schönen Platz für sie finden. Und nun führe ich Euch zu Euren beiden Kollegen. Sie sind schon begierig, sich mit Euch zu unterreden.«

Lübbert Rimberti wurde von Gisbert van Woerden und Nicolas Haykema wie ein alter Freund begrüßt. In der Bibliothek des Klosters hatten sie auf einem Tisch mehrere Schriftstücke ausgebreitet und aufgeschlagene Gesetzesbücher ausgelegt.

Die beiden Rechtsgelehrten informierten ihn, dass schon in wenigen Tagen der Staatsrat Friedrich von Issenhusen im Auftrage der Regentin Königin Margarete eine Anhörung mit allen Beteiligten durchführen würde, bei der die drei Juristen ihre Empfehlungen aussprechen sollten.

Lübbert Rimberti hatte die wenigen ihm vorliegenden Schriftstücke und Texte nur ein paarmal gelesen und fürchtete, den Ausführungen der beiden Niederländer nichts entgegensetzen zu können. Deshalb machte er gleich den Anfang. »Nach gründlicher Durchsicht aller Texte, die Graf Enno mir zur Verfügung gestellt hat, ergibt sich für mich ein klares Bild dieser verworrenen Angelegenheit.«

»Ja, so ist es«, erwiderte Haykema. Er und van Woerden nickten und strahlten Rimberti an.

»Was heißt das: ›Sie sind weg‹?« Wutschnaubend baute sich Ulfert Fockena in der Norder Stadtwache vor dem diensthabenden Wachsoldaten auf.

»Wir haben die Armbrustbolzen verbrannt«, antwortete der Soldat kläglich. »Wir haben gestern die Anweisung bekommen, dass alles, was mit den Todesfällen zu tun hat, verbrannt werden soll, weil der Fall abgeschlossen ist.«

»Und was ist das ›alles‹, das verbrannt wurde?«

»Die Fetzen, die der verkleidete Drost anhatte, und die Armbrustbolzen, mit denen Jakob Sanders, der Drost und der Goldschmied getötet wurden«, erklärte der Soldat.

»Und die Nonne?«

»Die Nonne ist gar nicht auf der Wache gewesen. Die hat man in ihrem Kloster bestattet. Damit hatten wir nichts zu tun.«

Grunzend verließ Ulfert Fockena die Wachstube. Er wusste, was er nun zu tun hatte.

Kapitel 27

RIMBERTI WAR ZUFRIEDEN. Er hatte mit Nikolas Haykema und Gisbert van Woerden die Angelegenheit ausführlich erörtert. Rimberti war nach seiner mehr als flüchtigen Beschäftigung mit den Schriftstücken zu einer ähnlichen Einschätzung gekommen wie seine beiden Kollegen, die das gleiche Ergebnis noch sehr viel gründlicher erarbeitet hatten.

Er verabschiedete sich freundschaftlich von den beiden und ging über den Norder Marktplatz, vorbei an den beiden großen Kirchen Sankt Andreas und Sankt Ludgeri, in die Osterstraße und den nach Süden verlaufenden Neuen Weg.

Lübbert Rimberti betrat das Kontor von Hilko Boyen. Nach ihrem gemeinsamen Besuch im Kloster Ihlow waren Fragen offengeblieben, auf die Rimberti eine Antwort wollte. Boyen begrüßte ihn und führte ihn in eine kleine Stube neben dem Kontor, wo sie allein waren.

Rimberti kam sogleich zur Sache. »Habt Ihr der Magd von Meister Garmer in Osteel einen Besuch abgestattet und ihr verboten, mit uns zu reden? Wart Ihr auch beim Pfarrer?«

»So ist es«, antwortete Hilko Boyen und sah Rimberti offen ins Gesicht. »Graf Enno hat mir vor meiner Abreise aufgetragen, mit den beiden zu reden und ihnen Geld zu geben. Er hat mir untersagt, darüber mit Euch zu sprechen. Der zweiten Anweisung gehorche ich durchaus nicht. Aber die erste Anweisung habe ich befolgt. Das musste ich, weil er mir einen Mann als Begleitung mitgegeben hat, der mich nicht aus den Augen ließ. Ich bin bei meinen Handelsgeschäften auf das Wohlwollen des Grafen angewiesen.«

»Habt Ihr eine Erklärung für Ennos Verhalten?«

»Er ist davon überzeugt, dass ein Meuchelmörder im Auftrag Balthasars von Esens für diese schrecklichen Taten verantwortlich ist. Er hat Angst, dass durch die weiteren Ermittlungen, die Ihr und Fockena anstellt, noch mehr Unruhe entsteht.«

»Oder deckt Graf Enno den Mörder? Was denkt Ihr?«

»Ich weiß nicht, was ich denken soll«, seufzte Hilko Boyen. »Zu sehr schmerzt mich noch der Tod meiner geliebten Frau und meiner lieben Tochter. Und dann der schreckliche Mord an meinem Freund Jakob Sanders. Ich kann mir nicht vorstellen, dass Jakob heimlich für Junker Balthasar gearbeitet hat.«

»Könnt Ihr Euch vorstellen, dass Euer Freund ein Taufgesinnter war?«, fragte Lübbert Rimberti.

Boyen starrte ihn an. »Nein, das kann ich nicht. Wir haben aber auch nie über derlei Dinge gesprochen. Unsere Freundschaft bezog sich mehr auf die weltlichen Dinge als auf die geistlichen, wenn ich das so sagen darf.«

Lübbert Rimberti hatte auf dem Ritt nach Hage viel Zeit zum Nachdenken. Bei jedem seiner jährlichen Aufenthalte in Ostfriesland besuchte er seinen Großonkel Heddo Kankena, der schon seit etlichen Jahren Pfarrer in Hage war und in der Sankt Annen-Pastorei neben der Kirche wohnte.

Rimberti ritt langsam an wogenden Getreidefeldern vorbei, in denen vereinzelte Bäume und Baumgruppen standen. Auch wenn der Hager Kirchturm nicht mit der Höhe seiner Brüder in Norden, Marienhafe und Osteel mithalten konnte, war er weithin sichtbar. Seine Glocken läuteten für ein großes Kirchspiel, das nach Osten und Süden bis weit in das Moor und in nördlicher Richtung bis an die Küste reichte. Der Ort erstreckte sich am alten Heerweg entlang, der von Norden über Hage und Coldinne bis nach Westerholt und Esens führte.

Die Sankt Annen-Pastorei war ein altes Steinhaus. Lübbert Rimberti ging gerade die Stufen hinauf, als sich die Tür öffnete. Andreas Karlstadt stand direkt vor ihm.

»Professor Karlstadt«, sagte Rimberti überrascht. »Ich freue mich, Euch wiederzusehen.«

Karlstadt sah ihn verwundert an. »Ihr kennt mich? Wart Ihr einer meiner Studenten?« Er zögerte. »Ich erinnere mich an Euer Gesicht, aber ich weiß Euren Namen nicht mehr.«

Rimberti stellte sich vor und berichtete in wenigen Sätzen von seinem Werdegang. »Zuletzt habe ich Euch gesehen, als Ihr Weihnachten die erste evangelische Messe in Wittenberg gehalten habt. Das erste Mal habe ich einen Gottesdienst in deutscher Sprache mitgefeiert und mit der Gemeinde aus dem heiligen Kelch getrunken. Daran erinnere ich mich, als ob es heute wäre. Dabei ist es schon acht Jahre her.«

Karlstadt sah Rimberti an und sah gleichzeitig durch ihn hindurch. Unruhig wirkte er, und müde. »Acht Jahre liegt das zurück? Mir scheint es, als wäre es ein ganzes Menschenleben her.«

»Professor Karlstadt, was führt Euch nach Ostfriesland?«, fragte Rimberti.

»Nennt mich nicht Professor. Diesen eitlen Tand habe

ich abgelegt. Nennt mich Bruder Andreas. Ein einfaches Leben will ich führen. Ich will Diener unseres Herrn sein, nicht Priester oder Professor.«

»Meister Garmer, der Goldschmied, wohnte in Eurer Nähe, am Rande Osteels. Ihr kanntet ihn?«

»Kanntet? Ich kenne ihn, einige Male war ich bei ihm zu Gast und er bei mir. Er gehört zu denen, die das wahre Licht erkannt haben.«

»Meister Garmer lebt nicht mehr. Er ist getötet worden«, erklärte Rimberti.

Karlstadt sah Rimberti erstaunt an. Dann brach es aus ihm heraus: »Denkt nicht, dass ein Dieb ihn überfallen und ermordet hat. Die Feinde des Lichtes waren es. Die am Götzendienst festhalten, die das Licht der göttlichen Wahrheit auslöschen wollen.«

»Kennt Ihr andere, die die gleiche Gesinnung haben wie Meister Garmer und Ihr?«, wollte Rimberi wissen.

»Gesinnung? Unser Herr sagt, dass er sich zu denen bekennt, die sich zu ihm bekennen. Der Herr sagt es selbst, dass die Gläubigen Verfolgung und Bedrängnis leiden müssen. Und er selbst heißt seine Jünger, Licht der Welt und Salz der Erde zu sein.«

»Professor Karlstadt, wer außer Euch war noch zu Gast bei Meister Garmer?«

»Fragt Ihr das im Auftrag des Grafen? Wollt Ihr Namen wissen? Unser Herr hat uns geboten, klug wie die Schlangen zu sein.«

»Karlstadt!« Rimberti wurde heftig. »Es ist doch Graf Enno, der Euch in seinem Land leben lässt. Und es ist sein Drost, bei dem Ihr in Berum zu Gast seid. Menschen wurden getötet.«

»Ja, Menschen wurden getötet, gläubige Menschen. So

hat es unser Herr prophezeit für die letzten Tage«, erwiderte Karlstadt und sah Rimberti durchdringend an. »Gott lasse Euch sein Licht leuchten«, sagte er hastig. Dann wandte er sich ab und ging davon.

»Schwester Frauke und Kaufmann Jakob Sanders, Drost Haiko Ibenga und nun Meister Garmer«, zählte Rimberti laut auf. »Vielleicht seid Ihr das nächste Opfer, und wenn Ihr mir nicht helft, dann werden andere folgen!«

Karlstadt drehte sich um: »Unser Herr Jesus Christus spricht: ›Ihr aber, sehet euch vor! Denn sie werden euch überantworten vor die Rathäuser und Schulen; und ihr müsst gegeißelt werden, und vor Fürsten und Könige müsst ihr geführt werden um meinetwillen, zu einem Zeugnis über sie.‹ So steht es bei Markus.«

»Und ein paar Zeilen vorher sagt unser Herr noch etwas anderes, Professor Karlstadt!«, tönte eine Stimme hinter ihnen. Pastor Heddo Kankena stand auf einmal in seiner Haustür. »Wollt Ihr das auch hören, Bruder Andreas? So spricht der Herr: ›Denn es werden viele kommen unter meinem Namen und sagen: Ich bin Christus. Und sie werden viele verführen.‹ Kennt Ihr dieses Wort des Herrn auch?« Heddo Kankena funkelte Karlstadt zornig an.

Karlstadt drehte sich weg und ging. Rimberti lief ihm hinterher und griff seine Hand. »Bitte, Karlstadt«, sagte er. »Ich gehöre zwar nicht zu Euren Leuten. Aber ich will nicht, dass noch mehr Menschen sterben müssen. Ich brauche Eure Hilfe!«

Karlstadt packte mit beiden Händen Rimbertis rechte Hand und hielt sie umklammert. Er flüsterte: »Ich weiß, wer Ihr seid, Rimberti. Ich erinnere mich, dass Ihr meine Vorlesungen in Wittenberg gehört habt. Und ich habe Euch auch neulich gesehen, hinten in der Wilsumer Kirche, als die Bilder zerstört wurden. Ich wusste nicht, dass alles schon vorher so verabredet war. Das müsst Ihr mir glauben. Geht zu Magister Cornelis, dem Pfarrer in Wilsum. Bittet ihn, Euch zu helfen. Das ist alles, was ich tun kann. Gott segne Euch und er führe Euch den rechten Weg.«

»Karlstadt hat seinen Antrittsbesuch gemacht«, erklärte Heddo Kankena seinem Neffen. Sie waren in die Ansgarikirche gegangen, wo der Geistliche schon die Bücher für den morgigen Sonntag bereitlegte und aufschlug. »Drost Iderhoff hat den Professor eingeladen, einige Zeit auf der Berumer Burg zu verbringen. Und nun hat er sich bei mir vorgestellt und den Wunsch geäußert, am nächsten Sonntag in der Hager Kirche zu predigen. Lübbert, weißt du, was daraus entstehen kann?«

»Nur zu gut«, antwortete Lübbert Rimberti. »Ich habe es damals in Wittenberg miterlebt, und vor gut zwei Wochen noch einmal in der Kirche in Wilsum.«

»Ich habe davon gehört«, sagte Heddo Kankena. »Diese Schwarmgeister können nur zerstören, vor nichts machen sie Halt. Sieh dich um, lieber Neffe.« Er wies auf die große Kreuzigungsgruppe über dem hölzernen Lettner, der den Altarraum vom Kirchenschiff trennte. Links und rechts neben dem fast drei Meter großen Kreuz standen Maria mit gefalteten Händen und Johannes mit einem Buch in der Linken und an die Brust gelegter rechter Hand.

»Noch nicht einmal 20 Jahre ist es her«, fuhr der Geistliche fort, »dass ein älteres Ehepaar unserer Kirche diese Figuren des Gekreuzigten mit seiner Mutter und seinem Lieblingsjünger geschenkt hat. Die beiden frommen Stifter leben noch heute und kommen hochbetagt in jeden Gottesdienst. Sollen sie mit ansehen, dass ein Wüterich wie Karlstadt und seine Taugenichtse das Bildnis unseres Heilands Jesus Christus zerschlagen?«

»Karlstadt ist kein Wüterich«, entgegnete Rimberti. »Er sucht nach der Wahrheit Gottes. Und bei dieser Suche stellt er sich an wie jemand, der in einer Vorratskammer etwas sucht und dabei unzählige Schüsseln und Krüge zerschlägt.«

»Dies ist kein Milchkrug, sondern unser Herr«, verbesserte ihn Kankena.

»Das ist nicht unser Herr, sondern ein Stück Holz«, widersprach Rimberti und deutete auf die Kreuzesfigur über sich.

»Und dies ist dann wohl nicht das Wort Gottes, sondern nur ein Buch, oder?« Kankena hielt die Bibel mit beiden Händen vor sich.

»Ja«, sagte Rimberti. »Der Schatz des Evangeliums in irdenen Gefäßen. Nicht mehr und nicht weniger.«

»Aber wenn man anfängt, die Gefäße zu verachten, verachtet man irgendwann auch den Inhalt«, wandte Kankena ein.

»Karlstadt und seine Freunde kritisieren, dass man in der päpstlichen Zeit nur die Gefäße verehrt und ihren Inhalt vergessen hat. Man stellte das Licht unter den Scheffel.«

»Und nun steht es auf einem Leuchter«, erwiderte Kankena. »Aber auch der Leuchter ist ein Gefäß. Ja, sogar die Kerze ist ein Gefäß für das Licht. Karlstadt sprach immer von einem inneren Licht. Was soll das sein? In mir ist kein Licht. Da ist es finster wie in einer Grube. Das Licht kommt von außen zu uns. Von Gott.« Er schüttelte den Kopf. »Warum ist Karlstadt überhaupt hier? Hat Graf Enno ihn gerufen? Soll er ein Pfarramt übernehmen?«

»Karlstadt will kein Pfarramt übernehmen, Onkel. Er glaubt an eine Religion ohne Kirche, ohne Priester, ohne Sakramente.«

»Dann lass ihn nur machen, und spätestens seine Enkel werden andere Sakramente, Priester und Päpste haben. Ich glaube, dass Karlstadt nur ein Werkzeug Graf Ennos ist, um die Kirche zu schwächen.«

»Ich glaube inzwischen eher, dass Karlstadt ein Werkzeug ist, Graf Enno zu schwächen. Aber Karlstadt weiß das nicht.«

Kapitel 28

EINE ZEIT LANG standen Ulfert Fockena und Vorsteherin Meta Hallenga am Grab von Schwester Frauke. Dann sprach Meta Hallenga ein Gebet und bekreuzigte sich. Fockena sprach sein »Amen« und bekreuzigte sich ebenfalls.

»Was führt Euch hierher, edler Junker? Ihr seid gewiss nicht den weiten Weg gekommen, um für die arme Seele der Nonne zu beten. Glaubt Ihr immer noch, dass ein

Honigdieb sie um ihr Leben gebracht hat?«, fragte die Vorsteherin mit grimmigem Humor.

»Gewiss nicht«, antwortete Ulfert Fockena. »Und das habe ich auch nie geglaubt. Ich halte mein Versprechen. So wie ich es Euch damals gegeben habe. Bis heute haben mein treuer Freund Lübbert Rimberti und ich die Suche nach dem Mörder nicht aufgegeben. Auch wenn der Graf die Suche abbrechen will, forschen wir weiter nach dem Mann, der Eure Mitschwester und inzwischen auch drei andere auf dem Gewissen hat.«

»Ohne dieses Vertrauen hätte ich Euch auch nicht das Versprechen abgenommen. Ihr denkt vielleicht, dass ich keine hohe Meinung von Euch habe, Junker Ulfert. Dazu besteht vermutlich auch genug Anlass. Aber ich weiß, dass Ihr ein aufrechter Mann seid. Das und die überschwängliche Gnade Gottes mögen die Menge Eurer übrigen Sünden decken.«

»Der Armbrustbolzen, der Eure Schwester tötete …«

»Er liegt sicher verwahrt bei mir. Jeden Tag erinnert er mich daran, dass der Mord an Schwester Frauke immer noch ungesühnt ist.«

Ulfert Fockena wartete kurz im Speiseraum des Klostervorwerks, bis Meta Hallenga aus ihrer Kammer zurückkam. Auf den Tisch legte sie den Armbrustbolzen, der Schwester Frauke getötet hatte. Er besaß eine kunstvoll gearbeitete Spitze. Sie war mit Verzierungen versehen und glänzte silbern. Der Holzschaft war ebenfalls aufwändig bearbeitet: ein Muster war in ihn eingeschnitzt, er war mit schwarzer Farbe bemalt und darauf mit bunten Ornamenten verziert.

»Der ist eigentlich viel zu schade, um mit ihm zu schießen«, sagte Meta Hallenga und nahm ihren Armbrustbolzen in die Hand. Die Spitze war gereinigt, sodass nichts mehr von dem Blut der Nonne zu erkennen war. Meta Hallenga strich mit dem Zeigefinger darüber. »Ein kostbares Stück. Diese Spitze wird aus Silber sein. Sie muss viel wert sein.«

»Könnte ich ihn mir für eine Zeit ausleihen?«

»Wenn ich damit helfen kann, den Mörder zu finden, dann nehmt ihn gern an Euch. Sind die anderen Opfer auch mit einem solchen Bolzen getötet worden?«

Ulfert Fockena nickte. »Vermutlich. Die anderen Bolzen haben die Wachen in Norden verbrannt. Graf Enno hält den Fall für abgeschlossen und hat angeordnet, alle Beweismittel zu vernichten.«

Meta Hallenga sah Fockena belustigt an. »Und Ihr glaubt im Ernst, ein Soldat würde eine so kostspielige Waffe einfach ins Feuer werfen? Mit einer Spitze aus Silber?«

Nach einer ausgiebigen Mittagspause machte Ulfert Fockena sich auf den Weg nach Aurich, wo er den Waffenmeister des Grafen antreffen wollte. Es war ein weiter Ritt für ein vermutlich kurzes Gespräch, aber Fockena musste mehr über diese Armbrustbolzen in Erfahrung bringen.

Meta Hallenga hatte natürlich recht gehabt. Der Wachsoldat hatte die wertvollen Armbrustbolzen, mit denen die bisherigen Opfer getötet worden waren, für sich behalten. Es bedurfte eines lautstarken Zornesausbruches mit wutschnaubenden Drohungen von Ulfert Fockena und des Versprechens einer möglichen späteren Belohnung, um den Soldaten zur Herausgabe der Beweisstücke zu überreden.

Auf dem alten Woltpad näherte sich Fockena dem Flecken Aurich. Die Spitze des Kirchturms, die Umrisse der Burg und die ersten Häuser konnte er schon von Weitem sehen. Viele Jahre hatte Aurich gebraucht, um sich nach dem verheerenden Brand vor 15 Jahren zu erholen. Damals hatten die Auricher ihre Häuser angezündet, um sie nicht den anrückenden Braunschweigern zu überlassen. Viele Gebäude waren zerstört worden, und auch die Kirche hatte schweren Schaden erlitten. Jetzt waren nur noch wenige rauchschwarze Ruinen zu sehen. Die meisten Häuser waren wiederhergestellt, und auch der Wiederaufbau der Kirche kam gut voran.

Fockena betrat die Auricher Burg. Die Wachen kannten ihn und ließen ihn durch. Fockena sah, dass die Arbeiten an der Befestigungsanlage in den letzten Monaten fortgeschritten waren. Die Wälle waren erhöht und besser befestigt worden.

Graf Enno hatte Eggerik Beninga mit dem Ausbau der ostfriesischen Festungen beauftragt. Nachdem Leerort nun noch stärker befestigt und mit modernen Geschützen versehen war, wurden auch die Burg und die Befestigungsanlagen in Aurich ausgebaut und neue Kanonen aufgestellt.

Mehrere Männer waren gerade dabei, ein schweres Geschütz auf der neu errichteten Bastion zu positionieren. In ausreichender Entfernung wurde ein Gebäude errichtet, in das Pulver und Kugeln eingelagert werden konnten. Spätestens seit der Verteidigung von Leerort vor 15 Jahren, bei der ein gelungener Kanonenschuss den Herzog von Braunschweig als Heerführer der Feinde getötet und damit die Gegner zum Abzug bewogen hatte, überließ man die Nutzung von Geschützen nicht nur den Angreifern.

Bei dem Gespräch, das ihm jetzt bevorstand, konnte Fockena sich nur auf seine Menschenkenntnis und Eingebung verlassen. Mit Einschüchterung und Wutausbrüchen würde er genauso wenig ausrichten können wie mit Schmeicheleien und Bestechung.

Tako Ennen, der Waffenmeister des Grafen, war ein übellauniger und misstrauischer Mann. Schon Graf Edzard hatte ihn ertragen und wegen seiner Tüchtigkeit geschätzt. Ennen beaufsichtigte die Rüstkammer der gräflichen Burg in Emden und hatte nun die Aufgabe, für die Auricher Burg eine neue Waffenkammer auszustatten. Niemand in Ostfriesland kannte sich mit den neuen Feuerwaffen so gut aus wie er. Und es verstand sich auch niemand so gut wie er auf die alte Waffenkunst, die im Verschwinden begriffen war.

Ulfert Fockena pochte an die eisenbeschlagene schwere Holztür und betrat die Amtsstube des Waffenmeisters. Ennen sah ihn kurz an und hieß ihn mit einem angedeuteten Nicken und einem Knurren willkommen, um sich sogleich wieder seiner Arbeit zu widmen. Auf dem Tisch lag eine Hakenbüchse, länger, als ein Mann groß war. Tako Ennen polierte die Waffe.

Fockena legte die vier Armbrustbolzen auf den Tisch, mit denen die vier Opfer getötet worden waren. Der Waffenmeister sah hin, zögerte einen Moment und setzte seine Arbeit fort. Fockena hatte sein kurzes Zögern wahrgenommen.

»Ich weiß nicht, was Ihr damit wollt«, sagte Tako Ennen. »Die sind nicht aus unserer Waffenkammer.«

Fockena nahm die vier Armbrustbolzen, stand auf und verließ die Stube.

Ulfert Fockena wollte gerade die Schänke betreten, um sich für den Rückweg zu stärken, als der Waffenmeister plötzlich neben ihm stand. »Woher habt Ihr die Bolzen?«, schnaufte er.

»Ich denke, die sind nicht aus Eurer Waffenkammer«, antwortete Fockena.

»Wie seid Ihr darangekommen?«, fragte Ennen.

»Du gibst also doch zu, dass sie aus deinem Arsenal sind!«

Ennen blickte nach unten. »Habt Ihr auch die Armbrust?«

»Bevor Ihr Fragen stellt, möchte ich erst einmal Antworten von Euch haben«, erwiderte Fockena. Er griff den Waffenmeister am Arm und zog ihn mit in die Gaststube. »Ihr bezahlt, und ich höre zu.«

Der Wirt führte sie zu einem etwas abseits gelegenen Tisch und brachte zwei Schüsseln Erbsenbrei mit geräuchertem Speck und zwei Krüge mit Hamburger Bier. Ulfert Fockena machte den Anfang und berichtete mit knappen Worten von der Auffindung der vier Toten und von den Armbrustbolzen, mit denen man sie getötet hatte. Er sagte dem Waffenmeister nicht, wer die Toten waren, und er sagte auch nichts von dem Salz, das der Mörder auf seine Opfer gestreut hatte.

Tako Ennen hörte konzentriert zu und ließ den Eintopf und das Bier unberührt.

»Nun, woher kennt Ihr diese Bolzen?«, fragte Fockena. »Ihr seid mir gefolgt, weil Ihr sie wiedererkannt habt. Sie waren in Euerm Gewahrsam.«

»Die zwölf Apostel«, sagte der Waffenmeister. »Als Graf Enno im letzten Jahr die Herrschaft antrat, schickte ihm der Bischof von Münster ein kostbares Geschenk: eine kunstvoll gearbeitete Armbrust und zwölf ebenso wertvolle Bolzen dazu, die zwölf Apostel. Eine Waffe, die nicht für den Krieg gedacht war. Der Bischof verband sein kostbares Geschenk mit der Bitte, der junge Graf möge sich treu zur apostolischen Kirche halten und sich gegen die Feinde des wahren Glaubens stellen. Die Armbrust ist eigentlich von den Päpsten verboten worden. Nur für den Kampf gegen Ketzer war ihr Einsatz gestattet. Der Bischof hatte den Wunsch, dass Enno sein Land in die Papstkirche zurückführt und die Evangelischen aus seinem Land verjagt.«

»Dieser Wunsch ist nicht in Erfüllung gegangen«, sagte Fockena kauend.

Sein Gegenüber nickte. »Eines Tages kam ein Bote vom Bischof aus Münster. Dem Bischof war zu Ohren gekommen, dass Graf Enno die Kirchen ausgeplündert und ein paar Klöster aufgelöst hatte. Der Bischof forderte sein Geschenk zurück.«

Ulfert Fockena setzte den Bierkrug ab und schüttelte den Kopf.

Zum ersten Mal verzog der Waffenmeister seinen heruntergezogenen Mund zu einem angedeuteten Grinsen. »Auf Anraten von Pfarrer Aportanus ließ Enno dem Boten Luthers Übersetzung des Neuen Testamentes als Gegengeschenk übersenden mit dem Wunsch, der Bischof möge sich nun der wahren apostolischen Kirche zuwenden.«

»Vermutlich waren Armbrust und Bolzen wertvoller als das Buch«, bemerkte Fockena und wandte sich dem Räucherspeck zu.

»Der Wert eines Buches ist mir wohl bewusst«, brummte Tako Ennen. »Aber die Armbrust ist aus wertvollem Holz gefertigt, mit Gold- und Silberbeschlägen und besetzt mit

Edelsteinen. Die Bolzen habt Ihr selbst gesehen. Die Spitzen sind aus reinem Silber.«

»Aber töten kann man damit«, stellte Fockena fest.

»In all ihrer Schönheit ist sie eine präzise und tödliche Waffe, vollkommen und kunstvoll gefertigt.«

»Ich habe noch nie mit einer Armbrust geschossen. Wie lange muss man lernen, um mit dieser Waffe perfekt umzugehen?«

»Perfekt? Dazu braucht es Jahre«, antwortete Ennen. »Aber um nur gut mit ihr umzugehen und aus nicht allzu großer Entfernung zu treffen, braucht es ein paar Wochen, ein Vierteljahr vielleicht. Je nachdem, wie geschickt Ihr seid. Ihr müsst nach jedem Schuss spannen. In derselben Zeit, in der Ihr zwei Armbrustbolzen verschießt, könnt Ihr mindestens dreimal so viele Pfeile mit einem Bogen schießen. Aber dafür braucht Ihr nicht die Körperkraft, die Ihr für den Bogen aufwenden müsst. Die Armbrust hält selbst die Spannung, und Ihr könnt bei der Jagd in aller Ruhe auf Euren Hirschen warten.«

»Oder auf den Mann, den ich töten will.«

Der Waffenmeister nickte.

»Was ist aus den zwölf Aposteln geworden?«, fragte Fockena. »Ich vermute, auch die Armbrust und die restlichen Bolzen sind nicht mehr in Eurer Waffenkammer.«

»Sie wurden zu Geld gemacht. So wie die Kelche und Leuchter und anderen wertvollen Dinge, die Graf Ennos Männer aus den Kirchen geholt haben. Graf Enno brauchte Geld. Darum wurden viele Kostbarkeiten verkauft: Pokale, Schmuck und manches andere. Als der Bischof seine Armbrust mit den Aposteln zurückforderte, war sie schon längst nicht mehr in Ennos Besitz.« Tako Ennen sah Fockena verschwörerisch an. »So manches edle

Stück ist auch einfach beiseitegeschafft worden. Aber es blieb genug übrig, um damit Geld zu machen. Sehr viel Geld. Alles wird neu aufgebaut. Und neue Kanonen wurden gekauft. Aus Groningen. Alles musste bar bezahlt werden. Heute werden sie in der Burg aufgestellt. Ihr habt sie gewiss gesehen. Schönes Spielzeug. Auf Leerort sind auch einige stationiert.«

Fockena war häufiger auf der Festung Leerort zu Gast gewesen und hatte mitverfolgt, wie Drost Eggerik Beninga den Ausbau der Burg zu einer modernen Festung mit neuen Geschützen geleitet hatte. Graf Enno machte sein kleines Land kriegsbereit. In wenigen Monaten würden auch die Arbeiten an der Auricher Burg abgeschlossen sein.

»Wer hat die zwölf Apostel gekauft?«, fragte Fockena zwischen zwei Löffeln Erbsenbrei.

»Wer sie letztlich gekauft hat, weiß ich nicht. Ein Norder Kaufmann war mit dem Verkauf von Kirchengut und Kostbarkeiten aus der gräflichen Schatzkammer beauftragt. Aber den könnt Ihr wohl nicht mehr befragen. Der ist tot. Es war Jakob Sanders.«

Kapitel 29

ULFERT FOCKENA UND Lübbert Rimberti trafen sich am Morgen nach dem ereignisreichen Tag. Fockena berichtete von seinem Besuch im Klostervorwerk Oldekamp. Er richtete Meta Hallengas Grüße aus und erzählte von den Armbrustbolzen und ihrer Geschichte. Und dann hörte er sich Rimbertis Geschichte von dessen Besuch in Hage und der Begegnung mit Karlstadt an.

»Alles läuft bei Jakob Sanders zusammen«, zog Rimberti das Fazit. »Er handelte mit Salz, er hielt es mit den Täufern, und er war im Besitz der Armbrust und der Bolzen. Zumindest waren sie eine Zeit lang hier. An wen er sie für den Grafen verkauft hat, wissen wir nicht.«

»Vielleicht wird seine liebreizende Witwe uns das sagen«, murmelte Fockena. »Und was ist mit dem Priester, von dem Karlstadt sprach? Der Bilderstürmer von Wilsum? Ein Gesinnungsgenosse der Täufer? Den sollten wir uns erst einmal vorknöpfen!«

»Wir gehen zuerst zu Sanders' Kontor. Jetzt sind wir in Norden. Witwe Rinelde wird uns einiges zu erklären haben, und diesmal werden wir nicht klein beigeben«, sagte Rimberti entschlossen.

Es traf sich gut, dass der Kaufmannslehrling Tjark Andreesen ihnen die Tür öffnete. Der war außer sich vor Freude, die beiden Gefährten wiederzusehen. Nach den letzten Tagen, in denen er nur dumpf in seiner Schreibstube gesessen und den aussichtslosen Kampf mit Gänsekiel und

Tinte geführt hatte, brannte er darauf, den beiden bei ihren Nachforschungen zu helfen.

»Wir werden mit Frau Rinelde sprechen. Und wir möchten, dass du uns belauschst und jedes Wörtchen mithörst«, sagte Fockena eindrücklich. »Hinterher wollen wir von dir wissen, was Frau Rinelde uns nicht gesagt hat.«

Selbstbewusst schaute der Lehrling den Häuptling an. »Frau Rinelde ist drüben im Speicher. Und was gedenkt Ihr für mich zu tun?«

»Was wir können«, antwortete Fockena knapp.

Rinelde Sanders betrachtete die eintretenden Besucher missbilligend. Sie klopfte auf eines der vielen Holzfässer, die im großen Lagerraum standen. »Eingesalzener Speck von bester Qualität«, sagte sie. »Schon morgen wird alles seine Reise ins Münsterland antreten.« Mit knapper Geste lud sie die beiden Männer ein, Platz zu nehmen. Rimberti hatte die Tür nur angelehnt, damit Tjark sie hören konnte.

Rinelde Sanders fragte ihre Gäste nicht, ob sie ihnen einen Trunk anbieten konnte, sondern kam gleich zur Sache. »Noch mehr Fragen über meinen Mann? Nimmt das denn gar kein Ende?« Sie lehnte sich zurück und verschränkte die Arme.

Rimberti warf Fockena einen Blick zu und erhob sich. »Wie Ihr wollt, Frau Rinelde. Wir werden Euch in das Hochgräfliche Haus zum Verhör mit dem Amtmann bestellen. Wir werden sehen, ob diese Umgebung Euch vielleicht etwas gesprächiger macht.«

Rinelde Sanders beugte sich vor und wollte gerade entrüstet nach Luft schnappen, als Fockena sie scharf ansah. »Ihr habt uns verschwiegen, dass Euer Mann ein Täufer war.«

Rinelde Sanders starrte ihn an. »Wie könnt Ihr …«

»Wir wissen es«, erklärte Rimberti und setzte sich wieder. »Und Ihr wisst es auch.«

»Und wir wissen, dass Ihr es wisst«, ergänzte Fockena. »Also hört auf, uns für dumm zu verkaufen. Wir werden diesen Raum nicht ohne Antworten verlassen.«

Das teigige Gesicht von Rinelde Sanders war noch blasser geworden. Sie nickte stumm.

Fockena legte einen der Armbrustbolzen vor sie hin. »Ihr wisst, was das ist«, stellte er fest.

»Jakob wurde damit getötet«, erwiderte Rinelde mit gebrochener Stimme.

»Habt Ihr diese Bolzen vorher schon einmal gesehen?«, fragte Rimberti.

Rinelde Sanders nickte. »Jakob sollte im Auftrag des Grafen Kirchenschätze verkaufen. Dazu kamen andere Wertgegenstände: kostbare Teppiche, Schmuck und Waffen. Darunter war auch eine wertvolle Armbrust mit Pfeilen. Sie war ein Geschenk des Bischofs von Münster an den Grafen. Es fand sich kein Käufer dafür, und so hat Jakob sie behalten. Er und Boyen wollten sie einem Bremer Senator schenken, der ein passionierter Sammler solcher Waffen war. Als Gegenleistung erwarteten sie gute Verträge mit der Hanse. Der Senator verstarb aber plötzlich, und so blieb die Armbrust hier. Irgendwann war sie dann verschwunden.«

»Irgendwann?«, fragte Rimberti.

»Ich weiß nicht, wie und wann sie abhandengekommen ist.«

»Euer Mann hat sie an jemanden anders verkauft oder verschenkt.«

»Nein. Er hat vor ein paar Wochen ihr Verschwinden bemerkt. Er hat sie überall gesucht. Sie war weg. Aber wann sie jemand weggenommen hat, weiß ich nicht, und Jakob wusste es auch nicht. Die Sache mit dem Bremer Senator war am Anfang des Jahres.«

»Und einen Einbruch oder einen größeren Diebstahl hat es bei Euch nicht gegeben in letzter Zeit?«, erkundigte sich Rimberti.

»Nein«, antwortete die Witwe und sah ihn an. Rimberti spürte, dass sie die Wahrheit sagte.

»Und seit wann wisst Ihr, dass Euer Ehemann ein Täufer war?«, fragte Ulfert Fockena.

»Ich dachte zuerst, er hätte eine Geliebte«, antwortete Rinelde Sanders. Auf einmal wirkte sie entspannt. »Jakob ging zwischendurch fort und sagte mir nicht, wo er war. Es war damals keine Liebesheirat mit uns beiden. Ich war alleinerbende Tochter eines Kaufmanns und Jakob der einzige von drei Söhnen, der es geschäftlich zu etwas bringen konnte. Der eine Bruder ist ein Säufer und der andere ein Mönch.« Rineldes wegwerfende Handbewegung machte deutlich, dass sie zwischen den Lebensweisen von Jakobs Brüdern keinen großen Unterschied machte.

Sie fuhr fort: »Ich bat meinen Schwager Berend um Hilfe. Er sollte herausfinden, wer die Geliebte meines Mannes war. Er schlich seinem Bruder nach und fand heraus, dass Jakob sich heimlich mit Freunden in unserem alten Packhaus traf. In den Zusammenkünften lasen sie bei Kerzenlicht in der Bibel und in anderen Schriften. Sie beteten. Berend berichtete mir alles. Es war ihm unheimlich. Ich stellte Jakob zur Rede, und er gab sofort alles zu und lud mich ein mitzukommen. Ein Mann namens Melchior Hoffmann war bei dem Treffen zugegen. Jakob erzählte, dass Hoffmann Kürschner war und dann von Gott zum

Propheten berufen wurde. Er sprach von Offenbarungen, die Gott Hoffmann hatte zuteilwerden lassen.«

»Ist Euer Mann von Hoffmann getauft worden?«, fragte Rimberti.

»Im Frühjahr begleitete ich Jakob zu einem Gottesdienst nach Emden. Wir konnten bei meinem Cousin übernachten. In der Geerkammer der Kirche fand eine Andacht statt, zu der nur geladene Gäste kamen. Es müssen über 100 Menschen gewesen sein, der Platz reichte nicht. Mitten im Raum war ein großer Zuber aufgestellt. Hoffmann stieg hinein und taufte mehrere Dutzend Erwachsene. Plötzlich standen auch mein Mann und unsere Magd auf, die mitgekommen war.«

»Schwester Frauke?«

»Frauke. Sie ist eine uneheliche Tochter von Haiko Ibenga. Der Drost wollte seine Tochter gut unterbringen, nachdem sie das Kloster verlassen hatte. Er wollte seine Kontakte zum Hof von Königin Margarete nutzen, um einen guten Ehemann für sie zu finden. Oder einen anständigen Platz in einem Damenstift. Er hatte sogar einen Brief an die Äbtissin zu Quedlinburg geschrieben, aber für eine uneheliche Tochter kam diese Lösung nicht in Frage. Bis etwas Passendes gefunden wurde, sollte Frauke bei uns im Haus leben. Nach außen war sie unsere Magd, und sie konnte gut zupacken und arbeitete sogar im Kontor mit. Kaum jemand verstand sich so gut auf Papier und Tinte wie sie.«

»Und dann verschwand Euer Mann mit ihr«, stellte Ulfert Fockena fest.

Rinelde Sanders fixierte ihn. »Fleischliche Liebe war in der Gemeinschaft verpönt. Jakob und sein Knecht verließen uns für längere Zeit, und sie nahmen Frauke mit.«

»Und Meister Garmer und Drost Ibenga nahmen sie auch mit«, sagte Rimberti trocken. »Die waren auch für einige Wochen verschwunden. Wer gehörte noch dazu?«

»Ich weiß nicht, wovon Ihr sprecht«, antwortete Rinelde. »Jakob hat nie gesagt, warum er mit den beiden diese Reise gemacht hat.«

»Und Ihr wollt mir erzählen, dass Ihr ihn nie danach gefragt habt?«, polterte Fockena.

»Ich bekam keine Antwort von ihm. Jakob sagte immer nur: ›Sehet, wir gehen hinauf gen Jerusalem und es wird alles vollendet‹. Mehr wollte er nicht sagen. Ich gehörte nicht zur Gemeinschaft. Er hatte gehofft, dass ich damals in Emden auch die Taufe von Hoffmann empfangen würde. Aber ich wollte nicht, und einige andere taten es auch nicht. Mein Mann hat sich sehr verändert. Jakob las in der Bibel und in den Schriften der Täufer. Er wurde ernsthafter. Und er achtete noch mehr auf seine Kaufmannsehre. Auch kleine Schummeleien gab es nicht mehr.«

»Und er hat auch später nie über seine Reise gesprochen?«, fragte Rimberti.

»Nie. Ich wusste nicht, dass Meister Garmer und der Drost ebenfalls diese Reise gemacht haben. Und beide sind jetzt tot.«

»Und Euer Knecht?«

»Jakob sagte, unser Jabo wollte mit einem Schiff in das Goldland reisen, in die Neue Welt. Ob wir ihn jemals wiedersehen werden?«

»Ich weiß es nicht«, erwiderte Rimberti. »Sagt mir, wie Euer Knecht heißt und ob er eine Familie hat.«

»Jabo Heiken. Er kommt aus Wilsum, ein paar Kilometer von hier. Dort wohnen auch seine Eltern und Geschwister«, erklärte Rinelde.

Rimberti nickte. »Dort waren wir vor einiger Zeit und besuchten Euren Freund Hilko Boyen. Sagt uns noch, wer außerdem zu dieser Gemeinschaft gehörte. Wo haben sie sich getroffen?«

Rinelde Sanders schüttelte den Kopf. »Die wenigen, die ich bei der Taufe erkannt habe, sind die, die Ihr genannt habt. Sonst kannte ich niemanden von ihnen.«

»Und Ihr wisst auch von niemandem, der im Frühsommer eine geheimnisvolle Reise gemacht hat und dann zurückgekommen ist?«, fragte Rimberti.

»Oder der nicht zurückgekommen ist, wie Euer Knecht Jabo Heiken?«, hakte Ulfert Fockena nach.

Rinelde Sanders machte eine verneinende Kopfbewegung. Dann verharrte sie einen Moment und schüttelte ein paarmal den Kopf. Dabei wirkte sie geistesabwesend.

»Ihr erinnert Euch doch an etwas«, sagte Rimberti vorsichtig.

»Nein, es ist nichts«, sagte sie. Aber Rimberti spürte, dass sie bemüht war, sich an etwas zu erinnern, das weit entfernt war.

Rimberti und Fockena erhoben sich. Sie hatten gleichzeitig viel und wenig erfahren. Aber sie hatten das Gefühl, das Rinelde Sanders sie nicht belogen hatte. Sie gingen zur Tür. Geräuschvoll packte Fockena die Klinke, um Tjark ein Zeichen zu geben, damit er sich aus dem Staub machen konnte.

»Wartet«, sagte Rinelde Sanders plötzlich. Sie stand auf und ging einen Schritt auf Rimberti und Fockena zu. »Ein Mann war dort in der Geerkammer der Emder Kirche dabei, den ich vor etwa drei Jahren schon einmal gesehen habe. Nun erst weiß ich, wer es war. Magister Cornelis hat damals die Leichenpredigt auf Hilko Boyens Schwiegervater gehalten. In der Wilsumer Kirche. Dort ist er Pfarrer. Da Jakob und Hilko von Kind an Freunde sind, haben wir mit unserer ganzen Familie an der Trauerfeier teilgenommen. Cornelis hat sich nicht taufen lassen, aber er war dabei. Daran erinnere ich mich genau.«

Tjark Andreesen schüttelte den Kopf. Er wusste, dass sein Herr sich manchmal mit einer geheimnisvollen Gemeinschaft getroffen hatte, aber war davon ausgegangen, dass es sich um geschäftliche Besprechungen gehandelt hatte. Er hatte nie jemanden persönlich zu Gesicht bekommen. Nur an gelegentliche Besuche von Meister Garmer konnte Tjark sich erinnern. Aber er hatte den Goldschmied nicht mit der Gemeinschaft in Verbindung gebracht, sondern hatte ihn nur für einen alten Freund des Kaufmanns angesehen.

»Ich weiß aber, wo sie sich getroffen haben«, sagte Tjark.

Gespannt sahen ihn Rimberti und Fockena an.

»Ich glaube es jedenfalls«, verbesserte sich der Lehrling. »Zuerst war es im alten Kontor des Kaufmanns, ein paar Häuser weiter. Frauke nahm immer einen Korb mit Verpflegung für alle mit. Wurden mehr Gäste erwartet, kam ich auch mit und trug einen zweiten Korb. Aber mit hinein durfte nur Frauke. Aber dann hat es im alten Haus gebrannt, und alles musste wieder in Ordnung gebracht und neu aufgebaut werden. Der Kaufmann traf sich dann mit seinen Freunden in einem Speicher beim Hafen. Ich kann Euch hinführen.«

»Vielleicht später«, sagte Fockena. »Wir geben dir Bescheid. Wir müssen heute noch einen Ausflug nach Wilsum machen.«

Rimberti rollte die Augen. Er ritt ungern, und die Aussicht auf einen Weg, der über zwei Stunden dauern könnte, stimmte ihn nicht gerade fröhlich. »Nach dem Mittagsmahl können wir aufbrechen. Die Glocken läuten, ich will zuerst die Predigt von unserem Freund Adriaan hören. Er wird ja inzwischen von seinem trostlosen Banter Eiland zurückgekehrt sein. Und dann brechen wir auf.«

Über den Norder Marktplatz hin läuteten die Glocken der Andreaskirche und der Ludgerikirche. Die Andreaskirche war als Gotteshaus der Stadtbewohner gebaut worden, wobei zur eigentlichen Stadt nur ein eng begrenztes Gebiet in der Nähe des Marktplatzes und in Richtung Hafen gehörte. Die Landbevölkerung und die Bewohner der Häuser, die dicht an das Stadtgebiet grenzten, besuchten die Gottesdienste in der Ludgerikirche. In den letzten Jahren war diese Gewohnheit allerdings aufgeweicht worden, zumal die beiden großen Gotteshäuser dicht nebeneinander standen.

Rimberti betrat die große Basilika, die dem heiligen Andreas geweiht war, dessen Kreuz die Stadt Norden auch als Siegel führte. Was für ein Vergleich mit der erbärmlichen Holzkapelle, in der Adriaan noch vor wenigen Tagen auf Bant seinen Dienst getan hatte! Der Gottesdienst wurde nach der Ordnung gefeiert, die Luther für evangelische Gemeinden verfasst hatte. Die Orgel war klein für die große Kirche, und sie war bei dem kräftigen Gesang fast nicht zu hören. In den wenigen Jahren war der veränderte Gottesdienst mit seinen Worten und Melodien der Gemeinde in Fleisch und Blut übergegangen.

Auch wenn Rimberti sich in seiner Studienzeit mehr zu Melanchthon als zu Luther hingezogen gefühlt hatte, bewunderte er doch die Gabe Luthers, eingängige Worte und Melodien zu finden, die Menschen so unmittelbar ansprechen konnten.

Nur wenige Sitzplätze gab es in der Kirche. Die meisten Gemeindeglieder standen, wie Rimberti, der sich leicht an die Säule hinter ihm anlehnte. Adriaan de Beer bestieg die hohe Kanzel. Als er das Evangelium vom Salz und vom Licht aus der Bergpredigt las und darüber seine Predigt begann, schlug Lübbert Rimbertis Herz heftig.

»Wie nun das Salzen zugehen soll, das ist leicht zu verstehen«, predigte Adriaan. »Du musst auftreten und sagen: Alles auf Erden ist vor Gott nichts nütze. Du musst auf das hinweisen, was faul und verderbt ist. Das ist eine unfreundliche Predigt. Sie macht uns vor den Menschen unbeliebt.«

Adriaan sprach davon, dass es nicht recht sei, Bischöfe, Fürsten und Obrigkeiten unangetastet zu lassen und von Kritik zu verschonen. Mucksmäuschenstill wurde es in der großen Kirche. Adriaan machte eine kurze Pause und fuhr dann fort: »Der Heilige Geist greift die Sünde an und macht keinen Unterschied: Große und Kleine und auch Weise und Fromme und Heilige werden angegriffen wegen ihrer Sünde.«

Eindringlich sah Adriaan in seine große Gemeinde. »Willst du das Wort Gottes weitergeben und den Leuten helfen, so darfst du ihnen nicht nach dem Mund reden. Du musst scharf sein und Salz in die Wunden reiben und sagen, was nicht recht ist. Mit dem Salzen darf man niemals aufhören, weil sonst wieder Ordnungen aufgestellt werden, die Unrecht und gegen Gottes Wort sind. Christus ermahnt uns, dass das Salz nicht dumm wird.«

Noch einmal machte Adriaan eine kurze Pause, als ob er nach Worten suchte. Dann sprach er mit erhobener Stimme weiter: »Wenn das Salz dumm wird, womit soll man dann noch salzen? Dumm ist das Salz, wenn es seine Schärfe verloren hat. Dumm ist das Salz, wenn es nicht mehr würzt und beißt, wenn man aufhört, die Leute anzugehen, sie zu ermahnen und zur Erkenntnis ihrer selbst zu helfen. Wenn ich den Leuten heuchle und all ihr Tun Recht sein lasse, seien es auch Fürsten und Gelehrte, so behalte ich ihre Gunst und Ehre und bin gleichwohl dummes Salz geworden, und die Leute bleiben in ihrem Wahn stecken. Christus legt uns das Amt auf, Salz zu sein. Darum sollen wir das Maul frisch auftun und sagen, was zu sagen ist. Wir sollen uns trösten, dass er uns zu seinem Salz macht und uns nicht darum kehren, was die Leute von uns halten.«

Kapitel 30

LÜBBERT RIMBERTI HATTE vieles zu überdenken auf dem Weg nach Wilsum. Einsilbig ritt er neben Ulfert Fockena, der von seinem reichlichen Mittagessen so müde war, dass er sich kaum aufrecht im Sattel halten konnte.

Rimberti dachte an die Predigt über das Salz der Erde, die er heute früh gehört hatte. War er selbst auch »dummes Salz« geworden? Ein Fürstendiener, der gehorsam für seine Dienstherren arbeitete und ihnen nach dem Mund redete, statt Unrecht anzuprangern?

Und die Pfarrer in Ostfriesland? Hilflos ließen sie ihre Kirchen und Pfarreien vom Grafen ausplündern. Der Ihlower Abt hatte sogar als Erster seine Herde verlassen, um eine gute Pfarrstelle anzutreten, die Graf Enno ihm verschafft hatte. Und die Drosten und Berater sahen zu. Niemand war dabei, der beherzt den Mund auftat.

War es überhaupt richtig gewesen, diesen Auftrag von Graf Enno anzunehmen? War es nicht besser, dass einige Beherzte im Land Beweise gegen den Grafen sammelten, um Ennos Herrschaft in Frage zu stellen? Rimberti wusste allerdings auch, dass Balthasar von Esens sicher keinen besseren Regenten für Ostfriesland abgeben würde.

In Wilsum würden sie die Familie des Knechts Jabo Heiken aufsuchen. Vielleicht hatten seine Angehörigen inzwischen etwas von ihm gehört. Oder sie wussten, mit wem Jabo sonst noch in Verbindung war. Rimberti versprach sich nicht viel von diesem Besuch. Mehr erwartete er von Magister Cornelis, dem Pfarrer der Gemeinde. Rimberti wollte von ihm wissen, wer den Bildersturm geplant und eingefädelt hatte. Vielleicht diejenigen, die Graf Ennos Ruf beschädigen und Ostfriesland an Balthasar von Esens und Karl von Geldern ausliefern wollten?

Warm schien die Sonne in Rimbertis Gesicht. Er blinzelte in ihr Licht. Er sah die goldenen Getreidefelder, das kräftige dunkle Grün des Laubs, das schon bald herbstliche Farben annehmen würde. Hatten die Prediger, die Luther so abschätzig als »Schwärmer« bezeichnete, doch recht, wenn sie die jetzige Zeit als Erntezeit bezeichneten? Eine Zeit mit allen Anzeichen dafür, dass Altes vergehen und Neues anfangen würde, eine Zeit, die reif war für die Ernte Gottes?

In der Ferne sah Rimberti den hohen Giebel der Wilsumer Kirche und etwas weiter entfernt die Mühle. In einer halben Stunde würden sie da sein. Er hörte, wie Ulfert Fockena geräuschvoll aufstieß.

Viele Menschen standen auf dem Wilsumer Kirchplatz oder gingen umher. Aufgeregt redeten sie miteinander, und vor dem Steinhaus neben der Kirche stand ein gutes Dutzend Leute. Ulfert Fockenas Müdigkeit war wie weggeblasen. Er übergab die Pferde dem Wirt, der seinen Krug neben der Kirche hatte, und ging mit Rimberti auf das Pfarrhaus zu.

Unter den Männern vor dem Steinhaus entdeckte Rimberti den Kaufmann Hilko Boyen. Auch an diesem Sonntag war er bei der Familie seiner verstorbenen Frau. Für Boyen waren es ebenfalls ereignisreiche Tage gewesen. Der Mord an seinem Handelsgenossen Jakob Sanders, die Auffindung des ebenfalls ermordeten Goldschmiedes Garmer, der Abriss der Ihlower Kirche.

Hilko Boyen kam auf Rimberti und Fockena zu. »Unser Pfarrer«, sagte er und schnappte nach Luft.

»Was ist mit dem Pfarrer?«, fragte Fockena.

»Er ist tot. Man hat ihn umgebracht. Genauso wie den Goldschmied.«

Rimberti und Fockena erfuhren, dass der Priester nicht zur Nachmittagspredigt erschienen war. Die Gemeinde hatte in der Kirche gewartet und schließlich den Kirchvogt geschickt, um in der Pastorei nach dem Rechten zu schauen. Dort hatte der Kirchvogt Pfarrer Cornelis tot in dessen Amtsstube aufgefunden. Er hatte gleich nach dem Stellvertreter des Amtmanns geschickt, dessen Eintreffen man nun abwartete.

»Bruns?«, fragte Fockena. Boyen nickte. Fockena erinnerte sich an Bruns' selbstherrlichen und tölpelhaften Auftritt bei der Auffindung der Leiche von Schwester Frauke in Oldekamp. Bruns' Anwesenheit würde eine genaue Untersuchung des Toten und seiner Umgebung erschweren, darum wollte er mit Rimberti nicht auf das Eintreffen des stellvertretenden Amtmannes warten, sondern schon jetzt den Toten sehen.

Fockena bat Hilko Boyen, mit den anderen draußen zu warten. Boyen führte die Männer, die sich in der Diele des Pfarrhauses aufhielten, hinaus. Rimberti war froh, dass Boyen hier war.

Er betrat mit Fockena das Haus. Sie fanden den Pfarrer vor wie die anderen Toten. Der Mörder musste von der Tür aus auf den Geistlichen geschossen haben. Die Amtsstube des Pfarrers war ein großer Raum, von der Tür bis zum Schreibtisch maß sie gut vier Meter. Die Wucht des Geschosses hatte Cornelis mitsamt seinem Stuhl umgerissen und nach hinten geschleudert.

Cornelis lag auf dem Rücken. Der kurze, stämmige Bolzen ragte aus seiner Brust. Fockena erkannte an der Farbe und an den Verzierungen, dass es einer der Apostel war. Der Tote und der Fliesenboden um ihn herum waren mit Salz bestreut. Rimberti bückte sich und fegte etwas davon zusammen. Er gab die Salzkörner in sein Sacktuch und steckte es weg.

Rimberti und Fockena blieben einen Moment vor dem Toten stehen. Nachdem Rimberti ein Gebet für die Seele des Verstorbenen gesprochen hatte, begannen er und Fockena, sich in der Stube umzusehen.

Auf dem Schreibtisch lagen Bücher für den Gottesdienst. Da die Kirche keine Sakristei besaß, hatte der Pfarrer sie wohl hier aufbewahrt. In dem großen dunklen Schrank fanden Rimberti und Fockena Priestergewänder, Messbücher für die Gottesdienste nach römischer Form und Kirchenbücher, in die Taufen, Eheschließungen und Beisetzungen eingetragen wurden.

Außerdem stand in der Ecke eine Truhe mit eisernen Beschlägen und einem Schloss. Während Fockena sich die anderen Räume im Haus ansah, suchte Rimberti nach dem Schlüssel.

Zuerst nahm er sich den Schrank vor, tastete alle Gewänder ab, blätterte in den Büchern und suchte vergeblich nach einem Geheimfach. In dem einzigen Schubfach barg der Geistliche Tinte, Gänsekiele und einige Bogen Schreibpapier.

Zwischen den Fenstern stand ein kleiner Tisch. Rimberti entdeckte Wachsflecken, und er sah, dass an der Wand etwas gehangen haben musste. Vielleicht ein Kruzifix, das der Geistliche abgenommen hatte, nachdem er sein Interesse für die theologischen Gedanken Karlstadts und der Bilderstürmer entwickelt hatte?

Rimberti begann, den Fußboden abzugehen, um herauszufinden, ob eine der Bodenfliesen nachgab. Gelb und grün waren sie glasiert. Der Platz unter einer Bodenfliese war ein beliebtes Versteck für Wertgegenstände, Schriftstücke und andere Kleinigkeiten, die man verborgen halten wollte. Vielleicht hatte Pfarrer Cornelis hier den Schlüssel zu seiner Truhe versteckt.

Rimberti hatte mit winzigen Schritten die Hälfte der Bodenfliesen abgetastet, als er Stimmen vor der Tür hörte. Der Stellvertreter des Amtmanns muss eingetroffen sein, dachte er, und schon hörte er Bruns' dröhnende Stimme in der Diele. Rimberti öffnete die Tür, und im gleichen Augenblick kam Ulfert Fockena die Treppe herunter. Bruns erstarrte, als er die beiden sah.

Kapitel 31

»Wieso treffe ich immer auf Euch, wenn es einen Toten gibt?«, fragte Bruns mit schwerer Zunge. Sein Gesicht war rot.

»Wieso gibt es immer einen Toten, wenn wir Euch treffen, verehrter Herr Amtmann?«, fragte Fockena.

Bruns brauchte einen Moment, um Fockenas Antwort zu verstehen. Dann wurde er angriffslustig. »Hat Graf Enno Euch nicht den Auftrag entzogen, in dieser Sache zu ermitteln?«

Fockena baute sich vor Bruns auf. »Mann, seid Ihr noch bei Trost?«, herrschte er ihn an. »Ihr befindet Euch im Haus eines Dieners Gottes. Habt Ihr den Tag des Herrn schon mit so vielen Bechern Wein geheiligt? Ihr könnt ja kaum noch sprechen und aufrecht stehen.«

Er packte Bruns und riss ihn mit in die Amtsstube des Pfarrers. Rimberti folgte ihnen. Vor dem Toten blieben sie stehen.

»Seht hier«, schrie Fockena Bruns an. »Ist diese Sache abgeschlossen? Warum liegt dann Pfarrer Cornelis vor uns? Und wer soll der Nächste sein? Ihr? Oder ich? Oder Graf Enno? Wollt Ihr das? Wenn Ihr meint, dass diese Angelegenheit in Euren tattrigen Händen besser aufgehoben ist als bei uns, dann geht und verhaftet den Schuldigen. Warum habt Ihr das nicht schon längst getan? Dann würde Pfarrer Cornelis jetzt noch leben.«

Bruns stand betreten vor Fockena. »Wer tut so etwas?«, sagte er leise. Seine Trunkenheit war auf einmal wie weggewischt. »Wer tut so etwas?«, fragte er noch einmal und sah Fockena an. »Ihr müsst den Mann finden, der das getan hat. Das muss ein Ende haben.«

Rimberti führte den stellvertretenden Amtmann hinaus. »Bleib du hier«, sagte er zu Fockena. »Der Amtmann und ich gehen zum Kirchvogt und hören uns an, was er zu sagen hat. Ich war gerade dabei, den Schlüssel für die Truhe zu suchen. Ich habe schon alles durchgesehen. Vielleicht ist er ja unter einer der Fliesen versteckt.«

Ein paar Minuten von der Kirche entfernt bewohnte der Kirchvogt mit seiner Familie einen stattlichen Hof. Quer vor dem ansehnlichen Scheunenteil erhob sich das Wohnhaus des Vogtes als Kreuzelwerk, wie es in der Norder Gegend an mehreren Stellen zu sehen war.

Der Vogt war der wohlhabendste Bauer im Dorf, mit Händen so groß wie ein Pflug und mit einem scharfen Verstand. Seine Frau tischte in der Upkamer für die Gäste Haferkuchen und Apfelmost auf.

Der Vogt erzählte Bruns von den Umständen, unter denen der ermordete Pfarrer aufgefunden worden war.

»Magister Cornelis ist seit vier Jahren unser Pfarrer«, berichtete er. »Wir haben die Pfarrei mit Land ausgestattet. Außerdem bekommt unser Pfarrer eine gut bemessene Menge Getreide, andere Naturalien und Brennholz. Und es gibt darüber hinaus sogar Geld. Eine gute Stelle für einen Geistlichen. Sogar mit einer Familie.«

Der Kirchvogt machte mit seinen großen Händen eine Geste und forderte Rimberti und Bruns auf zuzugreifen. Bruns nippte nur einmal zaghaft an dem Becher mit Most. Ob ihm der Anblick des ermordeten Pfarrers so zugesetzt hatte oder ob seine Verstimmung auf Ulfert Fockenas Wutausbruch zurückging, vermochte Rimberti nicht zu erraten. Vermutlich hatten beide Ereignisse den stellvertretenden Amtmann in Schrecken und Nüchternheit versetzt.

»Ulrich von Dornum hat uns Magister Cornelis als neuen Priester vorgeschlagen. Freunde aus Wittenberg hatten ihn empfohlen. Cornelis war vorher Beichtvater an einem Nonnenstift. Aber dann hat er mit dem Papst gebrochen und seine Stelle aufgegeben. Der größte Hof in unserer Kirchengemeinde gehört Junker Ulrich, er trägt einen großen Teil der Kosten für die Kirche und die Pfarrei. Wir waren nach dem Tod unseres alten Priesters froh, die Stelle mit einem evangelisch gesinnten Geistlichen zu besetzen. Irgendwann spürte man jedoch, aus welcher Richtung der Wind bei Cornelis wehte.« Mit einem vielsagenden Blick sah der Vogt seine beiden Gäste an.

»Ich war an dem Sonntag vor zwei Wochen dabei«, sagte Rimberti.

»Das war so nicht mit uns abgesprochen, obwohl einige von uns auch zu dieser neuen Richtung gehören«, sagte der Vogt. »Aber wir als Vertreter des Kirchspiels haben Pfarrer Cornelis deutlich zu verstehen gegeben, dass wir keinen Aufruhr wollen. Unsere Kirche ist inzwischen wiederhergerichtet. Jedenfalls mit dem, was nicht kaputtgeschlagen wurde.«

»Wer steckte dahinter?«, erkundigte sich Rimberti, während Bruns vorsichtig an einem Haferkuchen knabberte. »Ich hatte den Eindruck, dass einige Männer eingeweiht waren.«

»Da gibt es so einige Familien in unserer Gemeinde, die das Heft an sich nehmen wollen. Als Pfarrer Cornelis bekannt gab, dass Karlstadt in unserer Kirche predigen würde, sahen sie ihre Zeit gekommen. Und dann waren da noch zwei fremde Männer. Ich glaube, es waren Bekannte von Pfarrer Cornelis. Nach diesem Sonntag habe ich sie nie mehr wiedergesehen.«

Ich schon, dachte Rimberti. Ihm kamen die Erinnerungen an den Zwischenfall auf Bant wieder hoch, als diese beiden Männer ihm ans Leben gewollt hatten.

Der Kirchvogt fuhr fort: »Ein paar andere aus unserer Gemeinde waren auch dabei. Unruhestifter. Taugenichtse. Trunkenbolde.« Er machte eine wegwerfende Geste, und Bruns verkroch sich in seiner Bank.

»Euer Pfarrer hat vor einiger Zeit eine längere Reise gemacht«, stellte Rimberti fest.

Der Vogt nickte. »Er wollte für einige Wochen nach Wittenberg. Wir Interessenten haben ihm die Reise genehmigt.«

»Hat er etwas von dieser Reise erzählt? War er danach verändert?«

»Kein Wort. Wir hatten gehofft, dass Luther und die anderen Professoren ihn dort etwas milder machen, aber als er zurückkam, war er noch wilder als vorher. Ihr habt es ja selbst miterlebt. Meinen tüchtigsten Lehrjungen hat er sogar mitgenommen«, brummte der Vogt. »Und der hat dort angeblich eine bessere Stellung gefunden. Das kann ich mir gar nicht vorstellen. Hier bei uns wird hart gearbeitet, aber gute Arbeit wird auch gut entlohnt. Da könnt Ihr jeden fragen in der Gemeinde.«

»Also braucht Ihr einen neuen Pfarrer und einen neuen Lehrjungen?«

»So ist das. Einen guten Pfarrer und einen tüchtigen Lehrjungen, der den Hof vielleicht einmal weitermachen kann. Wir haben nämlich keine Kinder. Vielleicht könnt Ihr uns ja bei der Suche behilflich sein.«

»Einen Lehrjungen wüsste ich schon«, sagte Rimberti, der sofort an Tjark dachte. »Und bei der Suche nach einem Pfarrer will ich Euch gern behilflich sein.«

Dann fiel Rimberti ein, was ihm vom Knecht des Kaufmanns Jakob Sanders erzählt worden war. Er sah den Kirchvogt an. »Einer aus Eurem Dorf hat angeblich auch anderswo sein Glück gemacht. Er war Knecht bei Kaufmann Sanders in Norden und ist ebenfalls von einer Reise im Frühjahr nicht zurückgekehrt.«

»Jabo Heiken? Der muss das wohl sein. Seine Familie wohnt in unserer Gemeinde.«

Es pochte an die Tür, und auf einmal stand der Mann in der Upkamer, der bei dem Bildersturm vor zwei Wochen die Marienfigur zerschlagen wollte und dabei von Hilko Boyens Schwiegermutter Frau Hiske zurechtgewiesen worden war.

Der Vogt musterte ihn an. »Siebo Heiken, was willst du?«

»Herr Ulfert schickt mich. Ich soll den Doktor Rimberti holen. Es ist dringend. Er soll so schnell wie möglich kommen.«

Rimberti sprang auf und bedeutete Evert Bruns, beim Kirchvogt zu bleiben. Er folgte Heiken, bis sie vor dem Pfarrhaus angekommen waren. Vor dem Haus standen nur noch wenige Neugierige. Die meisten waren inzwischen nach Hause gegangen.

Hilko Boyen bewachte weiterhin den Eingang. Er ließ Rimberti durch und blieb mit Heiken vor dem Haus stehen.

Als Rimberti die Diele betrat, kam Fockena ihm schon entgegen.

»Er lebt noch«, sagte Ulfert Fockena. »Pfarrer Cornelis ist nicht tot. Noch jedenfalls nicht.«

Rimberti und Fockena wagten nicht, Cornelis in sein Schlafzimmer zu tragen. Sie befürchteten, dass die Anstrengung zu groß für ihn wäre und seine schwachen Atemzüge vollends zum Versiegen brächte. So bereiteten sie ihm ein Lager, deckten ihn vorsichtig zu und legten ihm mehrere Kissen unter Kopf und Oberkörper, damit er atmen konnte.

»Ich hatte den Fußboden beinahe ganz abgetastet, da hörte ich ein leises Seufzen«, berichtete Ulfert Fockena.

Auch jetzt, wo die beiden Gefährten am Boden bei dem Sterbenden kauerten, war von ihm nichts zu vernehmen als sein leises seufzendes Atmen. Jeder Atemzug schien den schmächtigen Mann viel Kraft zu kosten. Bald würde diese Kraft erloschen sein.

Vorsichtig flößte Rimberti dem Sterbenden etwas zu trinken ein und schob ihm ein Kissen unter den Kopf. Cornelis' Atemzüge schienen sich etwas zu beruhigen, und seine Gesichtszüge entspannten sich.

»Wer hat Euch das angetan, Pfarrer Cornelis?«, fragte Rimberti.

Cornelis schloss die Augen und bewegte den Kopf sachte mit verneinender Geste. »Es ist Gottes Strafe«, flüsterte er. »Ich habe gesündigt.«

Fockena betrachtete den Brustkorb, der sich bei dem schwachen Atmen kaum hob. Er wusste, dass es keinen Sinn hatte, den Armbrustbolzen herauszuziehen. Das würde Cornelis umbringen.

»Wer war es?«, fragte Rimberti noch einmal eindringlich.

»Er tut das Werk Gottes«, flüsterte der Pfarrer kaum hörbar. »Ich bin ein falscher Hirte. Ich habe meine Schafe ins Verderben geführt. Nehmt mir die Beichte ab.«

Cornelis blickte zu Rimberti auf und begann zu flüstern. Aber er war innerlich so bewegt von dem, was ihn bedrückte, dass Rimberti kaum ein Wort verstand. Schließlich ging Cornelis' Flüstern in ein Husten über, das den schwachen Körper erbeben ließ.

Rimberti sprach die lateinischen Worte der Absolutionsformel. Mit dem Daumen zeichnete er ein Kreuz auf Cornelis' Stirn. Wieder beruhigten sich dessen Atemzüge.

Rimberti beugte sich zu Cornelis. »Der Kirchvogt macht sich Sorgen um seinen Lehrjungen. Ihr habt ihn mitgenommen auf Eure Reise. Seine Familie hat nichts mehr von ihm gehört. Bitte sagt mir, wo er ist.«

Cornelis' Gesicht verzerrte sich vor Schmerz. Er biss die Zähne aufeinander. Ihm kamen Tränen. Er flüsterte ein Wort und begann wieder, kraftlos zu husten.

»Sagt es noch einmal«, bat ihn Rimberti. Auch Fockena beugte sich vor, damit ihm kein Buchstabe entging.

Cornelis sammelte all seine Kraft und flüsterte: »Osterfeld.« Er wiederholte das Wort noch einmal: »Osterfeld.«

»Osterfeld? Wer ist das? Ist das der Mann, der Euch alle auf dem Gewissen hat?«

»Alle sind tot. Jetzt sind alle tot«, sagte Cornelis mit tränenerstickter Stimme. Er wurde immer leiser. Rimberti hielt sein Ohr ganz dicht an den Mund des Verletzten, aber er konnte nichts von dem verstehen, was Cornelis sagte. Schließlich verstummte der Pfarrer.

»Ist es vorbei?«, fragte Fockena.

Rimberti erhob sich langsam. »Nein. Aber er ist sehr schwach. Ich hoffe, dass er noch einmal zu sich kommt. Er will den Namen des Mörders nicht preisgeben. Aber er will uns etwas mitteilen. Ein Name. Osterfeld. Ich kann mich nicht erinnern, ihn zuvor gehört zu haben.«

Fockena schüttelte den Kopf. »Sollen wir über Nacht hierbleiben, falls er aufwacht?«

»Ich weiß nicht«, antwortete Rimberti. »Ich möchte nicht, dass jemand davon erfährt, dass Pfarrer Cornelis noch lebt. Wenn wir bleiben, könnte es Gerüchte geben. Hat der Mann, der mich vom Kirchvogt geholt hat, etwas mitbekommen?«

»Nein. Ich habe ihm nur gesagt, dass ich etwas gefunden habe. Du übernachtest beim Kirchvogt oder bei der Familie von Hilko Boyen. Ich werde hierbleiben. Wenn Cornelis aufwacht, lasse ich dich holen. Und du schickst einen Mann los, damit ein Arzt kommt. Aber heimlich.«

Ulfert Fockena ging vor das Pfarrhaus und gab Hilko Boyen Bescheid, dass er über Nacht bleiben wollte.

Boyen nickte verständnisvoll. »Ihr wisst, dass Ihr als Gast im Haus von Frau Hiske jederzeit willkommen seid. Aber Ihr habt recht. Vorsicht ist geboten.«

»Seid Ihr so gut und lasst mir etwas für mein Nachtlager bringen? Ich möchte nicht im Bett des Pfarrers schlafen. Das werdet Ihr verstehen. Ein Strohsack und eine Decke reichen völlig aus.«

»Gewiss, Junker Ulfert«, antwortete Hilko Boyen. »Und für Euer Nachtmahl wird auch gesorgt.«

Kurz darauf erschien eine Magd mit Brot, Käse und einem Krug Bier, und ein Knecht brachte Decken und Strohsack ins Pfarrhaus. Ulfert Fockena legte sich alles in die Diele vor die Tür der Amtsstube.

Dann ging er zu Cornelis hinein. Die Atemzüge des Pfarrers waren schwer, aber regelmäßig. Cornelis' Augen waren geschlossen. Da hörte Fockena ein Klopfen an der Haustür. Ob Rimberti noch einmal gekommen war?

Als Fockena die Tür öffnete, war niemand da. Auf der Türschwelle stand eine Schüssel, die mit einem Tuch zugedeckt war. Darin befanden sich heißes Bratenfleisch und Bohnen. Daneben stand eine Kanne mit Rotwein.

Fockena wunderte sich, hatte doch vorhin die Magd von Hilko Boyens Schwiegermutter einen Laib Brot, Käse und Bier als Nachtmahl gebracht.

Für Lübbert Rimberti ließ der Kirchvogt die beste Schlafbutze in seiner Upkamer herrichten. Vorher hatte der Vogt auf Rimbertis Bitte hin einen seiner Knechte mit einem Brief nach Norden geschickt. Darin ersuchte Rimberti den Drosten, einen Arzt nach Wilsum zu schicken. Der Kirchvogt, seine Frau und die Familie verteilten sich im übrigen Haus, sodass Rimberti den großen Raum für sich allein hatte.

Im Morgengrauen erwachte er mit einem Ruck. Was hatte er da geträumt?

Rimberti war im Traum über die Insel Bant gewandert, und Karlstadt war die ganze Zeit neben ihm gegangen, ohne ein Wort zu sprechen. Der Boden der Insel bestand aus Salz, das unter ihren Füßen knirschte wie Schnee. Jemand schoss plötzlich Pfeile auf ihn. Armbrustbolzen. Karlstadt rannte davon. Rimberti versuchte, ihm hinterherzulaufen, aber seine Füße fanden keinen Halt und rutschten weg. Ein Bolzen traf direkt vor ihm in den Boden. An dieser Stelle verfärbte sich das Salz rot. Mit letzter Kraft erreichte Rimberti die winzige Kapelle auf der Insel, und auf einmal befand er sich in der großen Norder Andreaskirche. Neben ihm standen Graf Enno und Junker Balthasar von Esens. Der Priester am Altar drehte sich um. Es war Karlstadt. Karlstadt richtete den

Blick auf Rimberti und sagte mit lauter Stimme: »Ihr seid das Salz der Erde.«

Rimberti kletterte aus seiner Butze. Das Salz der Erde? Er griff nach seinem Tuch, in dem er am Nachmittag etwas von dem Salz gesammelt hatte. Er nahm ein paar Körner und legte sie auf seine Zunge. Dem Salz fehlte der bittere Beigeschmack des Friesensalzes.

Rimberti ließ die paar Salzkörner auf seiner Zunge zergehen. Dies war nicht das Salz der Meere, das auf Bant und an der Küste aus dem Salztorf gewonnen wurde. Dies war bestes Lüneburger Salz. Dieses Salz war auch am Hofe seines Grafen in Gebrauch, schneeweiß und ohne bitteren Geschmack. Es war das Salz der Erde.

Rimberti kleidete sich schnell an und verließ das Haus. Am Horizont wurde es langsam hell. Die graugelbe Farbe des Horizontes erinnerte ihn an die Torfasche, aus der man das Salz siedete.

Im Pfarrhaus fand er Ulfert Fockena schnarchend auf einem Strohsack in der Diele vor. Vor ihm standen ein Krug, ein Becher und eine Schüssel. Rimberti rüttelte den Gefährten, aber der war nicht wachzubekommen.

Rimberti ging in die Amtsstube, wo Pfarrer Cornelis sein Krankenlager hatte. Vorsichtig beugte er sich über den Sterbenden. Kein Atmen war zu hören. Rimberti fühlte Cornelis' Puls. Schon als er das kühle Handgelenk berührte, wusste er, dass der Mann nicht mehr lebte.

Rimberti schloss Cornelis' Augen. Er zog die Kissen weg, auf denen der tote Pfarrer lag. Ein Kissen, das ganz zuunterst lag, hatte einen feuchten Fleck: Speichel und etwas Blut. Cornelis' Mörder musste in der Nacht zurückgekommen sein und sein Werk vollendet haben.

Kapitel 32

DER ARZT WAR ein großer Mann mit sorgenvollen Augen in einem sorgenzerfurchten Gesicht. Sogar seine Hände hatten Sorgenfalten. Der Medicus am Hof von Graf Enno war erst gestern Nachmittag im Hochgräflichen Haus in Norden eingetroffen. Graf Enno und seine Begleiter wurden morgen erwartet. Der Staatsrat von Königin Margarete würde bald anreisen, um den Verkauf der Herrlichkeit Hillersum mit den streitenden Parteien zu verhandeln.

Der Arzt war beim ersten Morgengrauen mit dem Boten nach Wilsum aufgebrochen. Nachdem er Rimberti und den immer noch schlaftrunkenen Fockena begrüßt hatte, wandte er sich dem Leichnam zu. Lange betrachtete er den toten Pfarrer Cornelis. Dann untersuchte er ihn. In einer Tasche in der Kleidung des Toten fand er einen Schlüssel, den er Rimberti gab.

Dann nahm er das Kissen mit dem Blutfleck in die Hand und sah es sich mit seinen großen Augen genau an. Behutsam öffnete er den Mund des Toten, und noch behutsamer fühlte er mit dem Finger in die Mundhöhle.

»Seht hier.« Er hielt Rimberti seinen Zeigefinger hin, auf dem ein winziges blaues Partikel haftete. »Wolle. Blaue Wolle. Schaut her: Sie stammt von dem Kissen.«

Rimberti nickte. »Ihr meint …?«

»Ich meine nicht. Ich weiß. Und Ihr wisst auch. Ihr habt das Kissen schließlich gefunden. Und seht hier.« Er winkte Rimberti näher zu dem Toten und deutete auf dessen Mund. »Druckstellen. Und hier. Die Lippen sind von innen aufgeplatzt. Jemand hat ihn mit dem Kissen erstickt und dabei die Lippen gegen die Zähne gedrückt. Mit viel Gewalt.«

Der Arzt betrachtete den Toten noch eine kurze Zeit und wandte sich dann Ulfert Fockena zu. »Ganz gesund seht Ihr auch nicht aus.« Fockena sah ihn benommen an.

Rimberti erklärte: »Ich habe ihn ein paarmal durchschütteln müssen, bis er endlich wach wurde. Wobei das Wort ›wach‹ wohl nicht der Ausdruck ist, der seinen jetzigen Zustand zutreffend beschreibt. Hast du gestern so viel getrunken?« Rimberti wusste, dass Fockena einer Kanne Bier oder Wein kaum widerstehen konnte. Aber er wusste auch, dass sein Freund sich sehr zurückhielt, wenn seine Nüchternheit gefordert war. Rimberti nahm den Weinkrug. Er war noch mehr als halb voll.

»Darf ich?«, fragte der Arzt und nahm den Krug an sich. Er roch und trank einen kleinen Schluck, den er im Mund spülte und wieder ausspuckte. »Das ist gut«, sagte er. »Ist von dem Essen noch etwas da?«

Fockena schob ihm die Schüssel zu, in der einige Fleischreste klebten.

Der Arzt roch daran. »Das ist sehr gut«, sagte er. »Einige Pflanzen verhelfen uns zu einem tiefen und erholsamen Schlaf. Mit dieser Mischung hättet Ihr normalerweise bis in den Nachmittag geschlafen. Ein bleibender Schaden wäre Euch damit nicht entstanden.«

»Nein«, antwortete Fockena mit schwerer Zunge. »Der bleibende Schaden ist dem hier entstanden.« Er deutete zu dem toten Cornelis hin.

»Mit dieser Verletzung hätte der Mann höchstens noch ein oder zwei Tage gelebt. Auf keinen Fall länger«, stellte der Arzt fest.

»Aber hat sein Mörder das auch gewusst?«, fragte Rimberti. »Offensichtlich hat er mitbekommen, dass sein Opfer den Anschlag überlebt hat. Und nun wollte er die Sache zu Ende bringen.« Er drehte sich zu Ulfert Fockena um. »Wer hat das Essen gebracht? Hilko Boyen?«

»Nein«, antwortete Fockena. »Boyens Magd hat mir Essen gebracht. Aber dann klopfte es plötzlich an der Tür, und da stand eine Schüssel mit heißem Braten und Wein. Ich habe nicht gesehen, wer das gebracht hat. Und das Fleisch roch so gut, dass ich es Boyens Brot und Käse vorgezogen habe.«

»Merkwürdig«, sagte Rimberti. »Pfarrer Cornelis hat seinen Mörder erkannt. Er wollte uns den Namen zuerst nicht sagen. Und dann nannte er den Namen ›Osterfeld‹. War das der Mörder? Kennt Ihr jemanden dieses Namens?«

Der Arzt schüttelte den Kopf, und seine Miene wurde noch sorgenvoller.

Während Ulfert Fockena sich hingelegt hatte, um die Reste des Schlafmittels aus seinem Körper zu vertreiben, schloss Rimberti die Truhe auf. Er fand eine Geldbörse mit einigen wenigen Goldstücken und Schriften.

Es waren Bücher von Karlstadt und Schriften anderer Autoren. Rimberti blätterte darin und las die Namen der Verfasser: Hans Denck, Hans Hut, Leonhard Schiemer, Hans Schlaffer und Balthasar Hubmaier.

Rimberti kannte außer den Büchern Karlstadts nur wenige dieser Schriften. Er wusste, dass bis auf Karlstadt keiner der Autoren mehr lebte. Die Männer, die diese Texte verfasst hatten, waren allesamt hingerichtet worden, oder sie waren während ihrer Verfolgung ums Leben gekommen.

Ostfriesland war eines der wenigen Länder, wo man diese Schriften noch lesen und wo sich Anhänger dieses Glaubens aufhalten durften. Trotzdem hatte Pfarrer Cornelis es vorgezogen, diese Lektüre unter Verschluss zu halten. Hatte er nur mit den Täufern sympathisiert, ohne wirklich zu ihnen zu gehören? Oder hatte er von Hoffmann die Taufe empfangen? Rimberti vermutete, dass Cornelis dann sein Pfarramt sicherlich niedergelegt hätte, so wie der Pfarrer in früheren Jahren auch seine einträgliche Pfarrstelle als Geistlicher eines Nonnenstiftes aus Gewissensgründen aufgegeben hatte.

Er verschloss die Truhe und brachte den Schlüssel zum Kirchvogt. »Ich werde meine Augen und Ohren auftun«, versprach Rimberti. »Wir werden bald einen jungen Mann finden, den Ihr in die Lehre nehmen könnt.«

Dann besuchte Rimberti die Familie von Jabo Heiken, der als Knecht die Reise von Kaufmann Jakob Sanders begleitet hatte und nicht zurückgekehrt war, sondern angeblich in der Neuen Welt sein Glück machen wollte.

Die Eltern von Jabo und sein Bruder Siebo saßen bekümmert da. »Der Kaufmann hat uns erzählt, dass Jabo in eine neue Welt gesegelt ist, wo es Gold gibt, wie bei uns Steine im Acker liegen«, sagte Siebo.

»Hat Jabo euch eine Nachricht zukommen lassen?«, fragte Rimberti.

Die Mutter zuckte mit den Schultern. »Eine Nachricht? Lesen und schreiben kann keiner von uns. Aber wenn Jabo als reicher Mann zurückkommt, dann wird er einen Schreiber bezahlen. Und der muss alles aufschreiben, was wir wollen.«

Rimberti beschlich das ungute Gefühl, dass keiner von

ihnen Jabo jemals lebend wiedersehen würde, ebenso wenig wie den Lehrjungen des Kirchvogtes. Er verabschiedete sich von den Leuten und stattete Frau Hiske einen kurzen Besuch ab. Die alte Frau, die während des Bildersturms in der Wilsumer Kirche so resolut aufgetreten war und ihre Marienfigur verteidigt hatte, war Rimberti gut in Erinnerung. Außerdem war sie die Mutter der Frau von Hilko Boyen, die auf ihrer Reise ums Leben gekommen war.

»Was ist aus Eurer Madonna auf der Mondsichel geworden?«, fragte er Frau Hiske, die auf ihrem Lehnstuhl in der Upkamer thronte.

»Mein Neffe hat sie für seine Kirche bekommen«, erklärte sie. »Er ist Kirchvogt in Bagband. Dort haben sie vor dem Haus Gottes mehr Ehrfurcht als in unserer Gemeinde. Mein Neffe will die Mutter Gottes dort in der Kirche anbringen. Vielleicht werden künftige Generationen sie noch sehen und vor ihr beten.«

Rimberti sah Frau Hiske einen Moment an und fasste dann Mut für die Frage, die ihm auf der Seele lag. »Eure Tochter und Eure Enkelin sind auf einer Reise umgekommen. Es tut mir leid, Euren Schmerz wieder aufleben zu lassen, indem ich eine Frage stelle. Habt Ihr jemals Nachricht über die genauen Umstände ihres Todes bekommen?«

»Mein Schwiegersohn erhielt die traurige Nachricht von Graf Johann. Meine Tochter und meine Enkelin wollten nach Amsterdam. Einer unserer beiden Söhne leitet dort das Kontor der Hanse. Sie wollten einen Umweg über Münster machen, wo Verwandte meines Mannes leben. Der Sohn eines entfernten Verwandten ist im heiratsfähigen Alter, und so sollte dieser Umweg dazu führen, dass die beiden einander ansichtig werden konnten.«

Frau Hiske schwieg bedeutungsvoll, und dann stiegen ihr die Tränen in die Augen. Sie presste die Lippen aufeinander, bis sie blutleer schienen, und auf einmal wirkte diese starke Frau alt und zerbrechlich. »Meine kleine Okka, was haben sie mit dir gemacht? Warum haben sie dir das angetan?«

Sie schluchzte. Rimberti sagte nichts. Er fand nichts Schlimmes daran, dass sie um ihre Tochter und ihre Enkelin trauerte.

Frau Hiskes Stimme klang gebrochen, als sie weitererzählte: »Auf dem Weg nach Münster haben sie in einem kleinen Dorf übernachtet. Dort kam es am nächsten Tag zu Kämpfen, weil Aufständische das Dorf besetzt hatten. Die Soldaten hielten alle Menschen im Ort für Aufrührer und Wiedertäufer. Einige konnten fliehen, aber fast alle anderen wurden getötet. Ich hoffe, dass es schnell ging und sie nicht lange leiden mussten.«

»Von wem hat Graf Johann diese Nachricht erhalten?«, fragte Rimberti.

»Mein Schwiegersohn sagte, dass nur wenige die Eroberung des Dorfes überlebt haben. Zu spät hat der spanische Hauptmann seinen Irrtum erkannt und die Überlebenden danach ausgefragt, wer die Reisenden waren.«

»Waren es mehrere Reisende?« Rimberti wunderte sich.

»Oh ja. Zwei Männer aus Emden sollen dort auch umgekommen sein. Und es müssen noch mehr auf dem Weg nach Münster gewesen sein. Vielleicht haben sie sich unterwegs kennengelernt und zusammengeschlossen, um sicherer reisen zu können. Aber Genaues weiß ich nicht. Man konzentriert sich immer auf den eigenen Schmerz.«

»Euer Pfarrer war mit dem Lehrjungen des Kirchvogtes auch auf einer langen Reise«, stellte Rimberti fest.

»Ja, es war zu derselben Zeit. Aber die sind in eine andere Richtung gereist. Nach Sachsen. Unser Pfarrer wollte dort für ein halbes Jahr seine Studien fortsetzen«, erklärte Frau Hiske.

»Aber er ist allein zurückgekehrt. Ohne den Lehrling.«

»Es hieß, der habe unterwegs einen besseren Lehrherrn gefunden. Niemand hat wieder etwas von ihm gehört. Das ist schon eine eigenartige Geschichte.«

»Und der Handelsgenosse Eures Schwiegersohnes, Kaufmann Jakob Sanders, hat zu dieser Zeit ebenfalls eine Reise angetreten. Sein Knecht Jabo Heiken ist nicht zurückgekommen.«

Frau Hiske sah Rimberti fragend an. »Angeblich will er sein Glück in dem Goldland machen, das vor ein paar Jahren entdeckt wurde. Gibt es das wirklich?«

»Merkwürdig viele Menschen haben im frühen Sommer eine weite Reise unternommen, und merkwürdig wenige sind wiedergekommen«, stellte Lübbert Rimberti fest, als er und Ulfert Fockena nebeneinander in Richtung Norden ritten.

Fockena hatte die Folgen des Schlaftrunks noch nicht ganz verwunden. Er hielt sich wacker auf dem Pferd, antwortete aber recht einsilbig. »Und die wenigen, die zurückgekommen sind, haben ihre Heimkehr nicht lange überlebt«, brummte er.

»Die Nonne, der Kaufmann, der Drost, der Goldschmied, der Pfarrer«, zählte Rimberti auf. »Wir haben in der verkehrten Richtung gesucht. Und wir haben dabei so vieles gefunden, dass wir von der Suche nach dem Mörder abgelenkt wurden.«

Fockena verzog das Gesicht. »Ich kann heute nicht so

viel denken. Spare mir deine Spitzfindigkeiten bis morgen auf.«

»Was ich dir sagen will, kann nicht bis morgen warten. Eben darum bin ich heute im Morgengrauen zu dir gekommen. Das ›Salz der Erde‹. Das hat der Mörder auf seine Opfer gestreut.«

Fockena sah Rimberti mit leidendem Blick an. »Das habe ich selbst gesehen, dass da immer jemand eine Handvoll Salz auf die Toten geworfen hat. Darum haben wir ja die Reise nach Bant gemacht.«

»Ja, aber es war kein Salz des Meeres, das über die Toten gestreut war, sondern Salz der Erde. Auf Bant holen sie das Salz aus dem Torf heraus. Es ist das Salz des Meereswassers. Aber das nimmt unser Armbrustschütze eben nicht. Er nimmt das Salz der Erde: schneeweißes Lüneburger Salz, ohne Bittergeschmack und ohne braune oder graue Einfärbung. Es ist teuer. Nur wenige Haushalte nutzen dieses Salz. Aber dies ist das Salz, das aus der Erde kommt, und nicht das Salz, das aus dem Meer gewonnen wird.«

»Wir haben eine falsche Spur verfolgt?«

»Sie hat uns zu vielen Zielen geführt. Wir haben einen heimtückischen Überfall verhindert und eine Verschwörung gegen Graf Enno aufgedeckt.«

»Jedenfalls einen Teil dieser Verschwörung«, entgegnete Fockena. »Wer weiß, was noch kommt. Junker Balthasar von Esens und Herzog Karl von Geldern werden noch mehr Eisen im Feuer haben. Graf Enno sollte sich nicht in Sicherheit wiegen. Außerdem wollte er von dieser Verschwörung anscheinend überhaupt nichts wissen.«

»Er hat Sorge, dass sein Ansehen vor den Reichsfürsten beschädigt wird, wenn die Verschwörung aufgedeckt wird«, erklärte Rimberti. »Das ist Politik.«

»Und wir müssen nun neu anfangen, nach dem Mörder von Jakob Sanders und all den anderen zu suchen?«, murrte Fockena.

»Ich glaube, die falsche und die richtige Fährte laufen ein gutes Stück weit nebeneinander her. Vor allen Dingen müssen wir herausfinden, wer Osterfeld ist.«

»Und was es mit dem Salz auf sich hat, wissen wir auch noch nicht«, wandte Fockena ein.

»Du weißt es nicht, Fockena. Du bist kein Theologe«, erwiderte Rimberti. »Adriaan de Beer hat gestern über das Salz der Erde gepredigt. Und da hat noch jemand von diesem Salz gesprochen, der uns ein paar Auskünfte schuldig ist. Und den werden wir uns jetzt vorknöpfen.«

Als die beiden Gefährten in Norden eintrafen, hatte Graf Enno für Rimberti schon eine Nachricht hinterlassen, dass er am kommenden Tag in Norden eintreffen und dann mit ihm über die Hillersumer Angelegenheit zu reden gedächte. Für den Tag darauf hatte nämlich der Staatsrat von Königin Margarete seinen Besuch in Norden angesagt. Junker Balthasar war ebenfalls eingeladen worden, und man hatte ihm für seine Reise freies Geleit zugesichert.

Bevor Rimberti an diesem Abend einschlief, schoss ihm in den Sinn, welche Frage er bei Frau Hiske vergessen hatte. Aber jetzt war er einfach nur noch müde.

Kapitel 33

»ICH VERSTEHE NICHT, warum Ihr in dieser Sache weitere Erkundigungen einzieht.« Graf Enno erhob seine Stimme. Er war in dunkelblaues Tuch gekleidet, was sein blasses Gesicht noch bleicher erscheinen ließ. Er empfing Rimberti und Fockena in der Upkamer seines Stadthauses, wo er die beiden vor etlichen Tagen auch um ihre Hilfe bei der Suche nach dem Mörder gebeten hatte. »Ich habe Euch mit Dank von dieser Aufgabe entbunden. Ich verstehe nicht, was Ihr wollt.«

»Ihr habt uns von dieser Aufgabe entbunden«, antwortete Fockena mit gespielter Empörung. »Und trotzdem haben wir schon wieder einen Toten. Und der Mörder läuft immer noch frei herum. Ich verstehe nicht, was er will.«

Enno sah seine beiden Ratgeber an, die wieder Ton in Ton gekleidet waren, diesmal in blauen Farbtönen: enge hellblaue Hosen, Schuhe mit ausladenden Spitzen, Wams und Umhang dunkelblau und kostbar bestickt. Drost Eggerik Beninga hielt sich im Hintergrund.

»Ich denke«, äußerte Rimberti zögerlich, »dass der Staatsrat von Königin Margarete nicht nur wegen des Verkaufes einer Herrlichkeit hier ist. Das ließe sich auch auf schriftlichem Wege regeln. Er wird von den Unruhen in Eurer Grafschaft gehört haben. Dass es hier so viele Täufer und Aufrührer gibt, wird die Königin beunruhigen. Und dass ein Mörder so viele Menschen töten und ungeschoren seiner Wege gehen kann, wird die anderen Reichsfürsten in Sorge versetzen. Seht Euch nur die Liste seiner

Opfer an: eine Nonne, ein Drost, ein reicher Kaufmann, ein Pfarrer. Andernorts ist man längst auf die Geschehnisse in Eurem Land aufmerksam geworden.«

»Ich weiß nicht, was Ihr damit sagen wollt, Doktor Rimberti.« Graf Enno wirkte auf einmal angestochen. »Wie könnt Ihr denn behaupten, dass der Mörder sich frei bewegen darf?«

»Ihr habt uns gebeten, nicht mehr nach ihm zu suchen. Dass es kein von Balthasar gedungener Mörder ist, dass wisst Ihr genauso gut, wie wir es wissen«, entgegnete Rimberti. »Vielleicht war es nicht Eure Absicht, den Mörder zu decken, aber …« Rimberti machte eine Kunstpause, um Enno die Gelegenheit zum Widerspruch zu geben.

»Hier wird kein Mörder gedeckt!« Graf Enno war außer sich vor Wut. »Warum versucht Ihr mich davon abzubringen, in Balthasar von Esens den Verantwortlichen für all diese Verbrechen zu sehen? Ist er es nicht, der Schiffe und Kaufleute ausplündert? War er es nicht, der einen Überfall auf die Insel Bant und ihre Salzbuden geplant hat? Vielleicht wart Ihr zu lange in Balthasars Obhut. Habt Ihr während Eures Aufenthaltes in Esens etwa Sympathien für diesen Freibeuter und Raubritter entwickelt?«

»Ich bin sicher, dass der Staatsrat diese Sicht der Dinge interessant finden wird«, antwortete Rimberti kurz. Er verbeugte sich und ging zusammen mit Ulfert Fockena, der seine Verneigung nur vage andeutete.

Ulfert Fockena legte den Armbrustbolzen, der Pfarrer Cornelis getötet hatte, zwischen sich und Lübbert Rimberti auf den Holztisch. Sie waren in einen Gasthof in der Nähe des Rathauses eingekehrt. Vor ihnen dampfte eine große Schüssel gekochter Bohnen, übergossen mit einer dicken Soße mit gebratenen Speckscheiben, und daneben stand eine Platte mit zwei gebratenen Enten und dunklem Brot.

»Noch ein Apostel. Fünf haben wir jetzt. Sieben sind also noch unterwegs«, stellte Ulfert Fockena fest.

»Nimm ihn weg. Wir wissen nicht, ob tatsächlich zwölf Opfer ausersehen sind. Auf jeden Fall können wir nicht ausschließen, dass weitere Anschläge geplant sind.«

Fockena steckte den Bolzen weg und langte herzhaft zu. »Hast du einen Boten zu Frau Hiske geschickt?«

»Ja«, antwortete Rimberti, der froh war, durch Fockenas Einladung dem kargen Mittagessen der Wirtschafterin im Hochgräflichen Haus entkommen zu sein. »Ich habe Tjark mit einem Brief zu ihr geschickt. Ich hatte in all dem Geschehen vergessen, ihr eine Frage zu stellen.«

»Mir scheint, das ist ein recht großer Aufwand für eine Frage.«

»Kann sein. Aber Tjark soll auch beim Kirchvogt Grüße von uns ausrichten. Er ist schon im Morgengrauen losgeritten. Eigentlich müsste er zurück sein.«

»Du führst doch etwas im Schilde.«

»Ja. Auf jeden Fall müssen wir noch einmal mit Karlstadt reden. Ich hoffe, dass Tjark bald da ist. Ich habe in meinem Quartier eine Nachricht hinterlassen, wo er uns finden kann. Ich brauche den heutigen Tag, um das morgige Treffen mit dem Staatsrat vorzubereiten. Die Suche nach dem Mörder mit der Armbrust hat so viel Zeit gekostet.«

»Besonders, wenn man dabei selbst umgebracht werden soll.« Ulfert Fockena biss genüsslich in eine Entenkeule. »Aber was ist, wenn all diese Dinge wirklich nichts mit der Suche nach unserem Mörder zu tun haben?«

»In gewisser Weise haben sie miteinander zu tun«, versicherte Rimberti. »Junker Balthasar und Herzog Karl warten auf eine gute Gelegenheit, um Ostfriesland anzugreifen. Das rege Wirken der Täufer in Ostfriesland und auch die Verbrechen des Mannes mit der Armbrust werden dazu benutzt, Graf Enno in ein schlechtes Licht zu bringen und ihn von seinen Verbündeten zu isolieren.«

»Er trägt selbst ja wenig dazu bei, dem abzuhelfen«, entgegnete Fockena und hielt seine angebissene Entenkeule wie einen Zeigestock in die Luft.

»Es muss jemanden geben, der zu den höheren Kreisen gehört und über gute Kontakte verfügt, um gegen Enno zu intrigieren. Aber dadurch muss er noch nichts mit den Morden zu tun haben. Vielleicht benutzt er sie nur für seine Ziele.«

»Aber was sind diese Ziele? Soll Enno abgesetzt werden? Soll Ostfriesland an Herzog Karl gehen? Oder an Junker Balthasar? Sollen wir wieder dem Papst unterstellt werden?«, fragte Fockena und wandte sich seinem Entenbraten zu.

»Tjark?« Rimberti sah zu dem Jungen, der hinten an der Tür stand, und winkte ihm zu. Er und Fockena saßen ganz hinten in der Schankstube, um ungestört reden zu können, und im Halbdunkel hatte Tjark sie nicht sehen können. Der Lehrling trat näher.

»Hast du eine Antwort bekommen?«, fragte Rimberti. Der Kaufmannslehrling nickte und reichte Rimberti einen Brief.

»Setz dich zu uns und iss!«, forderte ihn Fockena mit vollem Mund kauend auf.

Während Tjark Andreesen sich setzte, entfaltete Rimberti den Brief und las Frau Hiskes Antwort, die nur aus einem Wort bestand: *Osterfelde*.

Kapitel 34

AM FRÜHEN MORGEN waren Ulfert Fockena und Lübbert Rimberti nach Berum aufgebrochen. Schon am späten Nachmittag würde Königin Margaretes Staatsrat in Norden eintreffen. Bis dahin wurde Rimberti zurückerwartet, und er hatte vor, auf jeden Fall seine spärlichen Aufzeichnungen und die ebenso spärlichen Unterlagen vor der Zusammenkunft durchzulesen.

Nachdem sie das lang gestreckte Straßendorf Hage hinter sich gelassen hatten, kamen sie nach Berum. Dieser alte Ort lag direkt an der Heerstraße nach Esens und bestand nur aus dem Schloss mit seiner Vorburg und wenigen Häusern.

Das Berumer Schloss war an drei Seiten von einem hohen, befestigten Erdwall umgeben. An der Westseite wurde es von der gut befestigten Vorburg geschützt, die rechts und links von zwei mächtigen Türmen eingerahmt war und deren Tor nur über eine Zugbrücke erreicht werden konnte. Der breite Graben umgab die Vorburg und den Erdwall von allen Seiten. Innerhalb von Vorburg und Wällen lag das Schloss, das von einem Graben umgeben war.

Vor 15 Jahren hatte der Drost Hayko von Wicht mit seinen Männern Berum mutig und entschlossen gegen die Esenser Angreifer verteidigt. Schließlich hatte der Esenser Häuptling Hero Omken, der Vater Junker Balthasars, mit seiner Belagerungstruppe den Rückzug nach Esens antreten müssen.

Der jetzige Drost Jelto Iderhoff galt ebenfalls als tapferer Offizier. Leutselig empfing der groß gewachsene Mann die beiden Gäste und tauschte mit Fockena einige Erinnerungen und Neuigkeiten aus.

»Euer Besuch hat einen bestimmten Anlass«, stellte Iderhoff fest, und Rimberti glaubte, einen Anflug von Misstrauen in Iderhoffs Stimme und Gesichtsausdruck zu erkennen.

»Unser Interesse gilt dem Gast, den Ihr beherbergt: Professor Andreas Karlstadt«, erklärte Rimberti.

Iderhoff verschränke die Arme vor der Brust. »Der Graf ist von Andreas Karlstadts Anwesenheit unterrichtet. Der Professor hält sich auf Einladung von Ulrich von Dornum in Ostfriesland auf.«

»Wir stellen auch nicht die Rechtmäßigkeit Eurer Gastfreundschaft in Frage«, erwiderte Rimberti. »Wir brauchen Professor Karlstadts Hilfe in einer dringlichen Angelegenheit.«

»Die Angelegenheit muss wohl sehr wichtig sein, wenn Ihr am Tag der Ankunft des Staatsrates einen Ausritt nach Berum macht.« Iderhoffs Blick hatte etwas Lauerndes.

»Euer Misstrauen ist verständlich, aber unnötig«, antwortete Rimberti. »Eine Reihe von Mordanschlägen versetzt uns in Sorge. Ihr werdet davon gehört haben. Zwei der Opfer, der Goldschmiedemeister Garmer und Pfarrer Cornelis aus Wilsum, waren mit Karlstadt näher bekannt.«

Iderhoff schreckte hoch. »Pfarrer Cornelis ist tot? Ermordet? Auch von diesem Armbrustschützen?«

Fockena nickte. »Gestern früh ist er seiner Verletzung erlegen.«

Iderhoff beugte sich vor. »Professor Karlstadt hat Berum nicht verlassen. Darauf kann ich Euch mein Wort geben.«

»Euer Gast ist keines Verbrechens verdächtig«, erklärte Rimberti. »Im Gegenteil. Wir haben eher Anlass zur Sorge, dass auch ihm ein künftiger Anschlag gelten könnte.«

Mit leerem Blick saß Andreas Karlstadt vor ihnen. Die Nachricht vom gewaltsamen Tod des Pfarrers von Wilsum hatte ihn sichtlich erschüttert. Die Sorge um sein eigenes Leben aber schien ihn nicht zu kümmern.

»Ich weiß nicht, wer hinter diesen schrecklichen Taten steckt«, sagte er mit ausdrucksloser Stimme. »Was wollt Ihr von mir? Was kann ich für Euch tun?«

»Wen von den Getöteten kennt Ihr?«, fragte Rimberti.

»Kaufmann Sanders, Meister Garmer und Pfarrer Cornelis. Sie trafen sich regelmäßig mit einigen anderen. Wer noch dazugehörte, weiß ich nicht. Zwei aus Emden gehörten zu dieser Gemeinde, aber wegen der weiten Wege kamen sie nur selten. Ich war nur zweimal bei ihren Zusammenkünften. Sie haben sich stärker an Melchior Hoffmann gehalten. Sie sind mit ihm einen anderen Weg gegangen, als ich ihn gehen will.«

»Welches ist ihr Weg?«

»Hoffmann sieht die Zeit, die Johannes in seiner Offenbarung beschreibt, unmittelbar bevorstehen. Er ist fest davon überzeugt, dass das neue Jerusalem jetzt kommt. Hoffmanns Anhänger wollten durch ihre neue Taufe alles Alte hinter sich lassen: die Kirche, die Obrigkeit. Einige verlassen auch ihre Familie.«

»Und Eure Anhänger?«, fragte Rimberti.

Karlstadt blickte Rimberti ins Gesicht. »Ihr wisst nur wenig von mir. Ich habe nie Anhänger um mich gesammelt. In diesen Wochen erlebe ich zum ersten Mal wieder, was es heißt, ein freier Mann zu sein. Ich habe viel Drangsal erlitten, auch von meinen ehemaligen Wittenberger Freunden, Doktor Luther voran. Mag er noch so sehr Euer verehrter Lehrer sein, mich hat er gedemütigt, wo er konnte. Nur für meine Frau und meine Kinder bin ich zu Kreuze gekrochen. Und genützt hat es mir nichts. Dies ist mein Weg. Und Ihr müsst Euren Weg gehen. Ich sammle keine Jünger um mich. Ich will selbst ein Jünger meines Herrn sein. Nichts weiter.«

»Das Salz der Erde.«

»Das Salz der Erde. Und das Licht der Welt. So sagt es unser Herr. Das Licht, das nicht leuchtet, und das Salz, das nicht salzt, taugt zu nichts.«

»Nennt sich Hoffmanns Gemeinde so? ›Salz der Erde‹?«, fragte Rimberti.

Karlstadt wiegte den Kopf. Dann antwortete er bedächtig: »Die Gemeinde, die sich um Kaufmann Sanders und Meister Garmer sammelte, hielt ihre Zusammenkünfte immer so ab, dass dieses Wort unseres Herrn als Vermahnung zu Anfang gelesen wurde. Es war keine richtige Gemeinde, und nicht alle waren von Hoffmann getauft. Die meisten gingen am Sonntagmorgen in den Gottesdienst in ihrer Pfarrgemeinde. Meist trafen sie sich am Sonntagnachmittag zu ihren Zusammenkünften.«

»Wir müssen denjenigen kriegen, der Eure Glaubensgeschwister eines nach dem anderen ins himmlische Jerusalem befördert«, polterte Fockena. »Wer ist Euer Feind?«

»Jeder ist unser Feind, der die Wahrheit Christi verachtet«, erwiderte Karlstadt scharf.

»Was ist in Osterfelde geschehen?«, wollte Rimberti wissen.

»In Osterfelde?« Karlstadt erschrak.

»Pfarrer Cornelis sagte diesen Namen kurz vor seinem Tod. Ich habe ihn zuerst nicht richtig verstanden. Ich dachte, es wäre der Name des Mannes, der ihn und die anderen auf dem Gewissen hat. Aber es ist der Name eines Dorfes, in dem die Frau und die Tochter von Kaufmann Hilko Boyen getötet wurden.«

Karlstadt flüsterte: »In diesen Tagen wird eine solche Bedrängnis sein, wie sie nie gewesen ist. So spricht Christus.«

»Sagt, was Ihr wisst, Mann«, forderte ihn Fockena ungeduldig auf. »Sonst macht Ihr Euch schuldig am Tod von noch mehr Menschen!«

»Was in Osterfelde geschah, ist ein gut gehütetes Geheimnis. Und das Wenige, was ich weiß, weiß ich nur von einem Überlebenden, der mir strengstes Stillschweigen auferlegt hat.«

»Pfarrer Cornelis aus Wilsum«, stellte Fockena fest.

Karlstadt nickte. »Da er nicht mehr lebt und Menschen in Gefahr sind, werde ich mein Wort brechen. Cornelis und mein himmlischer Vater mögen mir verzeihen.«

»Das werden sie«, drängelte Fockena.

»Elf haben sich aus Emden und Norden auf den Weg gemacht, so wie einst die Jünger zum Berg nach Galiläa gekommen sind, um dem Auferstandenen zu begegnen.«

»Wisst Ihr, wer die elf waren?«

»Nein. Ich weiß, dass Pfarrer Cornelis, Meister Garmer und Jakob Sanders dabei waren. Sanders hatte seine Magd und seinen Knecht dabei, und Cornelis einen Lehrknecht aus seiner Gemeinde. Zwei Handwerker aus Emden waren auch dabei. Sie kamen aus Hoffmanns Gemeinde. Aber sie kenne ich nicht. Nach dem, was Ihr erzählt habt, gehörte auch Drost Ibenga zu dieser Gemeinschaft.«

»Die Magd von Jakob Sanders war Schwester Frauke aus dem Klostervorwerk Oldekamp. Dann fehlen noch zwei«, rechnete Fockena nach. »Außerdem waren Hilko Boyens Frau und seine Tochter mit den Reisenden unterwegs. Vielleicht haben sich auch andere angeschlossen, um in einer größeren Gruppe sicherer zu reisen. Liegt Osterfelde direkt auf dem Weg?«

»Es soll etwas abseits der Heerstraße liegen. Osterfelde ist ein verlassenes Dorf. Seine Einwohner sind vor einigen Jahren an einer Seuche verstorben. Ein kleines Herrenhaus steht in der Nähe des Dorfes und ein Kloster. Der Herr von Osterfelde, zu dessen Gerechtigkeit zwei weitere Dörfer gehören, wollte das verlassene Dorf wieder besiedeln. Eine Gemeinschaft der Heiligen sollte entstehen. Der Herr von Osterfelde war ein Anhänger Hoffmanns. Er lud Hoffmann und seine Gemeinde ein, in seinem Territorium in Frieden zu leben.«

»Das können sie doch auch hier«, wandte Fockena ein.

»Mit einem neuen Tuch flickt man kein altes Kleid, und den neuen Wein gießt man in neue Schläuche und nicht in alte. So sagt es unser Heiland. Versteht Ihr?«, belehrte ihn Karlstadt.

»Nein«, brummte Fockena und sah ihn ratlos an.

»Wenn du dein Pferd von Berum nach Hage reitest«, erklärte Rimberti, »dann kannst du den Sattel gern in Richtung Esens wenden. Du kommst trotzdem in Hage an. Du kannst nicht in deinem alten Leben neu werden.«

Fockena brummte und deutete ein Nicken an. Dieses Thema schien ihn nicht übermäßig zu interessieren.

»Aus mehreren Gegenden wollten Menschen zusammenkommen, um in diesem Dorf als Gemeinde der Heiligen zu leben«, fuhr Karlstadt fort. »Nicht nur aus Ostfriesland kamen Gläubige, auch aus dem Münsterland, aus den niederländischen Provinzen und vom Rhein. Der Herr von Osterfelde wurde von seinem jüngeren Bruder beim Bischof angezeigt, weil er Aufrührer und Ketzer ansiedeln wollte. Gerade war das Edikt von Speyer beschlossen worden. Dem jüngeren Bruder ging es natürlich darum, die Herrschaft an sich zu bringen. Und was dann kam, ist eine sehr traurige Geschichte.«

»Die neuen Ansiedler wurden hingerichtet«, sagte Fockena.

Karlstadt sprach mit tonloser Stimme weiter: »Der Bischof schickte seine Soldaten aus. Als sie anrückten, feierten gerade einige der neuen Siedler ihre Ankunft mit einer Taufe am Fluss. Sie wurden festgenommen, und niemand von ihnen leistete Widerstand. Sie folgten dem Gebot des Herrn nach Friedfertigkeit. Andere konnten rechtzeitig fliehen. Der Herr von Osterfelde musste der Ketzerei abschwören und zugunsten seines jüngeren Bruders auf die Herrschaft verzichten. Die Gefangenen wurden alle als Wiedertäufer im Fluss ertränkt. Und die, die mit ihnen unterwegs waren wie Hilko Boyens Frau und ihre Tochter, wurden ebenfalls getötet. Pfarrer Cornelis kam mit einigen nach und sah alles aus der Ferne. Er konnte entkommen, und einige flohen mit ihm.«

»Sie sind ihrem Tod nicht entkommen«, widersprach Ulfert Fockena. »Einer findet sie auf und tötet sie, einen nach dem anderen. Er tötet sie mit der Waffe, deren Gebrauch der Papst nur gegen Ketzer genehmigt hat. Und er bestreut sie mit dem Salz der Erde. Wer tut so etwas? Hat etwa der Bischof von Münster einen seiner Männer geschickt, um das Urteil auch an denen zu vollstrecken, die davongekommen sind? Schließlich ist es ja seine Waffe, mit der die Morde begangen wurden. Oder jemand will verhindern, dass die Sektierer zurück nach Ostfriesland kommen und ein neues Gottesreich errichten.«

»Glaubst du das wirklich?«

Fockena machte eine wegwerfende Geste mit der Hand. »Der Mörder weiß offensichtlich, wer von Osterfelde aus heil nach Haus gekommen ist. Keiner der Überlebenden hat den Angehörigen etwas gesagt.«

»Nur zwei von ihnen haben eine Familie«, wandte Rimberti ein. »Kaufmann Sanders hat seiner Frau nichts von den wahren Gründen seiner Reise erzählt, und die Frau von Drost Ibenga können wir nicht fragen. Sie lebt bei ihren Eltern in der Nähe von Oldenburg. Aber vermutlich würden wir von ihr auch nichts erfahren. Ist es wirklich denkbar, dass sie ihre Familien verlassen haben, um an ihrem heiligen Ort ein neues Leben zu beginnen?« Er sah Karlstadt an. »Ihr wisst wirklich nicht, wer die beiden aus Emden sind? Ihr wisst sonst keine Namen weiterer Mitglieder von Jakob Sanders' Gemeinde?«

Karlstadt schüttelte den Kopf. »Ich habe Euch alles gesagt, was ich weiß. Offiziell heißt es, dass es in Osterfelde zu einem Kampf zwischen den Soldaten des Bischofs und Aufrührern gekommen ist. Dabei seien irrtümlich Reisende ums Leben gekommen.«

Drost Iderhoff stand plötzlich in der Tür. »Ich will Euer Gespräch nicht stören. Aber wir brechen in wenigen Minuten nach Norden auf. Wenn Ihr Euch uns anschließen wollt, seid Ihr herzlich willkommen. Ich habe noch Geschäfte in Norden, bis das Treffen mit dem Staatsrat beginnt.«

»Müssen wir Hilko Boyen die Wahrheit über den Tod seiner Frau und seiner Tochter sagen?«, fragte Fockena, als sie in Norden angekommen waren.

Rimberti seufzte. Welche Wahrheit war härter? Die Wahrheit, dass Frau und Tochter von Boyen auf ihrer Reise durch ein Missverständnis verhaftet und ums Leben gekommen waren, oder die Wahrheit, dass sie vermutlich ebenfalls zu den Anhängern der neuen Lehre gehört hatten und deshalb hingerichtet worden waren?

»Ich weiß es nicht. Verschieben wir die Entscheidung«, sagte Rimberti. So wichtig diese Angelegenheit auch war, so hatte er den Kopf jetzt nicht frei dafür. Er strich mit der Hand über seine Unterlagen. Viel Zeit blieb ihm nicht, um sich für das Treffen mit dem Staatsrat vorzubereiten. Der eigentliche Grund für Rimbertis Aufenthalt in Ostfriesland war mehr und mehr in den Hintergrund geraten. Hatten der Streit um die Herrlichkeit Hillersum und die rätselhaften Morde wirklich nichts miteinander zu tun? Oder sollten die Morde genauso wie die Übernahme von Hillersum durch den Herzog von Geldern gegen Graf Enno ausgespielt werden, um seine Herrschaft zu schwächen? Lag darin die Verbindung der Ereignisse?

In zwei Stunden würde die Verhandlung mit dem Staatsrat beginnen. In Norden war schon bekannt geworden, dass Junker Balthasar von Esens mit kleinem Gefolge in der Stadt eingetroffen war. Weit größeres Aufsehen erregte die Ankunft von Friedrich von Issenhusen, Staatsrat am Hof von Königin Margarete, mit seiner Begleitung: Schreiber und Beamte, Bedienstete und zwei Dutzend Soldaten.

Fockena verabschiedete sich. Er würde nachher als Vertreter der Häuptlinge an der Sitzung teilnehmen. Rimberti beugte sich über seine Papiere. So, wie er es seinen beiden Juristenkollegen vorgetragen hatte, würde es gehen müssen.

Es klopfte, und die Hauswirtschafterin brachte Rimberti eine wässrige Suppe und nach Torf schmeckendes dunkles Brot.

Kapitel 35

DIE TISCHE IM kleinen Festsaal des Hochgräflichen Hauses waren im Viereck aufgestellt. In der Mitte saß Friedrich von Issenhusen, Staatsrat von Königin Margarete, Statthalterin von Kaiser Karl. Die Statthalterin konnte wegen ihres Beinleidens keine großen Reisen mehr unternehmen. Von ihrem Krankenlager in Mecheln aus regierte sie im Auftrag ihres kaiserlichen Neffen den nordwestlichen Teil seines riesigen Weltreiches, in dem die Sonne niemals unterging.

Staatsrat Issenhusen war von eher kleiner Gestalt. Mit schütterem Haar, einem leicht hinkenden Gang und übellauniger Miene machte er auf die Anwesenden keinen großen Eindruck. Rimberti sah, dass Issenhusen sich mit wachen Augen im Saal umsah und jede Kleinigkeit zu registrieren schien.

Links von ihm saß sein Schreiber, und auf der Rechten sein Jurist, ein gebrechlicher, alter Mann mit scharfem Blick, der vor sich ein aufgeschlagenes Gesetzeswerk hatte und den Staatsrat auf einige Formulierungen hinwies. Auf der linken Seite saß schwerfällig und aufgedunsen Eilert Nanninga, der Häuptling von Hillersum, und neben ihm seine Frau, die Mühe hatte, ihn aufrecht in seinem Stuhl zu halten. Seine Haltung und seine ins Violette übergehende Gesichtsröte ließen darauf schließen, dass der Häuptling betrunken war. Neben ihnen hatten Balthasar von Esens und Berend Hackfort, ein Bevollmächtigter von Herzog Karl von Geldern, mit zwei Begleitern Platz genommen.

Auf der anderen Seite der Tischformation saßen Graf Enno und Graf Johann mit Ennos beiden unvermeidlichen Ratgebern, gefolgt von den Drosten Eggerik Beninga und Jelto Iderhoff. Neben den Drosten befanden sich die Plätze von Ulrich von Dornum und Ulfert Fockena, die für die ostfriesischen Häuptlinge an der Verhandlung teilnahmen. Dem Staatsrat gegenüber saßen Lübbert Rimberti und seine beiden Kollegen Haykema und van Woerden, die vor sich mehrere Gesetzeswerke und Ledermappen mit Unterlagen aufgetürmt hatten.

Issenhusen erhob sich und eröffnete die Sitzung von Königin Margarete, der vom Kaiser eingesetzten Regentin. Nach den einleitenden Worten und der Begrüßung der anwesenden Personen kam er zur Sache: »Dem Kaiser ist sehr daran gelegen, die Einheit des Reiches zu stärken. Der Kaiser erwartet von den Streitparteien, dass sie schnell zu einer Einigung kommen und sich dringlicheren Aufgaben widmen, als untereinander Zwistigkeiten auszutragen. Die vordringliche Aufgabe aller Fürsten ist es, den Frieden zu wahren und gemeinsam gegen den Feind vorzugehen. Erst drei Jahre ist es her, dass die Türken Ungarn überrannt und erobert haben. Seit dem Frühjahr wird Wien vom Heer des Sultans Suleiman belagert. Unsere dringlichste Aufgabe ist es, Geld und Soldaten zu schicken, um den Verteidigern zu Hilfe zu kommen.«

Der Staatsrat ließ diese Worte auf die Anwesenden wirken und setzte sich dann. Fast beiläufig fuhr er fort: »Es ist durchaus nicht selten, dass ein Landesherr durch Kauf oder Heirat oder Erbschaft seine Herrschaft vergrößert. Soll doch Eilert Nanninga seine Herrschaft dem veräußern, der ihm den höchsten Preis dafür bietet. Ich sehe nicht, wo das Problem liegt, das unseren Umweg nach Norden nötig gemacht hat.«

Graf Enno erhob sich. »Es geht nicht nur um den Verkauf von Land. Herzog Karl von Geldern und Junker Balthasar von Esens wollen sich mitten in meiner Grafschaft festsetzen. Sie werden sich einen Stützpunkt mit einer befestigten Burg und einen Hafen aufbauen. Das kann ich nicht zulassen. Das wäre ja so, als würdet Ihr dem Sultan gestatten, Böhmen oder die niederländischen Provinzen zu kaufen und dort Heerlager aufzubauen.« Enno konnte seinen Zorn kaum im Zaum halten.

Junker Balthasar sprang auf. »Wollt Ihr Herzog Karl und mich mit den ungläubigen Türken vergleichen? Wer von uns ist der Ungläubige? Ist es nicht so, dass Ihr Ketzer und Aufrührer in Eurem Land aufnehmt? Herzog Karl und ich sind dem Papst treu ergeben, aber in Eurem Land werden Wiedertaufen vorgenommen, und Männer wie Karlstadt und Hoffmann stiften Unruhe. Klöster werden aufgelöst und abgerissen, Kirchen werden geplündert. Noch nicht einmal bei den evangelischen Ständen seid Ihr willkommen. Hier ist alles, was ich sage, dokumentiert.«

Junker Balthasar ließ sich von einem seiner Schreiber eine Tasche geben und ging zum Platz des Statthalters, dem er die Dokumente überreichte. Issenhusen nickte dem Junker zu und gab die Papiere an den Mann an seiner Seite, der sofort zu lesen begann.

Mit drohender Stimme meldete sich wieder Graf Enno zu Wort: »Ich werde nicht zulassen, dass meine Widersacher vor meinen Augen ein Bollwerk gegen meine Herrschaft errichten.«

»Eure Herrschaft?«, donnerte Balthasar zurück. »Kümmert Euch doch zuerst einmal um Eure Herrschaft. Ein Mörder, der Kaufmann Jakob Sanders und den Drosten Ibenga und noch andere Opfer auf dem Gewissen hat, läuft frei herum, und niemand kümmert sich um die Aufdeckung dieser schrecklichen Verbrechen.«

Enno holte tief Luft und wollte darauf erwidern, als Issenhusen ihm mit einer Geste und einem bohrenden Blick das Wort abschnitt. Er beugte sich zu seinem Sekretär, der ihm etwas ins Ohr flüsterte. Der Staatsrat hörte konzentriert zu, während es im Saal so leise wurde, dass man nur das schwere Schnaufen von Häuptling Eilert Nanninga hörte, der gegen den Schlaf kämpfte und in diesem Kampf von seiner Frau unterstützt wurde, die ihn mit leichten Stößen weckte.

Der Staatsrat blickte Graf Enno mit großen Augen an. »Stimmt das?«, fragte er. »Drost Hayko Ibenga und Kaufmann Jakob Sanders sind dem Hof der Statthalterin wohlbekannt und genießen das Wohlwollen von Königin Margarete. Lasst Ihr den Täter ungeschoren?«

Enno erstarrte. Er blickte zu Rimberti, der sich langsam erhob.

»Doktor Rimberti, habt Ihr zu dieser Sache etwas zu sagen, so sprecht«, forderte ihn der Staatsrat auf.

»Graf Enno hat Junker Ulfert Fockena und mich gebeten, Untersuchungen im Hinblick auf den Tod mehrerer rätselhafter Todesfälle anzustellen«, erklärte Rimberti. »Gestern hat uns der Graf in einem vertraulichen Gespräch gebeten, mit diesen Untersuchungen fortzufahren.«

»Könnt Ihr uns über den Stand der Untersuchungen berichten?«, fragte Staatsrat Issenhusen und sah Rimberti mit stechendem Blick an.

»Ich würde die Angelegenheit gern vertraulich mit Euch bereden. Dann könnt Ihr entscheiden, was ich öffentlich berichten kann.«

Issenhusen verstand. Sofort legte er die nächste Frage nach: »Haben Eure Untersuchungen etwas ergeben, das für unsere Angelegenheit von Bedeutung ist?«

»Zwei Dinge«, antwortete Rimberti selbstsicher. »Das eine: Graf Enno und wir sind uns einig, dass der Täter kein gedungener Mörder im Auftrag des Junkers von Esens ist. Wir gehen davon aus, dass Junker Balthasar in diesen Fall nicht verwickelt ist und zu Unrecht verdächtigt wurde.«

Graf Enno sah mit waidwundem Blick zu Rimberti. Balthasar aber nickte bestätigend und blinzelte Rimberti zu. Vielleicht – so dachte Rimberti – könnte dieses wohlwollende Blinzeln hilfreich für ihn sein. Er fuhr fort: »Wir gehen davon aus, dass jemand die Vorfälle in der Grafschaft nutzen will, um Unruhe zu schüren und Graf Enno am Hof der Statthalterin und bei den evangelischen Fürsten zu diskreditieren. Es gibt jemanden, der Nachrichten und Dokumente aus der Grafschaft sammelt und an den

Hof der Statthalterin weiterleitet, um Ennos Herrschaft zu erschüttern. Diesen Mann suchen wir, auch wenn er mit den Verbrechen vermutlich nicht in Zusammenhang steht.«

Jetzt sah Rimberti, wie sich die Gesichtszüge des Grafen entspannten.

Issenhusen wandte den Blick nicht von Rimberti ab. »Doktor Rimberti, verstehe ich Euch richtig, dass Ihr den Namen des Mörders kennt?«

Rimberti spürte, wie Ulfert Fockena neben ihm den Atem anhielt. »Ja«, antwortete er. »Ich glaube, ich weiß, wer diese Verbrechen begangen hat. Ich brauche noch einen Tag, um die Wahrheit herauszufinden. Bevor ich einen Namen nenne und jemanden beschuldige, muss ich Klarheit haben. Aber diese Morde stehen nicht in einem direkten Zusammenhang mit dem geplanten Verkauf der Herrlichkeit Hillersum. Darum können wir diese Angelegenheit jetzt in aller Ruhe klären.«

Der Staatsrat nickte zustimmend und unterbrach die Sitzung für einen Moment. Die Bediensteten des Grafen brachten aus einem Nebenraum, der durch einen schweren Vorhang vom Saal getrennt war, Brot, Käse, kalten Braten und Obst. Dazu stellten sie für jeden Anwesenden einen Krug Bier und einen Zinnbecher auf den Tisch. Dann verließen sie den Saal. Bei den vertraulichen Dingen, die nun zu beraten waren, sollte kein Dienstbote zugegen sein. Die Wachen verschlossen die Türen und postierten sich draußen. Jetzt war man unter sich.

»Strittig ist die Frage, ob ein auswärtiger Herr eine ostfriesische Herrlichkeit erwerben und besitzen kann«, stellte der Staatsrat fest und eröffnete damit die Verhandlung. »Sosehr politische und militärische Erwägungen, die die Sicherheit der Grafschaft betreffen, für den ostfriesischen Grafen von Bedeutung sind, so ist die rechtliche Seite dieses geplanten Verkaufes davon nicht berührt.«

Graf Enno wollte sprechen, aber der Staatsrat gebot ihm mit einer Handbewegung Schweigen und fuhr fort: »Ist der Häuptling unmittelbar dem Kaiser unterstellt und somit gleichen Standes wie der Graf, oder erhält er seine Herrlichkeit als eine Art Lehen?«

»Niemals«, polterte Junker Balthasar und schlug mit der schweren Faust auf den Tisch. Der Hillersumer Häuptling, der eben eingedöst war, schreckte hoch und musste von seiner Gemahlin beruhigt werden. »Mein Großvater war der edle Ritter Siebo Attena. Er diente Graf Ennos Großvater als freier Herr und treuer Verbündeter. Aber Graf Enno und sein Vater haben diese Treue mit Untreue vergolten. Sie wollen das Harlingerland zur Beute ihrer Habgier machen. Das werde ich nicht dulden. Eher überziehe ich das ganze Land mit Krieg und Verderben.« Balthasars Stimme überschlug sich vor Zorn.

»Wenn Ihr einen Krieg wollt, dann zieht gegen die Türken ins Feld. Alle beide«, donnerte der Staatsrat zurück. »Das ganze Reich ist in Gefahr, und Ihr wollt Eure Männer wegen ein paar Quadratmeilen Land gegeneinander in die Schlacht schicken?«

Wieder wurde es mucksmäuschenstill im Saal. Staatsrat Issenhusen wandte sich an Haykema und van Woerden. »Ihr Herren hattet Zeit und Gelegenheit, Euch mit dieser Angelegenheit zu befassen. Vielleicht mögt Ihr ein wenig Licht in das Dunkel bringen.«

Van Woerden erhob sich und blinzelte die Anwesenden mit seinen blauen Augen an. »Zwei Probleme müssen unterschieden werden«, erklärte er mit seiner hellen Stimme. »Zum einen ist die Frage, in welcher rechtlichen Beziehung der Graf und der Häuptling in diesem Land zu einander stehen. Zum anderen ist die Frage, ob und inwiefern ein auswärtiger Herr Häuptling einer ostfriesischen Herrlichkeit werden kann. Unser verehrter Kollege Doktor Rimberti wird das genauer erläutern.«

»Nun?«, fragte der Staatsrat.

Rimberti stand von seinem Platz auf und legte das Papier mit seinen Notizen vor sich hin. »Verzeiht, wenn ich etwas weitschweifig antworte. Das Häuptlingswesen ist aus dem Richteramt in den Landesgemeinden alter Zeit entstanden«, erläuterte er. »Richter wurden aus den Familien in den Gemeinden gewählt. Ihre Amtszeit war begrenzt, damit niemand dieses Amt zum Vorteil für sich und seine Familie nutzen konnte. Dann kam eine Zeit, in der einzelne Familien ihre Macht in den Gemeinden ausbauen und die Herrschaft über ein begrenztes Gebiet ausüben konnten. Die Häuptlinge lösten die Richter der Landgemeinden ab. Die Vorstellung, dass ein auswärtiger Machthaber das Häuptlingsamt in einer Herrlichkeit ausübt, widerspricht dem Herkommen dieser Einrichtung.«

Haykema und van Woerden nickten zögerlich.

Rimberti sprach weiter: »Das Häuptlingsamt hat seine Berechtigung aber nicht durch eine Belehnung, die durch das ostfriesische Grafenhaus erfolgt ist. Im Gegenteil. Als Ulrich Cirksena vor mehr als 70 Jahren durch den Kaiser belehnt und zum Grafen wurde, blieben die ›Freiheiten und Gerechtigkeiten‹ der anderen Häuptlinge unberührt. So wird es in der kaiserlichen Urkunde ausdrücklich festgeschrieben. Ulrich war der bedeutendste Häuptling in Ostfriesland, aber eben ein Häuptling unter anderen. Er war nicht Graf *von* Ostfriesland, sondern Graf *in* Ost-friesland.«

Graf Enno starrte ihn an. Haykema und van Woerden nickten wieder.

»Die Angriffe, die Graf Edzard und Graf Enno gegen das Harlingerland führten, waren Eroberungskriege«, fuhr Rimberti fort. »Balthasars Vorfahr, der edle Ritter Siebo, war niemals ein Untertan von Graf Ulrich Cirksena, sondern sein treuer Verbündeter und Freund, ohne dessen Hilfe Ulrich niemals seine Herrschaft hätte ausbauen können. Ist das deutlich?«

Graf Enno verzog beleidigt das Gesicht, traute sich aber nicht, Widerspruch zu erheben. Staatsrat Issenhusen forderte Rimberti mit seinem Kopfnicken auf fortzufahren.

»Junker Balthasar und sein Vater haben als Häuptlinge die Freiheit ihrer Herrlichkeit vor den Ansprüchen eines anderen Häuptlings verteidigt und waren damit im Recht. Keinesfalls hat Junker Balthasar durch seine kriegerischen Aktionen sein Recht verwirkt, eine andere Herrlichkeit zu erwerben. Auch die Cirksena haben ihre Macht mit militärischer Gewalt ausgebaut. Und Graf Enno unterhält in der Herrschaft Jever eine Besatzung, obwohl durch seine geplante oldenburgische Heirat die Inbesitznahme von Jever durch Heirat hinfällig ist. Auch er ist dabei, eine fremde Herrlichkeit zu erwerben, und zwar ohne Kauf oder Rechtsanspruch.«

Enno hielt es kaum noch aus auf seinem Stuhl. Nur ein drohender Blick des Staatsrates gebot ihm Einhalt. Junker Balthasar grinste vergnügt in sich hinein.

»Somit dürfte Junker Balthasar durchaus die Herrlichkeit Hillersum erwerben«, führte Rimberti aus. »So wie es Graf Enno, Junker Ulrich von Dornum, Junker Ulfert Fockena und andere auch tun könnten. Allerdings …«

Rimberti machte eine kurze Pause. Er wusste, dass er durch seine spärlichen Nachforschungen nicht mehr viel aufzubieten hatte und mit dem nächsten Schuss sein Pulver verschossen wäre. Dieser Schuss musste also ein Treffer sein.

Er hob an: »Allerdings: Karl von Geldern kann als auswärtiger Regent nicht eine ostfriesische Herrlichkeit erwerben. Ein solcher Schritt widerspricht der Tradition des Häuptlingsamtes, das sich aus der Landgemeinde und ihren Familien heraus entwickelt hat. Nach der Ernennung Ulrich Cirksenas zum ostfriesischen Grafen sind die Häuptlinge des Landes zwar nicht seine Untertanen, aber sie sind zur Heeresfolge und zur Deicherhaltung verpflichtet. Auch aus diesem Grund kann Herzog Karl nicht Häuptling von Hillersum werden, es sei denn, er erklärt sich zur Heeresfolge für Graf Enno bereit. Und das wird er niemals tun. Dazu würde ihm auch kein vernünftiger Mensch raten.«

Haykema und van Woerden schüttelten erst den Kopf, um Rimbertis letzte Bemerkung mit ihrem Nein zu bestätigen, und nickten dann zustimmend zu Rimbertis Erklärungen.

»Der anstehende Verkauf der Herrlichkeit Hillersum ist aber nicht ein ausschließlich juristisches Problem, sondern vor allem ein politisches und militärisches. Und darum wird es jenseits unserer rechtlichen Empfehlungen auch durch Politik oder Krieg entschieden werden«, fasste Rimberti seine Gedanken zusammen. »Oder durch Geld«, fügte er hinzu.

»Man merkt, dass Ihr in den letzten Tagen ein sorgfältiges Studium betrieben habt«, sagte der Staatsrat anerkennend. »Oder dass Ihr einen guten juristischen Instinkt habt.«

»Auf jeden Fall sind wir drei uns in der rechtlichen Einschätzung einig«, verkündete Haykema mit seiner nasalen Stimme. »Die Herrlichkeit Hillersum kann erworben werden von Graf Enno oder Junker Balthasar oder einem anderen Interessenten aus Ostfriesland. So sollte unsere Regentin Königin Margarete den Fall entscheiden.«

»Wird sie das tun?«, fragte Rimberti.

»Sie wird das tun«, bestätigte van Woerden. »Sie hat uns persönlich für diese Aufgabe ausgesucht.«

»Jede andere Lösung würde das Land in ein Schlachtfeld verwandeln und auf Jahre verwüsten«, erklärte Haykema.

Graf Enno brauchte einen Moment, um das Gehörte zu verarbeiten. Seine beiden Ratgeber im Hintergrund lächelten ihn dümmlich an. Nur Eggerik Beninga raunte ihm zu: »Ihr habt zwar einiges einstecken müssen, aber Rimberti und die beiden anderen haben Euch recht gegeben. Ich bitte Euch jetzt, nicht zu triumphieren, sonst könnte alles kaputtgehen.«

Enno nickte. Er hatte zwar nicht genau verstanden, was Beninga gesagt hatte, aber er hatte verstanden, wie es gesagt worden war.

Für einen Moment war es ganz still im Saal geworden. Man hörte nur das schwere Atmen von Häuptling Eilert Nanninga von Hillersum, der in der Zwischenzeit nicht nur den eigenen Bierkrug, sondern auch noch den seiner Frau geleert hatte und nun in seinem Armstuhl zusammengesunken und eingenickt war. Seine Frau blickte ratlos in die Runde und gab ihrem Mann einen Ruck. Er erwachte schmatzend und stierte mit glasigen Augen vor sich hin.

»Das bedeutet«, fasste Staatsrat Issenhusen mit Blick auf Eilert Nanninga zusammen, »Ihr könntet Eure Herrschaft nicht an Herzog Karl von Geldern veräußern. Aber Ihr könntet sie an Balthasar von Esens verkaufen oder an einen anderen Käufer in Ostfriesland, und natürlich an Graf Enno Cirksena.«

Auf einen Schlag begannen alle zu reden. Balthasar diskutierte mit Karl von Gelderns Gesandten und seinen Ratgebern über die Möglichkeiten, mit dem Geld des Herzogs diesen Kauf zu bewerkstelligen. Graf Enno besprach mit seinen Begleitern, wie man das Geld für diesen Kauf auftreiben könnte. Gleichzeitig diskutierten Haykema und van Woerden ähnlich gelagerte Rechtsstreitigkeiten, und Staatsrat Issenhusen besprach die ganze Angelegenheit mit seinem Juristen.

Rimberti, der mit niemandem im Gespräch war, wandte sich zu Ulfert Fockena um. Er sah, dass sein Gefährte auf den Vorhang starrte, hinter dem sich der Nebenraum befand.

In diesem Augenblick, in dem Rimberti sah, dass sich dort etwas bewegte, sprangen er und Fockena fast gleichzeitig auf. Mit einem Satz waren sie bei Graf Enno und rissen ihn mitsamt seinem Stuhl um. Der Stuhl krachte, und scheppernd fielen Schüsseln und Becher vom Tisch.

Der Saal verstummte, und alle starrten auf die drei am Boden liegenden Männer.

»Was fällt Euch ein?«, zischte Graf Enno. »Reicht es Euch nicht, mich vor allen zu demütigen?«

Weiter kam er nicht. Ulfert Fockena war gleich wieder aufgesprungen, rannte auf den Vorhang zu und riss ihn zur Seite. Im selben Moment wurde die kleine Tür, die er in dem kleinen Raum dahinter entdeckte, von außen zugedrückt. Fockena war mit einem Satz zur Stelle, aber er rüttelte vergeblich an der Klinke, die Tür war verschlossen. »Steht nicht herum!«, schrie er in den Saal. »Helft mir.«

Balthasar war sofort bei ihm, und gemeinsam stemmten sie die Tür auf. Mit gezogenen Waffen rannten sie die enge Holztreppe herunter. Von unten schlug ihnen Rauch entgegen, der immer dichter wurde. Unten brannte die Treppe. Sie konnten nicht weiter und kehrten um.

Als Balthasar und Fockena im Saal angekommen waren, wies Rimberti den Grafen auf die Wand hinter sich hin. In dem Schrank, vor dem noch vor wenigen Momenten Graf Enno in seinem Stuhl gesessen hatte, steckte ein Armbrustbolzen.

Graf Enno wurde kreidebleich. »Ihr ... Ihr«, stotterte er, »... Ihr habt mir das Leben gerettet. Das werde ich Euch nie vergessen. Ich werde Euch ewig ...« Weiter kam er nicht. Plötzlich liefen ihm Tränen über das Gesicht, und er schluchzte.

Kapitel 36

Ulfert Fockena und Balthasar von Esens hatten mit einigen Männern des Grafen die Straßen und Lohnen um den Marktplatz durchkämmt. Natürlich war es nutzlos gewesen. Der Armbrustschütze hatte einen kurzen, aber wirksamen Vorsprung und war längst verschwunden.

Unverrichteter Dinge kamen sie im Saal des Hochgräflichen Hauses an. Dort hatten Rimberti und Issenhusen inzwischen die Dienerschaft befragt, wie ein Eindringling in das obere Stockwerk des Hauses hatte gelangen können. Die Antwort erwies sich als fast zu einfach. Ein Hintereingang führte zur großen Küche im Erdgeschoss des Hochgräflichen Hauses. Von dort führte eine schmale Holztreppe in den kleinen Nebenraum am Festsaal. Über diese Treppe wurden warme Speisen direkt nach oben gebracht, um in dem Nebenraum warm gehalten zu werden, bis man sie servierte. Diese Treppe aber war inzwischen baufällig geworden, sodass man die Speisen seit Jahren über die große Treppe nach oben brachte.

»Diese Hintertür und die Treppe werden also nicht mehr genutzt?«, fragte Issenhusen die verschreckte Köchin.

»Die Hintertür wohl, Euer Gnaden«, antwortete sie. »Durch diese Tür wird ja alles gebracht, was wir in der Küche brauchen. Von der Hintertür kommt man in die Küche und in die Diele. Und man kommt zur kleinen Treppe nach oben. Aber die nimmt heute keiner mehr von uns. Das ist ja lebensgefährlich, so wackelig und morsch ist die.«

»Das bedeutet«, fragte Rimberti nach, »jemand kann von außen kommen und die kleine Treppe zum Saal betreten, ohne von der Küche aus gesehen zu werden? Ist das richtig?«

Die Köchin nickte. »Hier unten kriegen wir nicht mit, ob da jemand hoch- und runtergeht. Eigentlich.«

»Eigentlich?«, fragte Rimberti.

»Die Tür ist abgeschlossen. Da kommt keiner von außen rein.«

»Und wo ist der Schlüssel?«

»Der hängt neben der Tür. Die Hintertür wird nur von innen auf- und zugeschlossen. Für die Dienerschaft gibt es einen Eingang an der Seite. Da ist auch die Gesindeküche, in der wir uns aufhalten, wenn der Graf hier residiert.«

»Hängt der Schlüssel für die Hintertür jetzt da?«

»Nein, der ist weg«, antwortete die Köchin. »Aber das hat keiner von uns gemerkt, weil alle Lebensmittel schon heute früh geliefert wurden, und danach ging keiner mehr durch die Tür.«

»Der Armbrustschütze muss mit diesen Gegebenheiten gut vertraut sein«, folgerte Rimberti, als er mit Staatsrat Issenhusen und Ulfert Fockena im Festsaal saß. Graf Enno hatte es vorgezogen, mit seinen Begleitern im ehemaligen Dominikanerkloster zu übernachten, das im Jahr zuvor aufgelöst worden war und zu einer neuen Residenz für den Grafen umgebaut werden sollte. Balthasar und seine Begleiter waren im Gästehaus des Klosters Marienthal untergebracht.

»Der Armbrustschütze hat sich den Schlüssel verschafft, was vielleicht gar nicht so schwer gewesen ist«, sagte Ulfert Fockena. »Heute war den ganzen Tag über so viel Kommen und Gehen, dass es wohl kein Problem war, unbemerkt an den Schlüssel zu kommen.«

»Unser Armbrustschütze ist dennoch ein hohes Risiko eingegangen«, bemerkte Issenhusen.

»Das ist er bei jedem seiner Anschläge«, erwiderte Rimberti.

Issenhusen sah ihn scharf an.

Rimberti schwieg.

»Ihr wisst, was Ihr zu tun habt. Wenn Ihr Hilfe braucht, könnt Ihr auf mich zählen«, sagte der Staatsrat. »Wir sehen uns morgen. Ich werde am frühen Nachmittag abreisen. Bis dahin wünsche ich noch einmal mit Euch zu sprechen, Doktor Rimberti.« Er verabschiedete sich und ließ sich von Ulfert Fockena nach draußen begleiten.

Lübbert Rimberti war nun allein im Saal. Er ordnete seine wenigen Unterlagen, als er ein Geräusch hörte.

»Ich bin der Mann, den Ihr sucht, Rimberti«, sagte jemand.

Rimberti drehte sich um. In der Tür stand Graf Johann.

Betont Schritt für Schritt kam Graf Johann auf Rimberti zu. Auch er war allein.

»Ihr seid …?«, wollte Rimberti fragen, aber Graf Johann machte eine abwehrende Handbewegung. »Nein, ich bin nicht der Armbrustmörder, den Ihr sucht. Aber ich bin der Mann, der die Nachrichten aus unserer Grafschaft an den Hof der Statthalterin weitergibt.«

»Ihr geht gegen den eigenen Bruder vor?«

Johann verzog den Mund zu einem angestrengten Lächeln. »So würde ich das nicht nennen. Ich arbeite für mein Land und für die Hinterlassenschaft unseres Vaters.

Und ich arbeite in gewisser Hinsicht auch für meinen Bruder.«

»In gewisser Hinsicht?«

»Mein Bruder ist nicht imstande, die Grafschaft zu regieren. Das weiß ich, das wisst Ihr, und das wissen viele. Sogar die Nutznießer seiner Herrschaft wissen das. Schon im ersten Jahr seiner Regentschaft hat er einen Kahlschlag durchgeführt, von dem sich unser Land nur schwer erholen kann. Kirchen hat er ausgeplündert, bedeutende Klöster hat er aufgelöst. Denkt nur an unser Dominikanerkloster in Norden.«

»Täuscht mich meine Erinnerung, oder erfolgte der Abriss der großen Klosterkirche in Ihlow auf Eure Anweisung?«, fragte Rimberti.

»Die Auflösung der *Schola Dei* in Ihlow war beschlossene Sache. Mein Bruder wollte damit ein Zeichen setzen gegen den alten Glauben und gegen die alte friesische Freiheit. Ich habe gute Miene zum bösen Spiel gemacht. Auch ohne meine Einwilligung hätte mein Bruder die Kirche abreißen lassen.«

»Was wollt Ihr?«

»Was ist das für eine Frage?«, erwiderte Johann. »Ich will nicht, dass mein Bruder unser Land zerstört. Dass Kirchen ausgeplündert und Klöster zerstört werden, ist nur ein Anfang. Die Ratgeber meines Vaters werden ausgetauscht gegen Schmeichler. Und der neue Krieg, den Enno gegen Balthasar plant, wird unser Untergang sein. Der Krieg vor 15 Jahren hat unser Land an den Abgrund gebracht. Nur um Haaresbreite sind wir dem entkommen. Noch heute hat sich Ostfriesland nicht von den Zerstörungen dieses Krieges erholt. Und nun wird schon wieder gerüstet. Unterschätzt Balthasar nicht. Er ist nicht ohne

Freunde. Herzog Karl ist sein Verbündeter, ein mächtiger Mann mit guten Verbindungen bis an den Hof der Regentin.«

»Über die Ihr wohl auch verfügt«, bemerkte Rimberti trocken.

»Mein Vater hat die Nachfolge so geregelt, dass mein älterer Bruder die Regentschaft übernimmt. Nach dem Tod unseres Vaters bin ich in kaiserliche Dienste getreten. Ich muss mir einen Platz suchen.«

»Bis hier ein Platz frei wird, Graf Johann?«

»Verschont mich von Euren Andeutungen, Rimberti. Mein Bruder betrachtet seine Herrschaft als ein großes Spielzeug. Er hat keine Ahnung, wie zerbrechlich es ist. Auf mich hört er nicht. Also muss ich dafür sorgen, dass er auf andere hört.«

»Macht Ihr gemeinsame Sache mit Balthasar von Esens?«

»Nennt es, wie Ihr wollt. Unser Land und Balthasars Land brauchen eine Friedenszeit. Keiner von uns kann es sich jetzt leisten, einen Krieg zu führen. Beide Länder würden untergehen. Die Besetzung der Insel Bant durch Balthasars Männer sollte ein Denkzettel für meinen Bruder sein. Balthasars Männer hätten die Insel nicht lange halten können. Und den finanziellen Schaden hätte nicht mein Bruder erlitten, sondern die Norder Kirche, die ohnehin dem neuen Glauben anhängt. Mein Bruder muss endlich aufwachen. Er hat Gegner, die er fürchten muss, und diese Gegner haben mächtige Verbündete.«

»Und die Anklage gegen Euren Bruder?«

»Die verfolgt das gleiche Ziel. Denkt nicht verächtlich von mir, Rimberti. Ich gehöre dem alten Glauben an, wie nicht wenige andere in der Grafschaft. Unsere Zeit wird wiederkommen. Aber mein Bruder gibt unser Land den

Sektierern preis. Sie predigen Aufruhr und den Glauben an ein neues Jerusalem, das nun kommen soll. Sie reden vom Reich Gottes und bringen Unruhe und Unordnung in unser Land. Sie machen uns die Freundschaft der Reichsfürsten abspenstig.«

»Ihr befürchtet, dass Euer Bruder seine Verbündeten verliert und in die Reichsacht kommt, weil er mit den Ketzern sympathisiert.«

»Mein Bruder ist kein Ketzer. Dazu hat er nicht das Format. Aber ich habe miterlebt, wie es war, als unser Vater in der Reichsacht war und fremde Heere Tod und Plünderung über Ostfriesland brachten. Ich war noch ein Kind, aber ich habe viel gesehen: zerstörte Dörfer und brennende Häuser, Erschlagene auf der Straße und in den Feldern, Soldaten auf dem Rückzug und Familien mit Kindern auf der Flucht. Das habe ich nie vergessen.«

»Ihr treibt ein gefährliches Spiel, Graf Johann«, sagte Rimberti. »Ihr wollt ein kleines Feuer legen, um einen großen Brand zu verhindern. Aber ehe Ihr Euch verseht, kann daraus ein Feuer werden, das alles verzehrt.«

»Ihr habt gehört, was ich zu sagen habe, Rimberti.«

Rimberti schwieg. Vielleicht hatte Graf Johann Ambitionen auf die Regentschaft seines Bruders. Aber Rimberti hatte das Gefühl, dass Johanns Besorgnis durchaus ernst gemeint war. »Ihr wisst nicht, wer der Armbrustmörder ist?«, fragte er den Grafen.

»Nein. Und Ihr wisst es anscheinend auch nicht.«

»Noch nicht«, antwortete Rimberti.

Kapitel 37

ERFREUT SAH PFARRER ADRIAAN de Beer den Gast an, der vor seiner Tür stand. »Lübbert Rimberti? Was macht Ihr hier? Ich denke, Ihr seid bei der großen Beratung.«

»Die ist abgeschlossen.«

»Dann kommt herein. Ihr müsst mir erzählen, wie es Euch ergangen ist seit unserem Wiedersehen auf Bant. Man hörte so dies und das.«

»Ihr müsst mir bei einer Sache helfen«, bat Rimberti. »Sie klingt etwas nebensächlich. Auf dem Friedhof der Insel Bant habe ich zwei Gräber etwas abseits von den anderen entdeckt. Sie schienen mir noch nicht so alt. Wer ist dort beigesetzt? Zwei Schiffbrüchige?«

»So ist es«, bestätigte Adriaan de Beer. »Zwei Tote wurden am Strand angespült, und man hat sie auf dem Friedhof beerdigt. Das kommt hin und wieder vor. Als ich das erste Mal als Kaplan meinen Dienst auf der Insel getan habe, wurden auch zwei Tote angespült, und wir haben ihnen ein christliches Begräbnis zuteil werden lassen.«

»Habt Ihr die Toten aus den beiden neuen Gräbern auch beisetzen lassen? Wisst Ihr etwas über sie?«

Der Pfarrer hob die Schultern und breitete die Hände aus. »Über sie weiß ich nichts. In der Woche hatte ich keinen Dienst. Und die Gräber sind auch nicht von den Leuten auf der Insel ausgehoben worden, sondern von Jakob Sanders' Leuten, der gerade mit seinem Schiff dort war.«

»Die Besuche von Jakob Sanders auf der Insel waren nicht allzu häufig, oder?«

»Er hatte alle Angelegenheiten auf Bant seinem Bruder Berend unterstellt. Er kam nur sehr selten auf die Insel. Ich nehme an, er wollte Hilko Boyen die Salzbuden zeigen. Er wollte Boyen wohl überreden, noch stärker ins Salzgeschäft einzusteigen. Eine Salzbude war zur Verpachtung frei geworden.«

»Von den Leuten auf Bant hat keiner die Toten gesehen?«

»Die Leichen waren in Decken eingewickelt. Die Leute vom Schiff sagten, die beiden Toten hätten auf einer Sandbank vor der Insel gelegen und wären von ihnen geborgen worden.«

»Das hört sich eigenartig an«, bemerkte Rimberti.

»Gleich wird es noch eigenartiger. Den Pfarrdienst machte in der Zeit Pfarrer Cornelis aus Wilsum. Eigentlich hätte unser Kaplan auf der Insel Dienst gehabt, aber Cornelis bot von sich aus an, diese Woche zu übernehmen. Das hat er vorher nie getan, und hinterher auch nicht.«

»Tjark!« Die befehlsgewohnte Stimme der Witwe Rinelde Sanders tönte durch das Haus. »Tjark? So gib doch Antwort. Gesine, sieh du doch mal nach, wo der Junge steckt. Ich kann es mir schon denken. Bestimmt ist er wieder hinten bei den Tieren. Mögt Ihr einen Moment Platz nehmen, Doktor Rimberti? Ich lasse Euch etwas zu trinken holen.«

»Bitte keine Umstände«. entgegnete Lübbert Rimberti. »Ich bin auf der Suche nach dem Mörder Eures Mannes, und nun fehlt mir noch eine Spur. Der Einzige, der mir dabei helfen kann, ist Tjark.«

»Tjark?« Frau Rinelde sah den Rechtsgelehrten belustigt an. »Ausgerechnet Tjark? Das kann ich mir nicht vorstellen.«

»Weil er für die Arbeit nicht geeignet ist? Unterschätzt ihn darum nicht. Er hat andere Fähigkeiten. Er sollte seine Lehrzeit nicht weitermachen. Ich habe eine andere Stelle, wo er die Arbeit tun kann, die ihm in den Händen und im Sinn liegt.«

»Er will Bauer werden.«

»Der Kirchspielvogt von Wilsum hat einen großen Hof. Ich denke, das wäre etwas für Tjark. Tjarks Bruder hat mehr Neigung zum Rechnen und Schreiben. Ich werde mit den Eltern reden, und sie werden ihn vielleicht zu Euch in die Lehre geben.«

»Ich bin einverstanden. Aber das müsst Ihr mit meinem Schwager abmachen.«

»Mit Berend?«

»Mit Konrad. Er hat sich jetzt doch anders entschieden. Er wird das Klosterleben aufgeben. Im Kloster Ihlow gibt es keine Zukunft mehr für ihn.«

Rimberti erzählte Tjark auf dem Weg zum Norder Hafen von seiner Idee, dass der Junge auf dem Hof des Wilsumer Kirchvogtes arbeiten könnte. Tjark war begeistert. Er hatte bei seinem Botengang nach Wilsum beim Kirchvogt vorgesprochen und war von dem Mann und dessen Hof sehr angetan gewesen.

»Ich kümmere mich um alles Weitere«, versprach Rimberti. »Und nun möchte ich, dass du mir zeigst, wo sich Jakob Sanders mit seinen Freunden getroffen hat.«

»Das ist gleich hier vorn«, sagte Tjark. Nach wenigen Schritten standen sie vor einem halb errichteten Speicher.

»Die Arbeiten gehen gut voran. Er soll noch in diesem Jahr fertig werden, hat der Kaufmann gesagt.«

»Und wo fanden die Treffen statt, als dieser Speicher nicht mehr zur Verfügung stand?«

Tjark führte Rimberti ein kleines Stück weiter. Sie gingen vorbei an hochgebauten Speicherhäusern aus rotem Backstein, mit dunkelgrünen Luken vor den Fenstern und einem Kran im Giebel. Etliche waren in den letzten Jahren neu gebaut worden und zeugten vom wachsenden Wohlstand der Norder Kaufleute.

Der Speicher, vor dem Tjark Andreesen stehen blieb, war älter und kleiner als die umliegenden Packhäuser. »Soweit ich weiß, wird er nicht mehr benutzt«, sagte er. »Vielleicht wird er ja abgerissen und durch einen neuen ersetzt, wenn die Geschäfte weiterhin so gut gehen.«

Der Vordereingang war verschlossen, aber als sie um das Speichergebäude herumgingen, fanden sie eine Tür angelehnt. Die Strahlen der Abendsonne schienen golden durch die Ritzen in den verschlossenen Fenstern. Es begann zu dämmern, aber noch reichte das Licht aus, um zu sehen.

Rimberti und Tjark betraten das Kontor. Der Raum war anders eingerichtet, als man es sonst von den Schreibstuben der Kaufleute kannte. Um einen großen Tisch standen zwölf Stühle. Auf dem Tisch standen zwei hölzerne, schlicht gearbeitete Kerzenständer. Sonst war der Raum leer.

Die beiden stiegen in das Stockwerk darüber. Der große Speicherraum war leer. Nur einige Getreidekörner in den Ritzen zwischen den Dielen wiesen auf die frühere Nutzung des Hauses hin.

Das Stockwerk darüber war ebenfalls leergeräumt. Plötzlich erstarrte Tjark. Er griff nach Rimbertis Arm.

»Da ist jemand«, flüsterte er. Vor der weiß gekalkten Wand gegenüber hoben sich die Umrisse eines Mannes ab. Rimberti und Tjark rührten sich nicht. Langsam lösten sie sich aus ihrer Erstarrung. Der Mann gegenüber bewegte sich nicht.

Tjark ging zögerlich auf ihn zu und begann zu lachen. »Seht, Doktor Rimberti. Da ist niemand. Da hat jemand eine Puppe aus einem Strohsack aufgehängt.«

Rimberti sah sich die Puppe genauer an. Sie war an einem Balken direkt vor der Wand aufgehängt. Der Strohsack war durchlöchert, und auch die Wand, vor der die Puppe hing, wies viele Löcher auf. Rimberti riss den Sack auf. Er griff hinein und durchwühlte mit der Hand das Stroh. Dann zog er einen Armbrustbolzen hervor. Der gehörte keineswegs zu den kunstvollen Bolzen, mit denen die Opfer des Armbrustschützen getötet worden waren. Er war einfach gearbeitet. Offensichtlich hatte jemand geübt, mit der Armbrust zu schießen.

»Wie lange wird dieser Speicher schon nicht mehr von Sanders gebraucht? Weißt du das?«, fragte Rimberti.

»Dieser Speicher gehört nicht zu uns«, antwortete Tjark. »Das weiß ich sicher. Er gehört dem Kompagnon von Kaufmann Sanders. Ihr kennt ihn doch. Hilko Boyen.«

Kapitel 38

Im selben Moment hörten sie etwas knarren. Hilko Boyen kam die schmale Stiege herunter, die zum Bodenraum unter dem Dach führte. Er hatte die Armbrust schussbereit im Anschlag.

»Es hat ein wenig gedauert, bis Ihr mich aufgestöbert habt, Rimberti«, sagte Boyen. »Geht dort hin und setzt Euch auf den Boden. Euch wird nichts geschehen. Ich werde Euch einschließen, und bis Ihr Euch dann befreit oder Hilfe gerufen habt, bin ich weg.«

»Ich habe die beiden Gräber auf der Insel Bant gesehen«, erwiderte Rimberti. »Dort sind Eure Frau und Eure Tochter beerdigt.«

»So ist es. Jakob Sanders und ich haben sie aus ihren Gräbern in Osterfelde herausgeholt und nach Bant gebracht. Cornelis hat es so eingerichtet, dass er in den Tagen den Pfarrdienst auf der Insel hatte. So haben wir sie auf dem Friedhof von Bant christlich bestattet.«

»Und trotzdem habt Ihr Sanders und Cornelis getötet.«

»Und die anderen auch. Jüngerinnen und Jünger wollten sie sein. Das Salz der Erde nannten sie sich. So wollten sie glauben und leben. Nicht wie unser Friesensalz, vermengt mit Asche und bitterem Geschmack, sondern rein und weiß. Ungetrübt. Meine Frau hatte irgendwann angefangen, diese Schriften zu lesen und mit Jakob darüber zu sprechen. Sie und meine Tochter nahmen an den Zusammenkünften teil. Als das Speicherhaus von Jakob abbrannte, gingen sie in unseren alten Speicher. Eigentlich wollte ich ihn dieses Jahr abreißen und durch einen neuen ersetzen lassen. Aber ich vergeude meine Zeit mit Plaudern. Ihr wisst ja alles, Rimberti. Sonst wärt Ihr nicht hier.«

»Es war der freie Entschluss Eurer Frau und Eurer Tochter, mitzuziehen. Warum lastet Ihr es den anderen an?«

»Elf aus ihrer Mitte entschlossen sich, mit nach Osterfelde zu ziehen. Elf wollten sie sein. So viele, wie es Jünger waren, die dem auferstandenen Herrn am Berg begegnet sind. Judas, der Verräter, gehörte nicht mehr dazu. Wenige Tage vor dem Aufbruch verstarb ein Ehepaar, das dazugehörte, an einer Krankheit. Die anderen bedrängten meine Frau und unsere Tochter mitzuziehen. Ich wusste davon nichts. Ich wusste auch von der geplanten Reise nach Osterfelde nichts. Cornelis und Jakob haben es mir hinterher gestanden, als sie hier waren.«

Boyen kramte in seiner Tasche, während er den misstrauischen Blick und die Armbrust auf Rimberti und Tjark gerichtet hielt. Er hielt ein gefaltetes Stück Papier in der Hand.

»Das haben sie ihr geschrieben. Ich fand es in ihrem Kleid. Meine Frau wollte nicht mit. Aber sie haben sie unter Druck gesetzt, bis sie mit unserer Tochter mitgekommen ist. Es mussten ja unbedingt elf sein.« Boyen kam auf Rimberti und Tjark zu und warf ihnen den zusammengefalteten Zettel hin. »Lest.«

Rimberti faltete das Papier auseinander. Darauf standen in Tinte geschrieben die Worte aus der Bergpredigt. Rimberti las sie laut vor: »Wenn nun das Salz nicht mehr salzt, womit soll man salzen? Es ist zu nichts mehr nütze, als dass man es wegschüttet und lässt es von den Leuten zertreten.«

Hilko Boyen schluckte. Für einen Moment hatte er die Armbrust sinken lassen. Jetzt richtete er sie wieder auf Rimberti und Tjark.

»Jakob hat diese Waffe von Graf Enno bekommen, und dann hat er sie mir gegeben. Als Bestechungsgeschenk für jemanden, dem man einen Vertrag schmackhaft machen muss.«

»Es ist die Armbrust, die der Bischof Enno schenkte«, erwiderte Rimberti.

»So ist es. Nur auf Ketzer soll damit Jagd gemacht werden. Ich habe den Willen des Bischofs ausgeführt. Das hätte der sich sicher im Traum nicht gedacht. Die Idee dazu kam mir durch Zufall. Jakob war einmal mein Freund gewesen. Und nun hatte er meine Frau und mein Kind auf dem Gewissen und wollte einfach so weiterleben wie vor dem schrecklichen Ereignis. Eines Abends beobachtete ich ihn durch sein Fenster. Er schrieb Briefe, zählte Geld, arbeitete an seinen Listen, als wäre nichts geschehen. Er kehrte einfach so in sein altes Leben zurück, so wie die anderen auch. Ich konnte es nicht aushalten. Der Platz meiner Frau und meiner Tochter an unserem Tisch war leer, und Jakob saß in seinem Kontor und zählte sein Geld. Durch die Bleiverglasung in seinem Fenster sah es aus, als würde er in einer Zielscheibe sitzen. Das ist alles. Ich konnte nicht ertragen, dass die Menschen, die meine Frau und mein Kind in den Tod geführt haben, einfach so weiterleben.«

»Taten sie das?«, fragte Rimberti. »Einfach so weiterleben?«

»Schwester Frauke verkroch sich wieder in ihr Kloster. Jakob machte seine Geschäfte. Er wusste übrigens nichts von den Intrigen seines Bruders. Drost Ibenga stand neulich zerlumpt vor meiner Tür. Er wollte zur Buße als Bettler leben. Er bereute wirklich. Aber da waren Frauke und Jakob schon tot. Ich musste auch ihn der Gerechtigkeit zuführen.«

»Irgendjemand hätte den Drosten erkannt«, stellte Rimberti fest.

Boyen ließ die Armbrust wieder sinken. »Damit musste ich rechnen. Und dann hätte man die Zusammenhänge verstanden und wäre mir auf die Schliche gekommen. Bei Goldschmied Garmers war es knapp.« Boyen grinste.

»Ihr wusstet, dass wir auf dem Weg zu ihm waren, und habt ihn noch in der Nacht getötet«, sagte Rimberti.

»Am frühen Morgen«, verbesserte Boyen. »Ich habe alles so arrangiert, wie wir es dann vorgefunden haben.«

»Und Pfarrer Cornelis habt Ihr auch auf dem Gewissen.«

»Es ist so, wie Ihr es sagt. Dass Cornelis den Anschlag überlebt hat, konnte ich aus Eurem Verhalten erkennen. Also musste ich mein Werk vollenden.«

»Nur ein Pfeil fehlt noch«, bemerkte Rimberti.

»Ich habe noch sieben davon. Ich wollte mir erst Karlstadt vorknöpfen. Ich habe ihn unter einem Vorwand besucht. Er hat mit Jakobs Gemeinde nicht direkt zu tun. Vielleicht nehme ich ihn mir später noch einmal vor. Und Hoffmann? Er lebt andauernd in irgendwelchen Verstecken. Vielleicht erwische ich ihn eines Tages. Vielleicht tut es ein anderer. Graf Enno ist ein Judas. Für Geld liefert er die Mönche und Nonnen aus und plündert die Kirchen. Unser Land versinkt durch seine Regentschaft ins Chaos. Ketzer und Aufrührer kommen von überall her nach Ostfriesland. Enno wird unser Land in den Abgrund führen. Er ist ein Verräter.«

»Und Graf Johann?«, fragte Rimberti. »Erwartet Ihr von seiner Herrschaft bessere Zeiten?«

»Er steht treu zum alten Glauben!«, erwiderte Boyen und nahm die Armbrust fest in den Griff.

»Und was ist mit dem neuen Herrn von Osterfelde? Schließlich war er es, der veranlasst hat, dass die Männer und Frauen getötet wurden, um von seinem Bruder das väterliche Erbe zu erlangen. Und die Fürsten, die in Speyer die Todesstrafe für die Täufer beschlossen haben? Ich denke, Ihr braucht noch viele Pfeile für Eure Jagd.«

Mit einem Satz sprang plötzlich Tjark Andreesen auf Boyen zu und griff nach der Waffe.

Die Armbrust fiel zu Boden, aber der Schuss ging nicht los. Bevor Rimberti bei den beiden war, hatte Boyen ein Messer gezogen und hielt es Tjark an den Hals. »Ein Schritt weiter, und der Junge stirbt. Ihr geht jetzt in einem großen Bogen um uns herum, während ich mit dem Jungen zur Stiege gehe. Den nehme ich mit und lasse ihn dann frei, wenn ich in Sicherheit bin. Er wird Euch herausholen.«

»Wo wollt Ihr denn hin, Boyen?« Rimberti ging vorsichtig zu der Stelle, an der Boyen gerade gestanden hatte, während sich Boyen mit Tjark der Luke näherte.

»Ich habe überall Verbindungen. Darüber macht Euch keine Sorgen.«

»Ein Schuss fehlt Euch noch«, stellte Rimberti fest. Die Armbrust lag nur wenige Schritte von ihm entfernt. Er redete weiter mit Boyen und sah ihm ins Gesicht, damit auch der Kaufmann den Blick nicht von ihm abwandte.

»An wen denkt Ihr?« Boyen ließ das Messer sinken.

»Ihr selber wart es, der seine Frau und seine Tochter in diese Gemeinschaft gehen ließ. Ihr stelltet ihnen für ihre

Zusammenkünfte sogar dieses Packhaus zur Verfügung. Auch Ihr habt Euch schuldig gemacht. Der Schuss muss Euch selbst gelten.«

»Wie könnt Ihr es wagen?« Wutentbrannt drückte Boyen Tjark fester an sich und setzte das Messer wieder an. Der Junge reichte ihm bis zur Brust. Tjark sagte keinen Mucks und sah Rimberti ergeben an.

Rimberti bückte sich und nahm die Armbrust. Er richtete sie auf die beiden.

»Legt das Ding wieder hin!«, schrie Boyen. »Wenn die Armbrust losgeht, tötet Ihr den Jungen. Oder ich werde es tun.«

Rimberti schoss. Der Bolzen fuhr Boyen in die Schulter und schleuderte ihn zurück. Einen Moment stand Boyen schwankend am Rand der Stiege und sah Rimberti erschrocken an. Dann fiel er nach hinten die Stiege herunter.

Kapitel 39

»Als Hofrat bin ich verpflichtet, an den Jagden teilzunehmen«, erklärte Lübbert Rimberti dem staunenden Ulfert Fockena. »Damit ich dort keine zu schlechte Figur mache und meinen Grafen nicht in Verlegenheit bringe, habe ich eine Reihe von Übungsstunden mit der Armbrust genommen. Man sagt mir eine recht gute Treffsicherheit nach.«

»Blattschuss«, stellte Fockena anerkennend fest. »Boyen hat sich bei seinem Sturz etliche Knochen gebrochen. Was von ihm noch heil war, haben Eggerik Beninga und seine Männer mitgenommen. Beninga kümmert sich auch um Tjark. Dem Jungen ist nichts passiert. Ich habe ihm schon erzählt, dass er bald seine neue Stelle auf dem Hof des Kirchvogtes in Wilsum antreten kann. Tjark ist überglücklich und hat den Schrecken schon vergessen.«

Rimberti und Fockena saßen im Speiseraum des Hochgräflichen Hauses. Eine junge Magd brachte ihnen zum Morgenmahl Pasteten und einen Krug Apfelmost. Zögerlich knabberte Rimberti an seiner Pastete. Sie war knusprig und gar gebacken, ihr Inhalt wohlschmeckend und gut gewürzt.

Die junge Magd bemerkte seinen fragenden Blick. »Die Hauswirtschafterin ist krank. Nichts Ernstes, aber für ein paar Tage muss ich sie vertreten. Ist alles in Ordnung so?«

Ulfert Fockena biss in seine Pastete. Er nickte ihr schmatzend zu. Dann hörte er, was Rimberti zu erzählen hatte.

»Ich schätze, dass man ihm schnell und heimlich den Prozess macht«, sagte Fockena. »Und in ein paar Tagen wird Boyen im Morgengrauen einen Kopf kürzer gemacht. Der Graf kann es sich nicht leisten, mit dieser Verhandlung großes Aufsehen zu erregen. Sie wirft ein schlechtes Licht auf seine Herrschaft.«

»Die arme Frau Hiske«, seufzte Rimberti. »Zuerst verliert sie Tochter und Enkelin, und nun auch noch den Schwiegersohn.«

»Es würde mich nicht wundern, wenn sie stolz darauf ist, dass Hilko Boyen die beiden gerächt hat«, antwortete Fockena.

Ein Diener des Grafen betrat den Raum. »Ich muss Euch bei Eurem Morgenmahl stören. Graf Enno ist oben und wünscht Euch zu sehen. Der Staatsrat wird gleich eintreffen.«

Graf Enno besprach sich mit den Drosten Jelto Iderhoff aus Berum und Eggerik Beninga, als Rimberti und Fockena hereinkamen. Die beiden unvermeidlichen Ratgeber des Grafen standen im Hintergrund und tuschelten.

»Doktor Rimberti, Junker Ulfert.« Graf Enno drehte sich zu den beiden Gefährten um und lächelte bemüht. »Euch habe ich zu verdanken, dass mich der Pfeil nicht getroffen hat. Womöglich hätte er mich verletzt.«

»Gestern Abend haben wir Euch das Leben gerettet«, unterbrach ihn Fockena. »Aber je mehr Zeit vergeht, umso mehr verflüchtigt sich wohl die Gefahr.«

Enno räusperte sich. »Ich fühle mich Euch durchaus verpflichtet. Ob der Armbrustschütze mich ernsthaft getroffen hätte, wissen wir schließlich nicht, aber Eure beherzte Tat und Eure Verdienste um das Aufspüren des

Mörders veranlassen mich, doch das eine oder andere zu vergessen. Zum Beispiel, dass Ihr mit Eurer Mördersuche ein gewisses Aufsehen erregt habt, das mich am Hof von Königin Margarete in ungünstigem Licht erscheinen lassen könnte. Ich nehme zu Euren Gunsten jedoch an, dass Ihr dies nicht in schlechter Absicht getan habt, sondern aus Ungeschicklichkeit.«

Enno kniff die Augen zu zwei schmalen Sehschlitzen zusammen und warf Rimberti einen scharfen Blick zu. »Und dass Ihr mit den Juristen von Herzog Karl gemeinsame Sache gemacht und die Herrschaft Hillersum Junker Balthasar zusprechen wollt, das will ich Euch auch verzeihen.«

Eggerik Beninga wandte sich Graf Enno zu und wollte etwas einwenden, aber Enno ließ ihn nicht zu Wort kommen. Mit strahlendem Lächeln verkündete er: »Vergeben und verzeihen. Das will ich. Und darum ließ ich Euch rufen. In Frieden sollt Ihr nun Eurer Wege ziehen.«

Ulfert Fockena holte tief Luft. Aber zu der Antwort, die Graf Enno verdient und die Rimberti gern gehört hätte, kam es nun nicht mehr. Der Staatsrat betrat den Raum, gefolgt von seinem Juristen und seinem Schreiber.

Issenhusen stellte sich mitten in den Raum und begann ohne Aufforderung zu sprechen, wie es ihm als Staatsrat der Regentin Königin Margarete zustand. »Die Sachlage hat sich geändert. Häuptling Eilert Nanninga von Hillersum ist in dieser Nacht dem Schlag erlegen. Die Aufregung gestern muss zu viel für ihn gewesen sein. Heute früh fand man ihn tot in seinem Bett. Der Arzt hat ihn bereits untersucht. Es gibt keinen Zweifel an der Todesursache.«

Staatsrat Issenhusen ließ seine Worte einen Moment

wirken und erklärte weiter: »Das Erbe fällt Eilerts Sohn Iskert Nanninga zu. Eilerts Frau wird sich auf ihre Güter zurückziehen. Der Verkauf der Herrlichkeit Hillersum wird wohl nicht stattfinden.«

»Kann Iskert denn die Schulden seines Vaters begleichen?«, fragte Enno lauernd.

»Das wird er selbst regeln«, antwortete Issenhusen. »Iskert Nanninga kämpft in der kaiserlichen Armee gegen die Türken. Er verteidigt unser Reich, während Ihr Eure Händel untereinander ausfechtet. Ich werde der Regentin berichten, dass Ihr dem jungen Iskert mit etwas Geld unter die Arme greift. Es wird Königin Margarete gefallen, dass Ihr einen verdienten Offizier des Kaisers nicht im Stich lasst. Ein guter Eindruck wird Euch am Hofe der Regentin nicht von Nachteil sein, Graf Enno.«

Enno sah den Staatsrat mit offenem Mund an. Issenhusen hielt seinem Blick stand und raunte dem Grafen zu: »Es wäre doch jammerschade, wenn Balthasar von Esens sich Hillersum unter den Nagel reißen würde. Herzog Karl von Geldern wird Balthasar sicher gern die Summe vorstrecken.«

»So ist es wohl das Beste«, antwortete Enno. Eggerik Beninga nickte.

»Dann ist meine Mission wohl beendet. Ich entbiete Euch die Grüße der Statthalterin Königin Margarete.« Staatsrat Friedrich von Issenhusen verneigte sich und wandte sich ab. In der Tür drehte er sich noch einmal um.

»Doktor Rimberti und Junker Ulfert, ich hörte beiläufig, dass Ihr Euch gewisse Verdienste bei der Suche nach dem Mörder mit der Armbrust erworben habt. Ich werde der Regentin davon berichten. Graf Enno wird Euch seinen großzügigen Dank für diese großartige Leistung und

Euer beherztes Eingreifen sicher schon zum Ausdruck gebracht haben.«

Graf Enno lief rot an.

Rimberti sagte: »Er hat den Dank auf die ihm angemessene Weise zum Ausdruck gebracht.«

Ennos Gesicht wurde eine wutverzerrte Grimasse. In Gegenwart des Staatsrates behielt er seinen Zorn für sich.

Der Staatsrat sah Rimberti an. »Doktor Rimberti, vielleicht ist dies kein schlechter Zeitpunkt für das Angebot, das ich Euch im Namen von Königin Margarete unterbreiten darf. Am Hof der Statthalterin ist mehrfach von Eurer Rechtsgelehrsamkeit die Rede gewesen. Ich wurde selbst Zeuge Eures Könnens. Unser juristischer Rat wird sich zum Jahresende auf sein wohlverdientes Altenteil zurückziehen.« Issenhusen legte seine Hand auf den Arm des alten Mannes neben sich. »Ich darf Euch anbieten, seine Stellung anzutreten und als rechtsgelehrter Rat in den Dienst am Hof von Königin Margarete nach Brüssel und Mecheln zu kommen. Es ist eine ehrenvolle und einflussreiche Position. Überlegt es Euch.«

Issenhusen nickte Graf Enno zu. »Es wird Euer Schade gewiss nicht sein, wenn ein Rechtsgelehrter aus Eurer Grafschaft juristischer Rat am Hof der Regentin des Kaisers ist.«

Rimberti und Fockena verließen gemeinsam mit dem Staatsrat den Sitzungssaal. Issenhusen verabschiedete sich mit der Bitte an Rimberti, seinen Vorschlag wohlwollend zu bedenken und ihm bald Nachricht zu geben.

Die beiden Gefährten begaben sich wieder in den Speisesaal, um ihr Frühstück fortzusetzen.

Rimberti nahm das kleine Salzgefäß in die Hand.

Reines, weißes Salz aus Lüneburg war darin. Rimberti nahm etwas davon zwischen Daumen und Zeigefinger und krümelte es in seine linke Hand. Salz der Erde.

Anhang

1. »Friesensalz«

Schon in vorgeschichtlicher Zeit haben Menschen sich bemüht, Salz aus dem Meer zu gewinnen, um es zu verzehren und verderbliche Lebensmittel damit haltbar zu machen. Aufgrund der intensiven Sonnenstrahlung konnte man an den Küsten Südfrankreichs, Spaniens und Portugals Meersalz durch Verdunstung des Salzwassers gewinnen.

Diese Möglichkeit gab es im feuchteren und sonnenärmeren Nordwesten Europas nicht. Aber auch hier entwickelte sich eine besondere Technik der Salzgewinnung. An den seit dem Frühmittelalter von Friesen bewohnten Küsten entstand eine heimische Salzindustrie, deren Produkt »Friesensalz« genannt wurde.

An der Küste der ostfriesischen Halbinsel ist diese Salzproduktion nachweisbar im nordöstlichen Jadebusen (Oberahnesche Felder), bei dem 1570 untergegangenen Kirchdorf Westbense (nördlich von Esens) und im Norderland an der Westermarscher Küste, auf der Insel Bant und vielleicht auch in der Ostermarsch.

Hier und auch in anderen Geestflächen im küstennahen Bereich entstanden bis etwa 1000 vor Christus ausgedehnte Hochmoore. Der Meeresspiegel stieg in der Folgezeit an, und der Moorgrund wurde durch die Flut stark mit

Salz angereichert. Schließlich wurde das Watt überschlickt, aber das Salz blieb unter der Kleidecke erhalten. Unter der Kleidecke konnten die Menschen also Torf abgraben, der Salz in sehr konzentrierter Form enthielt.

Durch detaillierte Quellen über die Technik der Salzgewinnung an der nordfriesischen Küste, aber auch durch Berichte über Salzproduktion in Ostfriesland haben wir eine relativ gute Kenntnis über die Methode.

Die Arbeit der Salzsieder galt als schwer und schlecht bezahlt. Die Saison für die Salzproduktion begann im April oder Mai, wenn das Wetter trockener und wärmer wurde. Zwei Männer fuhren bei Hochwasser mit einem Kahn (Schute) zur Abbaustelle. Bei ablaufendem Wasser fiel der Kahn trocken, und die Männer trugen den Schlick über dem Torf ab. Danach wurden die Torfsoden ausgestochen und bis zur Abfahrt zwischen den Gräben abgelegt. Diese Spuren des Torfabbaus sind an manchen Stellen in Wattenmeer noch heute zu erkennen.

Kam die Flut, wurden die Schuten beladen und am Strand von Frauen in Empfang genommen, die die Salztorfsoden mit einem Pferdekarren abtransportierten. Die Torfsoden wurden breitgetreten und zum Trocknen ausgelegt. Bei gutem Wetter konnten Sonne und Wind die Torfsoden an einem Tag austrocknen. Bei wenig Sonne oder feuchter Witterung dauerte es entsprechend lange.

Die getrockneten Salztorfsoden wurden dann zu Asche verbrannt. Es gibt Berichte, dass der Qualm die Umgebung in einem dichten und übelriechenden Nebel hüllte und häufig zu Beschwerden von Anwohnern führte. Diese Asche wurde nicht gleich weiterverarbeitet, da sich die Salzgewinnung nur bei großen Mengen von Salzasche lohnte. Die Asche wurde befeuchtet, damit der Wind sie nicht wegwehte und – oft in Form von großen Brotlaiben – gelagert.

Die Weiterverarbeitung erfolgte im Sommer. Stichtag war der Jakobitag (25. Juli). In den Salzbuden (Keeten) wurde mit Wasser aus der Salztorfasche eine Lauge mit hochkonzentriertem Salzgehalt gewonnen. Dieser Salzgehalt konnte noch erhöht werden, wenn man anstelle des Brunnenwassers das salzige Meerwasser nahm. In großen eisernen Kesseln oder Pfannen, die in der Salzbude an eisernen Haken aufgehängt waren, begann die eigentliche Arbeit der Salzsiederei. Beim ersten Sieden (Stören) der Salzlösung setzten sich Schmutz, Gips und andere Stoffe oben als Schaum ab, der abgeschöpft wurde. Beim zweiten Sieden (Soggen) setzte sich beim Verkochen des Wassers die Salzkruste in den Kesseln ab, die dann herausgekratzt wurde.

Das Salz aus Ostfriesland wurde in das Binnenland und vermutlich auch nach Skandinavien verkauft. Über die Qualität dieses Salzes gehen die Urteile auseinander. Es gibt Hinweise auf die Bitterkeit des Salzes, die eine Verwendung zum Einsalzen von Fleisch und Speck nicht empfehlen. In anderen Quellen wird die Reinheit und gute Qualität des Friesensalzes sehr gelobt und es wird dem Lüneburger Salz gleichgestellt. Wie lassen sich diese Unterschiede erklären?

Axel Heinze hat mit seinen Schülern im Niedersächsischen Internatsgymnasium Esens das Verfahren der Salzgewinnung aus Salztorf ausprobiert. Dabei wurde festgestellt, dass in der Asche wesentlich weniger Bittersalze enthalten war als vorher im Torf. Heinze hält folgende Überlegung für bedenkenswert: Vielleicht sind diese Bittersalze durch den Verbrennungsprozess gebunden worden. Beim Auslaugen der Salzasche durch Meerwasser kamen diese im Wasser enthaltenen Stoffe natürlich zurück in die Lauge und machten das Salz bitter. Bei der Verwendung von Süßwasser trat das Problem nicht auf. Auf Bant und auch im Watt vor Esens gab es mehrere Brunnen. Vielleicht waren sie für die Salzgewinnung wichtig, weil nur mit Hilfe des Süßwassers eine Lauge gewonnen werden konnte, die nicht diese Mengen an Bittersalzen enthielt.

Neben dem Norderland mit Bant waren Westbense an der Esenser Küste und die Oberahneschen Felder (Reste der Marschinseln im Jadebusen) Orte der Salzproduktion auf der ostfriesischen Halbinsel.

Wie lange auf Bant und in der Norder Küstenregion Salz gewonnen wurde, kann nicht genau bestimmt werden. 1588 wird zum letzten Mal von der Salzproduktion auf Bant berichtet. Spätestens 1650 standen auf der Insel keine Gebäude mehr. Die Salzproduktion muss hier also schon vorher zu Ende gegangen sein. Der Grund war wohl die immer stärkere Überflutung und die damit verbundene Verkleinerung der Insel sowie die Einfuhr von billigem Atlantiksalz, das im Salzwerk auf Nesserland bei Emden zu Speisesalz verarbeitet wurde. Später trat das Lüneburger Steinsalz seinen Siegeszug an.

In Nordfriesland hat sich der Abbau von Salztorf bis 1782 erhalten. In den Niederlanden wurde er schon 1515 von Kaiser Karl V. wegen seiner zerstörerischen Folgen für die Erhaltung der Küste verboten.

Heie Fokken Erchinger stellt in seinem Buch über die Sturmfluten fest, dass der Salztorfabbau zum Untergang der Insel Bant ebenso beigetragen hat wie zu den Landverlusten bei Westbense, am Jadebusen und an der nordfriesischen Küste: »Man kann den Salztorfabbau als großen Landzerstörer bezeichnen: In allen Gebieten an der deutschen Nordseeküste, wo Salz gegraben wurde, ist eine schwere bis totale Landzerstörung festzustellen. (…) Überall wurde das so lebenswichtige Salz gewonnen und damit die Landoberfläche abgebaut. Höher gestiegenes Wasser hatte demzufolge bei Sturmfluten ein leichtes Spiel.« (Erchinger, S. 43).

2. Die verschwundene Insel Bant

Im Wattenmeer zwischen Juist und der Westermarscher Küste erinnert der Name der »Bants-Balje« an die verschwundene Insel Bant: eine Hallig, die nicht mit dem damaligen Kirchspiel Bant in Rüstringen zu verwechseln ist. Die Reste dieser Marschinsel bestanden bis in die zweite Hälfte des 18. Jahrhunderts fort. Im ausgehenden Mittelalter und in der frühen Neuzeit hatte Bant für die Wirtschaft Ostfrieslands eine wichtige Bedeutung.

Anders als die benachbarten Sandinseln war Bant eine Marschinsel mit Kleiboden. Eine Vermutung geht dahin, die Insel Bant als Rest einer ursprünglich viel größeren Insel anzusehen. So war Bant eine Hallig wie die nordfriesischen Halligen: der Rest einer Marschenlandschaft mit einem Kleiboden über einer salzhaltigen Torfschicht. Ein Blick auf alte Ostfrieslandkarten zeigt: Viele solcher »Halligen« hat es in früheren Zeiten auch im Dollart und im Jadebusen gegeben; zum Beispiel waren die »Oberahneschen Felder« im Jadebusen Reste solcher Halligen, auf denen in früherer Zeit Salztorf abgebaut wurde und deren

Überbleibsel in der Mitte des 20. Jahrhunderts endgültig verschwunden sind.

Im Watt zwischen Juist und der Küste des Norderlandes entstand etwa ab 5000 vor Christus eine Hochmoorfläche, die ab etwa 1000 vor Christus überflutet wurde. Durch diese Überflutung wurde die Torfschicht mit Salzwasser getränkt, und darin lagerte sich Salz in hoher Konzentration ab. Die Ablagerung von Süßwassersedimenten ließ eine Kleischicht auf der überfluteten Moorfläche entstehen. So entstand die Insel Bant, die heute verschwunden ist, deren abgewaschener und inzwischen von Sand überdeckter Kleisockel aber noch nachweisbar ist. Unter diesem Kleisockel befand sich die salzhaltige Torfschicht.

In Quellen aus der Zeit des ausgehenden 15. und 16. Jahrhunderts wird die Insel Bant im Zusammenhang mit der Gewinnung von Torfsalz (»Friesensalz«) an der ostfriesischen Wattenmeerküste genannt. Für die regionale Salzproduktion hatte Bant neben Westermarsch, möglicherweise auch Ostermarsch, Westbense in der Nähe des heutigen Bensersiel und den Oberahneschen Feldern im Bereich des heutigen Jadebusens eine große Bedeutung. Wurde die Kleischicht abgegraben, konnte der sehr salzhaltige Torf abgebaut werden, aus dem dann das »Friesensalz« gewonnen wurde.

Seit 1470 gehörte die Insel Bant der Norder Kirche, die sie an mehrere Salzsieder als einzelne Unternehmer verpachtete. 1470 werden fünf und 1471 werden sieben Namen aufgezählt, darunter auch der einer Frau. Die Pächter zahlten für die Verpachtung 60 Arensgulden und wurden dafür mit einer Tonne Bier von der Norder Kirche geehrt, die sie mit dem Gegengeschenk einer Tonne Salz pro Salzsiederei beantworteten. Mit den Jahren ging die Salzproduktion zurück. Immerhin ließ Gräfin Anna von Ostfriesland im Jahr 1547 noch vier neue Salzhütten errichten. Im Jahr 1563 kam es zu einem Streit zwischen der Norder Kirche und dem Amt Berum um den Besitzanspruch auf die Insel. Immerhin waren diese Einkünfte so groß, dass mit einem Teil davon die Stelle des Norder Rektors finanziert wurde.

Die Ostfrieslandkarten des 17. und 18. Jahrhunderts zeigen, wie die Größe der Insel mit den Jahrzehnten abnahm. Vermutlich war dies auch eine Folge des Abbaus von Salztorf. Durch das Abgraben des Salztorfes wurde das Bodenniveau der Marschinsel abgesenkt, sodass sie Stück für Stück ein Opfer der See wurde. Schon am Ende des 16. Jahrhunderts gab es auf Bant vermutlich nur noch zwei Salzhütten, und die erste Beschreibung der Insel aus dem Jahr 1650 erwähnt nur noch die für die Salzproduktion wichtigen Brunnen und zwei Warften, auf denen keine Gebäude mehr stehen. Die Salzindustrie wurde in dieser Zeit nicht mehr betrieben, das Eiland wurde nicht mehr bewohnt.

Für einige Zeit wurde Bant für die Grasnutzung verpachtet, bis durch den weiteren Abbruch und die häufige Überflutung die Nutzung der Insel so eingeschränkt war, dass dem Vogt und dem Pastor von Juist das Eiland bis in die Mitte des 18. Jahrhunderts kostenlos für die Heuernte zur Verfügung gestellt wurde.

Bald bekam die Insel eine neue Bedeutung. Zwei große Seezeichen (Kapen) wurden als Orientierung für die Schifffahrt auf der Osterems aufgestellt. Die Verantwortung für die Instandhaltung der Seezeichen und ihre Versetzung bei Veränderungen des Fahrwassers übernahm die Stadt Emden, die regelmäßig Bautrupps zur Wartung der

Kapen und zur Befestigung der Insel schickte. Die immer kleiner werdende Insel wurde wegen ihrer Bedeutung für die Seefahrt auf jeder Karte verzeichnet. Und diese Tradition wurde fortgesetzt, als die Insel wohl gar nicht mehr existiert hat.

1743 fand die letzte Vermessung der schwindenden Insel statt. Auf der Skizze der jetzt nur noch zehn Hektar großen Insel sind die beiden Emder Seezeichen deutlich sichtbar. Der Inselrest bekam durch Überflutungen immer mehr den Charakter einer Sandbank, und die Emder mussten ihre Seezeichen durch Steindämme vor Überflutung und Eisgang schützen. 1781 wird Bant noch einmal erwähnt, als zum wiederholten Male die Seezeichen durch Handwerker aus Emden repariert werden müssen. Im darauffolgenden Jahr wurden auf Bant keine Instandsetzungsarbeiten mehr durchgeführt. Die Insel existierte nicht mehr, und die Emder gaben ihre »Kapen« auf. In Franz Ludwig Güssefelds »Charte von dem Fürstenthum Ostfriesland« aus dem Jahr 1790 ist die Insel Bant nicht mehr verzeichnet, ihr Platz ist markiert als »Plaate wo ehedem die Insel Bandt gelegen«.

Der einstige Salztorfabbau hat wesentlich zum Untergang der Insel beigetragen. Heute erinnert nur noch der Name der Bants-Balje an diese einstmals so bedeutende Insel.

3. Historische Personen, Orte und Stichworte

Die **Armbrust** war seit dem Hochmittelalter in Gebrauch. Gegenüber dem Bogen ist ihre Bedienung aufwändiger, aber ihre Bolzen sind von stärkerer Durchschlagskraft und größerer Reichweite. Da die Spannung nicht mit der Körperkraft, sondern durch die Waffe selbst gehalten wird, kann der Schütze längere Zeit auf eine gute Möglichkeit zum Schuss warten, ohne dabei zu ermüden. Außerdem erlaubt die Armbrust auch ohne langes Training und große Körperkräfte einen erfolgreichen Schuss. So konnten Schützen aus dem gemeinen Volk adelige Ritter besiegen. Auf der zweiten Lateransynode von 1139 wurde die Armbrust als »todbringende Kunst« verboten. Nur gegen Ketzer durfte die Waffe verwendet werden.

Balthasar von Esens (Regentschaft von 1522 – 1540) war Enkel des berühmten Ritter Siebet (Siebo) Attena, der ein treuer Verbündeter des ostfriesischen Grafen Ulrich war. Schon Balthasars Vater Hero Omken musste seine Herrschaft gegen die Besitzansprüche der Ostfriesen verteidigen. Balthasar war nach Antritt seiner Regentschaft bald gefürchtet für die Überfälle auf Kaufleute und Handelsschiffe, die von seinem Territorium ausgingen. Als Graf Enno Wittmund überfiel und Esens belagerte, war dies der Beginn einer lebenslangen Feindschaft zwischen Balthasar und Enno. Die daraus entstandenen Kriege verwüsteten beide Länder und brachten viel Leid über die Bevölkerung. Mit den Truppen seines Verbündeten und Lehnsherrn Herzog Karl von Geldern überzog Balthasar Ostfriesland mit Krieg, sodass Enno klein beigeben und Frieden schließen musste. Durch Überfälle auf Handelsschiffe geriet Balthasar in einen militärischen Konflikt mit Bremen. Gleichzeitig scheiterte ein Angriff Balthasars auf Jever, sodass Fräulein Maria von Jever und die Hansestadt Bremen gemeinsam gegen Balthasar vorgingen. Bei

der Belagerung von Esens verstarb Junker Balthasar am
17. Oktober 1540.

Eggerik Beninga (1490 – 1562) wuchs als Sohn des Props-
tes Garrelt Beninga in Grimersum auf. Er gehörte zu einer
der angesehenen Familien des Landes. Er erhielt am Hofe
des Grafen Edzard eine umfassende humanistisch geprägte
Bildung, zu der vermutlich auch die Kenntnis der lateinischen Sprache und Literatur gehörte. 1524 wurde er
Drost und leitete den Ausbau Leerorts zu einer modernen Festung. Sein Leben lang diente er seinem Land in
wichtigen Ämtern als Festungskommandant und Drost,
als Propst und als Ratgeber in der Zeit der Gräfin Anna.
Eggerik Beninga ist heute noch berühmt als Autor der ersten Gesamtdarstellung der Geschichte Ostfrieslands, in
der er ein besonderes ostfriesisches Heimatbewusstsein
zum Ausdruck bringt.

Berum ist ein alter ostfriesischer Häuptlingssitz, der im
15. Jahrhundert von den Cirksena übernommen wurde.
Während der Sächsischen Fehde konnte die Berumer Burg
erfolgreich gegen die Angreifer aus Esens gehalten werden. Während der Amtszeit des Drosten Jeltko Iderhoff
war der berühmte Theologe Andreas Karlstadt für einige
Wochen Gast in Berum. Berum war lange Zeit Namens-
geber und Verwaltungssitz des Berumer Amtes. Heute
ist noch die Vorburg mit Eckturm und Torhaus zu sehen,
während das Schloss nicht mehr steht.

Bildersturm ist die Bezeichnung für die Entfernung von
Bildern, Altären, bebilderten Kirchenfenstern und Skulpturen mit Darstellungen von Gott, Christus und den Hei-

ligen aus den Kirchen. Mitunter wurden auch Orgeln aus den Kirchen ausgebaut. Diese Gegenstände wurden bei einem Bildersturm beschädigt oder zerstört, manchmal wurden sie auch verkauft oder in Privatbesitz übernommen. Der Bildersturm konnte als obrigkeitliche Maßnahme durchgeführt werden. Er konnte aber auch in einer spontanen Aktion durch die Bevölkerung erfolgen. Theologisch begründet wurde der Bildersturm mit dem Bilderverbot und mit dem Verbot des Götzendienstes. Mitunter spielten sozialkritische Aspekte eine nicht unwichtige Rolle. Durch Bilderstürme in ostfriesischen Kirchen ist ein Großteil der künstlerischen Überlieferung des Mittelalters für immer zerstört worden.

Der **Drost** war Vertreter des Landesherrn in einem Verwaltungsbezirk. Für die ostfriesischen Drosteien/Ämter waren zur Zeit Graf Ennos Angehörige der Häuptlingsfamilien als Drosten zuständig, zum Beispiel Eggerik Beninga. Die Drosten waren in ihrem Amtsbezirk verantwortlich für Verwaltung, Rechtsprechung, Militär und alle öffentlichen Belange.

Das **Gasthaus** war in früheren Zeiten ein Armenhaus, das zumeist von der Kirche unterhalten wurde und in dem Waisen, Obdachlose und Alte, die sich nicht mehr selbst versorgen konnten, aufgenommen wurden und Unterkunft und Verpflegung bekamen.

Graf Enno II. wurde 1505 geboren. Er übernahm 1528 im Alter von 23 Jahren die Regentschaft, als sein Vater, Graf Edzard I. verstarb. Mit Antritt der Regentschaft ließ er wertvolle kirchliche Kunstgegenstände beschlagnahmen und verkaufen. Klöster und Ordensniederlassungen wurden mit ihrem reichen Kulturgut und ihren Bibliotheken zerstört. Wegen kurzfristiger finanzieller Vorteile hat Enno den größten Teil der kulturellen mittelalterlichen Überlieferung Ostfrieslands zerstört und seinem Land einen nicht wiedergutzumachenden Schaden zugefügt, der durch das weitgehende Fehlen kultureller Zeugnisse aus vorreformatorischer Zeit bis heute spürbar ist. Durch seine Heirat mit Anna von Oldenburg brach er das Eheversprechen mit Maria von Jever, und das Jeverland ging für Ostfriesland endgültig verloren. Ennos Kriege gegen Balthasar von Esens und Herzog Karl von Geldern ruinierten das Land. Graf Enno starb 1540, gut drei Wochen vor seinem Widersacher Balthasar. Seine Frau ließ ihm in der Großen Kirche in Emden ein prächtiges Denkmal errichten. Während der Historiker Heinrich Reimers in seinem Lebensbild Ennos eine eher positive Beurteilung formuliert, schreibt Walter Deeters: »Das (...) Denkmal steht in seiner künstlerischen Qualität hoch über der Person des darunter Bestatteten.«

Esens war der Hauptort des Harlingerlandes: ein Marktflecken von überschaubarer Größe, aber mit starken Befestigungen. Ritter Siebo Attena von Dornum erhielt Esens als Lehen von Ulrich Cirksena. Siebos Sohn Hero Omken behauptete seine Selbstständigkeit gegenüber den Ostfriesen. Er und sein Sohn Balthasar ließen Esens ausbauen und stark befestigen, um ihre Unabhängigkeit auch militärisch behaupten zu können. Von Esens aus wurden reisende Kaufleute überfallen, und es wurden Handelsschiffe der Ostfriesen und Hansestädte gekapert. Der Esenser Hafen lag seinerzeit in Holumer Siel. Mehrfach wurde Esens von gegnerischen Truppen belagert. 1540 starb mit Balthasar der letzte Häuptling von Esens im Krieg gegen Bremen und Jever. Nach Balthasars Tod wurde Esens Residenz für die Rietberger und erlebte eine Blütezeit unter der Regentschaft der Gräfin Agnes. Durch Heirat kamen Esens und das Harlingerland später doch an die Familie Cirksena.

Ein **Häuptling** (hovetling, lateinisch capitalis) ist ein lokaler Machthaber, der in Ostfriesland über ein begrenztes Territorium (»Herrlichkeit«) die Herrschaft ausübte. Im späten Mittelalter gelang es wohlhabenden Familien, ihre Machtstellung gegenüber den frei gewählten Richtern der Landesgemeinden zu etablieren. Sie errichteten befestigte Steinhäuser oder Burgen (z.B. Dornum, Lütetsburg, Berum, Pewsum, Groothusen, Hinte, Werdum). Die Häuptlingsfamilien befehdeten sich gegenseitig im Kampf um Macht, Einfluss und Besitz. Im 15. Jahrhundert strebte die Häuptlingsfamilie der tom Brok vergeblich die dominierende Machtposition an. Später konnten sich die Cirksena mit Unterstützung der Hansestadt Hamburg als führende Häuptlingsfamilie etablieren. Schließlich wurde Ulrich Cirksena vom Kaiser zum Reichsgrafen und Grafen »in« Ostfriesland ernannt, wobei die alten friesischen Freiheitsrechte ausdrücklich bestätigt wurden.

Herrlichkeit nennt man das Gebiet, über das der Häuptling seine Herrschaft ausübte. Der Häuptling unterstand mit seiner Herrlichkeit unabhängig vom ostfriesischen Grafen direkt dem Kaiser. Die Herrlichkeit konnte eine größere Region mit mehreren Dörfern umfassen, sie konnte aber auch auf ein Dorf oder weniger beschränkt sein. Bedeutende Herrlichkeiten waren unter anderem

Dornum, Lütetsburg, Pewsum, Oldersum, Jennelt, Innhausen, Kniphausen, Gödens.

Melchior Hoffmann wurde 1500 in Schwäbisch Hall geboren. Zunächst von Luthers Bibelauslegung überzeugt, wurde er Prediger im Ostseeraum. Schließlich brach er mit Luther und schloss sich einer apokalyptisch orientierten Frömmigkeit an. Im Frühjahr 1529 reiste er nach Ostfriesland und traf dort mit Karlstadt zusammen. Bei seinem zweiten Ostfrieslandaufenthalt im Sommer 1530 soll er 300 Erwachsene in der Sakristei der großen Kirche getauft haben. (Dieses Ereignis, wenn es denn stattgefunden haben soll, wird in diesem Roman ein Jahr vorverlegt!) In Ostfriesland wurde Hoffmann von einem alten Mann vorhergesagt, das Reich Gottes bräche an, wenn Hoffmann drei Jahre im Gefängnis verbringen würde. Hoffmann ließ sich in Straßburg verhaften, wo er Ende 1543 oder Anfang 1544 im Gefängnis verstarb.

Das **Kloster Ihlow** war eines der bedeutendsten Klöster im nordwestdeutschen Raum. Es wurde gegründet, nachdem das Doppelkloster Meerhusen in den Orden der Zisterzienser aufgenommen worden war und aufgrund der Ordensregel für die Mönche ein neues Kloster gegründet werden musste. 1228 wurde das Kloster »ter Yle« (Yl-loh = Eibenwald) gegründet und erhielt von Bischof Gerhard II. von Bremen den Beinamen »Schola Dei« (Schule Gottes). Das Kloster Ihlow bekam bald eine herausragende Bedeutung für Ostfriesland. Vermutlich befanden sich hier das Archiv und die Kanzlei des Bundes der friesischen Seelande. Die Ihlower Äbte mussten oft in Konfliktfällen schlichten und wirkten als Vermittler bei Verträgen mit anderen Ländern mit. Die mächtige Häuptlingsfamilie tom Brok übte die Schutzherrschaft über das Kloster aus, und Söhne bedeutender Familien des Landes lebten und wirkten als Mönche in diesem Kloster. In der Reformationszeit wurde es aufgelöst, seine Gebäude wurden in den Folgejahren abgerissen und zerstört. 2009 wurde die Klosterstätte Ihlow mit einer Holz-Stahl-Konstruktion in der Originalhöhe der ehemaligen Klosterkirche und einem »Raum der Spurensuche« eröffnet und ist seitdem ein viel besuchter touristischer Anziehungspunkt in Ostfriesland.

Der Ihlower Altar wurde erst kurz vor der Reformation von der berühmten Holzschnitzerei der Lukasgilde in Antwerpen hergestellt. Die Hand als Zeichen der Werkstatt und der Turm als Beschauzeichen sind auf der Rückseite in das Holz eingebrannt und weisen so auf die Herkunft des berühmten Altares hin. Die Innenseite zeigt in großen und kleinen Szenen mit kunstvoll geschnitzten und vergoldeten Figuren und auf Gemälden die Geschichte Jesu und die Pfingstgeschichte als Heilsgeschichte für die Menschen. 1529 ließen die ostfriesischen Grafen die berühmte Ihlower Klosterkirche abreißen. Die Orgel kam nach Engerhafe, und der Altar stand für gut 100 Jahre in der Auricher Schlosskapelle, bis Graf Ulrich II. ihn der Auricher Stadtkirche überließ. Einzelne Figuren aus dem Altar fehlen schon seit längerer Zeit. Die Krippe wurde ersetzt, die Figur der Maria der Verkündigungsszene fehlt bis heute. Vielleicht sind die Figuren bei der Auslagerung des Altares während des Neubaus der Kirche verloren gegangen.

Graf Johann (1506 – 1572) war nicht an der Landesherrschaft beteiligt, da sein Vater, Graf Edzard, festgelegt hatte, dass nur jeweils der älteste Sohn die Herrschaft ausüben sollte. Nach einer Dienstzeit am kaiserlichen Hof kehrte er zurück nach Ostfriesland und unterstützte seinen Bruder Enno bei dessen unglückseligen Vorhaben. Durch seine Dienstzeit beim Kaiser hatte er stets gute persönliche Beziehungen zum Hofstaat der Statthalterin der Niederlande. Im Gegensatz zu seinem Bruder Enno bekannte sich Johann zum römisch-katholischen Glauben. Nach dem Tod des Bruders bemühte sich Johann vergeblich, sich als Vormund seiner Neffen gegen die Regentschaft von Ennos Witwe, Gräfin Anna von Oldenburg, durchzusetzen. Schließlich konnte er sich in den südlichen Niederlanden u.a. als Statthalter Limburgs etablieren und zog sich aus Ostfriesland zurück.

Andreas Karlstadt (Andreas von Bodenstein) wurde 1486 geboren. Er wirkte zur Zeit Luthers als Professor an der neu gegründeten Wittenberger Universität. Zunächst arbeiteten er und Luther gemeinsam an der beginnenden Reformation. Dann aber kam es zur immer stärkeren Entfremdung, weil Luthers Reformen ihm nicht radikal genug voranschritten. Die Unruhen während Luthers Abwesenheit aus Wittenberg führten zum Zerwürfnis. Karlstadt musste seine Professur aufgeben. Für ihn und seine Familie begann ein unruhiges Wanderleben, das ihn im Frühjahr 1529 nach Ostfriesland führte. Hier entstand seine lebenslange Freundschaft mit Ulrich von Dornum. Auch war er Gast bei Balthasar von Esens, Häuptling Hicco Howerda in Uphusen und Drost Jeltko Iderhoff in Berum. Während ihm die Predigttätigkeit in Hage und Norden von den dortigen Ortsgeistlichen untersagt blieb, luden die Pastoren und Gemeinden in Pilsum und Wirdum ihn zu Predigten ein. Erst auf Druck der anderen evangelischen Fürsten wies

Graf Enno den prominenten Gast im Februar 1530 aus Ostfriesland aus. Schließlich wurde Karlstadt Professor in Basel, wo er Heiligabend 1541 verstarb.

Margarete von Österreich, Statthalterin in den Niederlanden: Die habsburgischen Herrscher ließen die zu ihrem Reich gehörenden Niederlande durch Statthalter regieren. Regierungssitz war Brüssel. Kaiser Maximilian beauftragte seine Tochter Margarete, Königin von Österreich, mit diesem Amt. Auch als ihr Neffe, Karl V., als Nachfolger Maximillians die Kaiserkrone trug, führte Königin Margarete das Amt der Statthalterin fort, das sie von 1507 bis 1515 und von 1517 bis zu ihrem Tod im Jahr 1530 ausübte. In dieser Funktion war sie u.a. auch Vertreterin des Kaisers in Konfliktfällen.

Der **Norder Hafen** wurde wegen seiner Größe von Henricus Ubbius ausdrücklich gelobt. Tadelnswert fand Ubbius allerdings, dass große Mengen Hamburger Bier über den Norder Hafen nach Ostfriesland eingeführt wurden. Von Norden aus wurde Seehandel mit den niederländischen Hafenstädten, besonders Amsterdam und Rotterdam, und mit den Hansestädten Hamburg und Bremen getrieben. Auf dem Höhepunkt ihrer Entwicklung stellte die Norder Schifffahrt selbst für den Emder Handel eine Konkurrenz dar, und Norder Schiffe fuhren sogar in die Ostsee. Ausgeführt wurden unter anderem landwirtschaftliche Produkte, Pferde, Rinder, Flachs und Friesensalz. Eingeführt wurden vor allem Wein, Honig, Obst, Tuch, Getreide und das beliebte Hamburger Bier. Gegen Ende des 16. Jahrhunderts musste der Norder Hafen vom Sielhafen weiter südlich an seinen heutigen Ort verlegt werden.

Der **Zweite Reichstag zu Speyer** 1529 verbot jegliche weitere Reformation bis zu einem künftigen Konzil. Dagegen protestierten die evangelischen Landesherren und Städte und erhielten die bis heute gebräuchliche Bezeichnung für die evangelischen Christen: »Protestanten«. Scharf war die Abgrenzung von Katholiken und Protestanten gegen religiöse Gruppen außerhalb der großen Kirchen: Die Gemeinschaft der Täufer wurden in evangelischen und katholischen Territorien verboten, ihre Anhänger wurden verfolgt und hingerichtet. Im Mandat des Reichstages heißt es: »*Daß alle und jede Widertaeuffer und Widergetauffte, Mann- und Weibs-Personen, verstaendigs Alters, vom natürlichen Leben zum Tod, mit Feuer, Schwerdt, oder dergleichen, nach Gelegenheit der Personen, ohn vorhergehend der geistlichen Richter Inquisition, gericht und gebracht werden.*«

Die **Täufer** entstanden im Zusammenhang mit der Reformation als Bewegung mit radikalen reformerischen Zielen. Auch wenn man sie nicht als einheitliche Konfession ansprechen kann, gibt es gewisse gemeinsame theologische Überzeugungen wie zum Beispiel die Ablehnung der Kindertaufe, die Trennung von Staat und Kirche verbunden mit dem Gewaltverzicht, die Forderung nach Glaubensfreiheit. Es gab auch Täufergruppen, die das Reich Gottes gewaltsam herbeiführen wollten wie 1534/35 in Münster. Für die meisten Täufergruppen war allerdings der Pazifismus charakteristisch. Die Täufer wurden verfolgt und mit dem Tod bestraft. Dennoch konnten sich die Täufergruppen auch in der Verfolgungssituation etablieren. Die Mennonitengemeinden gehen auf die reformatorische Täuferbewegung zurück. Heute gibt es in Ostfriesland in

Norden, Emden und Leer Mennonitengemeinden. In der Reformationszeit wurden die Täufer abwertend-polemisch »Wiedertäufer« genannt.

Henricus Ubbius ist in Ostermarsch bei Norden aufgewachsen. Er studierte Jura in Köln und wurde durch seinen maßgeblichen Lehrer mit humanistischer Bildung und Sprachfertigkeit geprägt. Er hatte bedeutende Ämter in der Kirche Bremens inne, bis er 1539 ostfriesischer Kanzler wurde. Schon 1540 starb er nach längerer Krankheit in Norden. Aus dem Jahr 1530 stammt Ubbius' *Beschreibung Frieslands*, die er während eines längeren Aufenthaltes in Italien verfasste und in der er ein vielfältiges Bild von seiner ostfriesischen Heimat zeichnete. Hier beschreibt er auch die Technik der Salzgewinnung an der Nordseeküste. Erst im Jahr 1913 ist diese erste Landesbeschreibung Ostfrieslands im vatikanischen Archiv in Rom entdeckt und 20 Jahre später auch in deutscher Übersetzung veröffentlicht worden.

Die **Upkamer** ist ein höher gelegener Raum im Haus, der oft als Wohnstube und mit den eingebauten Butzen als Schlafzimmer dient. Unter der Upkamer ist häufig der Keller des Hauses angelegt. Wegen des hohen Grundwasserpegels wird dieser Keller halboberirdisch angelegt, sodass der darüber befindliche Wohnraum eine höhere Position als die übrigen Zimmer einnimmt. Manchmal ist die Upkamer durch eine hölzerne Treppe erreichbar, die hochgeklappt werden kann, um die steinernen Stufen in den Keller hinabsteigen zu können.

Literaturverzeichnis

Die folgende Literatur war für die Erarbeitung der geschichtlichen und theologischen Zusammenhänge sehr hilfreich. Allen, die zu einem Thema mehr wissen und lesen möchten, als in einem Kriminalroman als Hintergrundinformation mitgeteilt werden kann, möchte ich die nachstehenden Veröffentlichungen sehr zur weiteren Lektüre empfehlen. Viele dieser Bücher sind u.a. in der Bibliothek der Ostfriesischen Landschaft in Aurich und in der Emder Johannes-a-Lasco-Bibliothek einsehbar.

Literatur über die verschwundene Insel Bant und über die Salzgewinnung an der friesischen Nordseeküste:

Eine Ausgrabung bei Norden im Mai 1925. Sonderabdruck aus *Heim und Herd*, Beilage zum *Ostfriesischen Kurier*, Norden 1925. Daraus die Aufsätze: W. Niemeyer: Eine alte friesische Industrie, S. 5 – 10, sowie Ufke Cremer: Alte Zeugnisse der Salzgewinnung bei Norden. Ein Beitrag zur Geschichte der Westermarsch im 16. Jahrhundert. S. 17 – 23.

Wolfgang F. Berg: *Die Geheimnisse der Insel Bant*. In: *Ostfriesland Magazin* 1992/8, S. 59 – 61.

Heie Focken Erchinger und Martin Stromann: *Sturmfluten. Küsten- und Inselschutz zwischen Ems und Jade*. Norden 2004, S. 40 – 43.

Axel Heinze: *Salzgewinnung aus Torf*. In: Fansa, Mamoun (Hrsg.): *Experimentelle Archäologie. Bilanz 1999. Archäo-*

logische Mitteilungen aus Nordwestdeutschland, Beiheft 30. Oldenburg 2000, S. 27 – 30.

Th. Janssen: *Die Insel Bant – heute noch vorhanden.* In: Ostfreesland 1954, S. 47 – 49.

Kari Köster: *Die letzten Tage von Rungholt.* Roman. München 1977.

Mark Kurlansky: *Salz. Der Stoff, der die Welt veränderte.* München 2004.

Arend Lang: *Der Untergang der Insel Bant.* In: *Ostfreesland-Kalender*, 34. Jahrgang, Norden 1951, S. 37 – 44.

Karl-Heinz Marschalleck: *Die Salzgewinnung an der friesischen Nordseeküste.* In: *Probleme der Küstenforschung im südlichen Nordseegebiet*, Band 10. 1973.

Karl H. Marschalleck: *Die Salzgewinnung im ostfriesischen Wattenmeer.* In: *Ostfriesland. Zeitschrift für Kultur, Wirtschaft und Verkehr* 1973/2, S. 6 – 10.

Heinrich Reimers: *Norder Salz.* In: Heinrich Reimers: *Beiträge zur Geschichte ostfriesischer Städte. Gesammelte Abhandlungen und Aufsätze.* Band I: Aurich, Emden, Norden. S. 80 – 82.

Sonstige Literatur zur Landesgeschichte und Kirchengeschichte:

Lutz Albers: *Frisia Orientalis. Alte Karten und Geschichte von 1550 bis 1800. Soltau Kurier.* Norden, 2010.

Karl-Heinz Behre und Hajo van Lengen (Hrsg.): *Ostfriesland. Geschichte und Gestalt einer Kulturlandschaft.* Ostfriesische Landschaft Aurich, 1995.

Bernhard Buttjer und Martin Stromann: *Wo einst die Mönche lebten. Die Klosterstätte Ihlow, ein Forst und zwölf Dörfer.* Norden 2009.

Walter Deeters: Johann (d. Ä.) *Graf von Ostfriesland.* In: *Biographisches Lexikon für Ostfriesland.* Zweiter Band. Herausgegeben im Auftrag der Ostfriesischen Landschaft von Martin Tielke. Aurich 2001, S. 191 f.

Hillard Delbanco: *Der Ihlower Altar.* In: *175 Jahre Lambertikirche in Aurich, 1835-2010. Festschrift zum Kirchenjubiläum.* Herausgegeben vom Kirchenvorstand der Ev.-luth. Lamberti-Kirchengemeinde Aurich. Aurich 2010, S. 70-77.

Ubbo Emmius: *Friesische Geschichte (Rerum Frisicarum historiae libri 60)*, Band I-VI. Aus dem Lateinischen übersetzt von Erich von Reeken. Frankfurt 1982.

Ubbo Emmius: *Ostfriesland. Führung durch Ostfriesland, d. h. genaue geographische Beschreibung Ostfrieslands.* Aus dem Lateinischen übersetzt von Erich von Reeken. Frankfurt 1982.

Hans-Jürgen Goertz: *Die Täufer. Geschichte und Deutung.* Berlin 1987.

Otto Galama Houtrouw: *Ostfriesland. Eine geschichtlich-ortskundige Wanderung gegen Ende der Fürstenzeit.* Aurich 1889.

Andreas Karlstadt: Von Abtuhung der Bilder, herausgegeben von Hans Lietzmann, KIT 74, 1911.

Eckart Krömer: *Kleine Wirtschaftsgeschichte Ostfrieslands und Papenburgs.* Band IX der *Bibliothek Ostfriesland.* Norden 1991.

Hajo van Lengen: *Geschichte und Bedeutung des Zisterzienser-Klosters Ihlow*; in: *Res Frisicae. Beiträge zur ostfriesischen Verfassungs-, Sozial- und Kulturgeschichte (Abhandlungen und Vorträge zur Geschichte Ostfrieslands 59),* Aurich 1978, S. 86 – 101.

Heinrich Reimers: *Enno II.* Sonderdruck aus dem Kalender *Ostfreesland,* Jahrgang 1935. Norden 1935.

Günther Robra: *Mittelalterliche Holzplastik in Ostfriesland.* Leer 1959.

Heinrich Schmidt: *Politische Geschichte Ostfrieslands. Ostfriesland im Schutze des Deiches,* Band 5. Pewsum 1974.

Hinrich Schoolmann: *Kirchen in Stadt und Altkreis Aurich.* Aurich 1981.

Siegfried Schunke: *Vom Häuptlingssitz zum Nordseebad. Esens – ein Stück ostfriesischer Geschichte.* Esens 1990.

Alfred Otto Schwede: *Der Widersacher. Ein Karlstadt-Roman.* Berlin 1975.

Menno Smid: *Ostfriesische Kirchengeschichte. Ostfriesland im Schutze des Deiches,* Band 6. Pewsum 1974.

Thomas Stäcker: *Karlstadt (Andreas von Bodenstein).* In: *Biographisches Lexikon für Ostfriesland.* Dritter Band. Herausgegeben im Auftrag der Ostfriesischen Landschaft von Martin Tielke. Aurich 2001, S. 224 – 230.

Martin Tielke: *Ubbius (Ubbinus, Ubben), Henricus.* In: *Biographisches Lexikon für Ostfriesland.* Zweiter Band. Herausgegeben im Auftrag der Ostfriesischen Landschaft von Martin Tielke. Aurich 2001, S. 371 – 373.

Carl Woebcken: *Balthasar von Esens.* In: *Ostfreesland. Ein Kalender für jedermann,* 33. Jahrgang, Norden 1950, Seite 37 – 39.

Samme Zijlstra: *Hoffmann (Hofmann), Melchior Hoffmann.* In: *Biographisches Lexikon für Ostfriesland.* Dritter Band. Herausgegeben im Auftrag der Ostfriesischen Landschaft von Martin Tielke. Aurich 2007, S. 205 – 206.

Die Predigt, die Andreas Karlstadt in Kapitel 14 zum Bildersturm in Wilsum hält, wurde anhand seiner Schrift *Von Abtuhung der Bilder* verfasst. Dabei wurden Passagen aus dieser Predigt teilweise umformuliert und an unser heutiges Deutsch angepasst. Vgl.: *Andreas Karlstadt: Von Abtuhung der Bilder*, herausgegeben von Hans Lietzmann, KIT 74, 1911 und: *Die Kirche im Zeitalter der Reformation.* Ausgewählt und kommentiert von Heiko A. Oberman. *Kirchen- und Theologiegeschichte in Quellen.* Band 3. *Reformation.* Neukirchen-Vluyn 1988.

Die Predigt, die Adriaan de Beer in Kapitel 75 über Matthäus 5, 13-14 hält, wurde anhand einer Predigt Martin Luthers aus der Zeit von 1530 – 1532 formuliert. Dabei wurden Passagen aus dieser Predigt teilweise umformuliert und an unser heutiges Deutsch angepasst. Vgl.: *D. Martin Luthers Evangelienauslegung*, herausgegeben von Erwin Mühlhaupt. Zweiter Teil, Göttingen 1939, S. 70 – 74.